NF文庫
ノンフィクション

新装解説版

秘めたる空戦

三式戦「飛燕」の死闘

松本良男　幾瀬勝彬

潮書房光人新社

本書では太平洋戦争で陸軍の四式戦闘機飛燕を駆って戦ったパイロットの体験を描いています。

この物語の主人公・松本良男はソロモン、ニューギニア、フィリピンと転戦し、死と隣り合わせの過酷な戦闘をくりひろげました。

臨場感あふれる空の戦いを描くだけでなく、彼を取り巻く上官や部下などとの人間関係がつぶさに綴られ、彼らの心情も捉えた体験手記となっています。

はじめに

　このようにリアルでクールで、しかも臨場感にあふれる空戦の体験手記を、編者はしらない。松本良男という陸軍三式戦闘機「飛燕」の搭乗員が、太平洋戦争でソロモン、ニューギニア、フィリピンの空に戦った状況がありのまま綴られており、生身の一青年が、戦闘機という金属の固まりに身を託し、いつも目の前に死を見つめながら、一瞬一瞬を生き抜こうと身もだえする赤裸々な姿と心の動きが伝わってくる。

松本良男には、編隊を組んで共に戦う上官や同僚、部下がいる。乱戦の中で可能な限り互いに連携を保ち、僚機が危険を脱するように飛びながら、互いに援護しようと機を操る。

　また、液冷エンジンを搭載する気むずかしい三式戦を、性能の極限にまで高めようと、整備に打ちこむ下士官がいる。操縦席後部の防弾板をはずし、酸素ボンベの数を必要最小限まで減らし、ぎりぎりの重量軽減をはかるため、あらゆる工夫を凝らす。

さらに、気ままな搭乗員に細かく神経をつかい、少しでも気の休まる時間と空間をつくろうと努める当番兵がいる。

戦場という異状な場で、彼をとりまく人々を松本は人間の目で見つめ、人間同士の関わりとして素直に捉えている。

松本良男が、彼と旧制中学の同期生で、同じ陸軍の戦闘機乗りであった宮本郷三や、海軍航空隊に属してラバウルにいた編者に寄せた手紙と手記を整理し、首尾を整えたのが本書である。

手紙はもちろんのこと、手記の類も公表する意図はなく、思いつくまま書き綴られているので、文体もまちまちであり、内容も重複している。これを彼の戦歴にそって整理し、構成し直したものである。

因みに、松本良男と宮本郷三と編者は、同じ旧北海道庁立札幌第二中学校の同期生であり、松本とは同校に体操部を創設した仲である。

一九八九年二月

編者　幾瀬勝彬

秘めたる空戦——目次

はじめに　3

第一章　海峡上空の死闘

爆撃機撃墜

乗機改造

第二章　飛燕のごとく

運送屋直掩

名隊長のもと

雨中の戦い

第三章　愛機に生命かけて

双胴の悪魔

防空迎撃戦

搭乗員有情

第四章　人の子なるが故に

第五章　死に急ぐなかれ

レイテ航空戦

われは生きるなり

写真提供／雑誌「丸」編集部および著者

秘めたる空戦

三式戦「飛燕」の死闘

第一章　海峡上空の死闘

爆撃機撃墜

ダンピールの悲劇

ニューギニアのラエ、サラモアを防衛するため実施された八十一号作戦が、連合軍の猛撃にあい、惨憺たる結末に終わったのは、昭和十八年三月初めのことであった。松本良男の属する独立飛行第一〇三中隊が、ニューブリテン島の西北端（ラバウルは東北端）ツルブ基地に展開して間もない時期だったが、当然、一〇三飛行中隊も、この作戦に参加した。

そのときの状況を、松本良男は昭和六十年二月十四日付の宮本郷三あての手紙に、詳しく書き送っているが、その手紙を紹介するまえに、八十一号作戦について『大東亜戦争全史』(服部卓四郎著、原書房刊)より引用させて頂く。

八十一号作戦の概要を知れば、松本良男の手紙の内容が、理解しやすいと編者は考えるからである。

〔八十一号作戦計画——輸送作戦〕　昭和十八年二月末頃における南東太平洋方面の戦況は前篇でのべたように、次期作戦、就中なかんずく東部ニューギニア方面戦略態勢の強化に懸命の努力が払われつつあった。而して前述のように第二十師団主力および第四十一師団主力のウエワク輸送に奏功し、マダン以西の戦略態勢強化の曙光が認められたが、ワウ地区より退却後の岡部支隊およびブナ地区より退却中の諸部隊等だけしかいないラエ、サラモア地区の強化は焦眉の急の問題として残されていた。

この状況に直面し、第八方面軍および南東方面艦隊司令部は、第十八軍の第五十一師団主力を決然ラバウルよりラエに直送するに決した。連合軍空軍の威力がダンピール海峡一帯に増大しつつある当時の情勢下において、この決断は大きな危険性を伴うことは認識されていた。海上輸送の安全をはかるため、マダンに揚陸する考案が検討されたが、上陸後マダンからラエ方面に前進するためには数ヵ月を要する事情にあったため、ラエ直送の決心が採択せられることとなった。

この輸送作戦は八十一号作戦と呼称され、二月下旬初めからその準備が開始された。予想せられる危険性の重大に鑑みて、この方面における陸海軍可動航空兵力と海上兵力を挙げ、陸海軍一致してこの作戦を完遂する準備が進められた。

この作戦計画要旨は次の通りであった。

一、輸送兵力
　第十八軍司令部
　第五十一師団主力その他の陸軍部隊　約六九〇〇名
　陸戦隊補充兵力　約四〇〇〇名
二、輸送物件　弾薬糧秣その他　約二五〇〇トン
三、輸送船　八隻
四、直接護衛艦隊　第三水雷戦隊（駆逐艦八隻）
五、直接護衛航空兵力陸海軍戦闘機　約二〇〇機
六、航行計画　三月一日ラバウル出航船団速力七ノット、ニューブリテン島北方接岸航路をとり三月三日午後五時ラエ泊地着、三月四日までに揚陸を完了

第十八軍司令部はラエに戦闘司令所を推進するために、駆逐艦に搭乗し同行することとなった。

『大東亜戦争全史』に記載されている、八十一号作戦の概要である。

船団の出航するラバウルや、松本良男の独立一〇三飛行中隊の基地ツルブがあるニューブリテン島は、ほぼ東西にアメーバーのように横たわる細長い島である。ニューブリテン島の南は、ニューギニア島の東端の部分にあたり、輸送船団の目的地ラエは、ニューブリテン島の西の端からダンピール海峡をへだてて、ほぼ南西にある。

船団は敵の制海制空権の及ばない、ニューブリテン島の北側を西に向かって進み、西端に達したときに南に転針してダンピール海峡を通り、ラエに向かう計画なのである。

この計画では、船団を直接護衛する航空機が、陸海軍合わせて約二〇〇機の戦闘機となっているが、二〇〇機がいつも船団上空にあって護衛しているわけではないのだ。

松本良男の手紙は、船団護衛の実状と戦闘の様子、搭乗員の心情を赤裸々に綴っているので、以下、その手紙を辿ってみたい。

でたらめな作戦計画

——この年（昭和十八年）の三月に入ってすぐでした。陸海軍航空隊がおおでたらめをやらかしたのであります。このときの状況は、陸軍がラエに増援部隊を送る——それが一コ旅団であり、駆逐艦の護衛つきの船団でビスマルク海を南下してくる。これを陸海の戦闘機が交替（二時間）で休みなく直掩するというものでした。

第一日目は、ニューアイルランド島カビエンの零戦と、第六飛行師団麾下の一式戦（基地不明）が受け持ち、第二日目はラバウルの零戦とツルブの三式戦（私の中隊）、第三日目はアレキシスとマダンに展開している陸海軍戦闘機が引き継ぐ、という計画でありました。そこで私たち一二機は、即日ラバウルに移動したのであります。

陸軍は第十四飛行団、海軍は二十六航戦と、この空域最高の司令部が練りに練った作戦を指示されたとき私たち搭乗員は、

「アッ！」

とびっくりし、唖然として開いた口がそのまま、その後は苦笑いで、ぞっとするような恐ろしさが身の内を駆けめぐり、たまらぬ不安をなんとも拭いきれず、

「これで俺もいよいよ終わりかな」

と滅入る気持でありました。

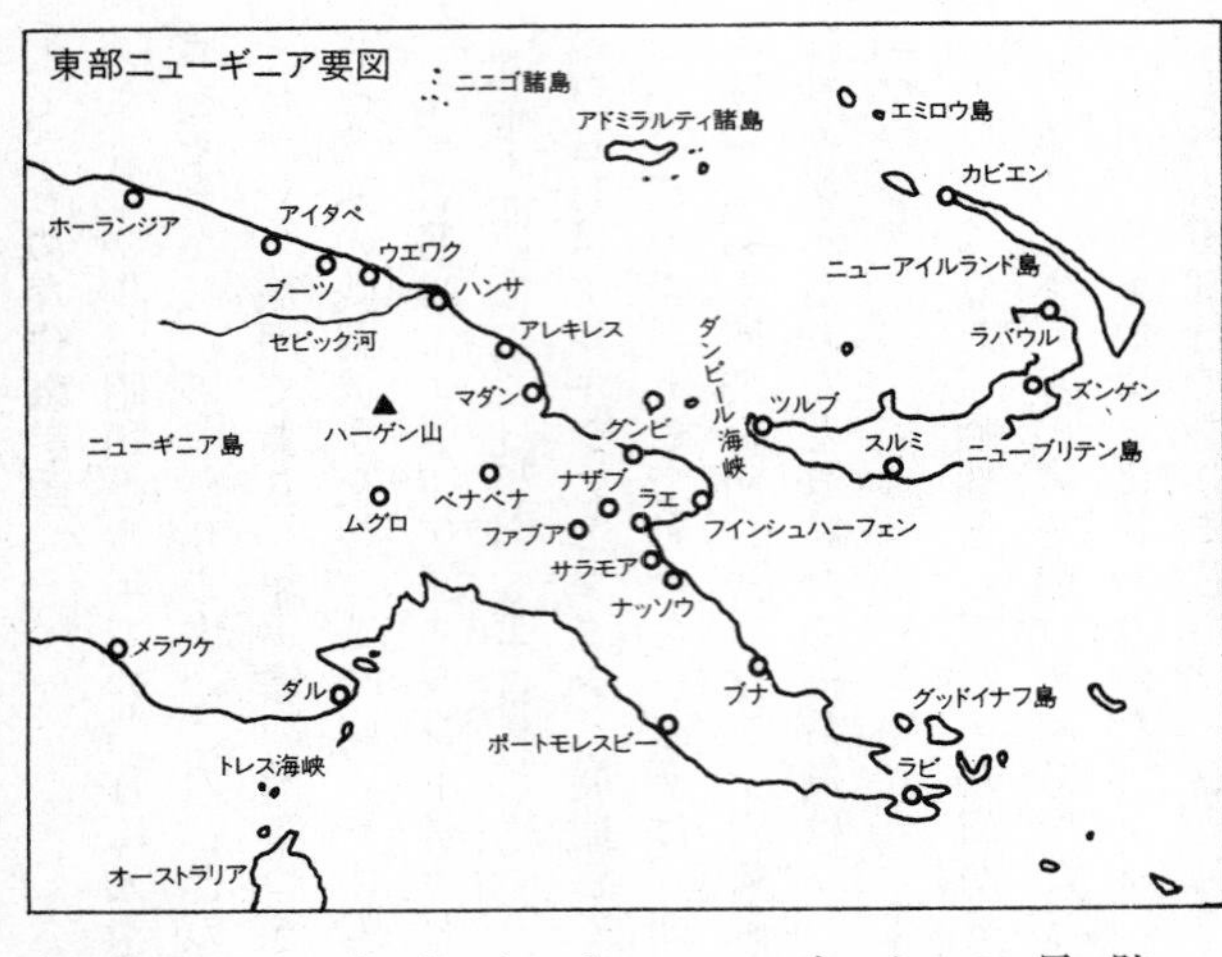

我々ペエがチラッと考えてみても、陸兵一コ旅団が移動するとなれば、最少に見積っても六〇〇〇トンから八〇〇〇トンの輸送船が六から一〇隻、護衛駆逐艦が六から八隻、駆潜艇が五から一〇隻は必要であります。

この大船団がビスマルク海のどんなコースを南下するか知りませんが、今や制空権をほぼ手中にした敵さんが、これを見逃がしたり見過ごしたりすることは、絶対にあり得ません。必ず戦爆連合がゴマンと来襲すると考えるべきです。

それを護衛し、敵の飛行機と一戦を交えるための戦闘機が「ワンウアッチ」（警戒勤務）二時間を、陸海それぞれ一二機というのであります。なにが出来るというのでありましょう。「どうすりゃいいのよ、この私」であります。

　この一二機に乗る連中が、恐怖と不安を抱くのは当然すぎるほど当然で、空戦の経験の多い者ほどその度合が強烈であるのは、いうまでもありません。

「陸軍の偵察機を飛ばすから、戦況によっては増援を出す。心配はない」

　と聞きました。

　軍上層部、とくに参謀たちは何を考えているのでありましょう。「戦争」を知っているのでありましょうか。それとも初めから、この船団を見殺しにする気なのでしょうか。

　一二機による大船団の護衛というでたらめな作戦にただただ呆れるばかりでありました。

「今度は駄目かもしれませんネ。でも諦めずに、最後の一秒まで生きて下さいよ。まあ、今夜はゆっくり一杯やりましょう」

　整備の日野実班長が、様子を伝え聞いて、真顔で声をかけてくれました。

　死にたくねえよ
　三月一日、作戦開始の初日、刻々と情報が入ってきました。船団は輸送船八隻（いずれも六〇〇〇トン以上）と駆逐艦八隻の計一六隻で、ニューブリテン島北岸を西南に向かっているのでした。

午後になり、敵索敵機に接触され、慌てて針路を西北西に変えましたが、敵の攻撃はなく日没となりました。この日の陸海軍の護衛戦闘機は、全機無事でありました。

夜になり、船団がまた南に変針したとの情報が入りました。敵潜水艦の追尾も考えられますし、駆逐艦八隻の護衛で南下するのは、なんとしても無謀に思えてなりません。

ラエ一帯は敵の制空海権域であり、むざむざ敵の腹中に入りこむようなものであります。一コ旅団を乗せた鈍速の船団を、裸同然でこの海域に突っこませていくのは、どこの大馬鹿者なのか、情けなさを通りこして阿呆らしくなるのであります。私たちは、みすみす全滅するであろう結果を想って、切歯扼腕するばかりでした。

船団がふたたび南下をはじめたと聞いた一時間ほど後に、中隊長の小沢郁夫大尉がプリプリして帰ってきました。

「おい、みんな聞け。連中は俺たちを殺す気だ。敵がくるとすれば夜明けの直後だ。第一陣の海軍と交替する陸軍が当番のときだ。その陸軍の一番方かたに、俺たちをぶっつけやがった。増援なしの一二機ポッキリでやれというんだ。独戦（独立飛行中隊）は目の上のコブだから、ここらで潰す気なんだろう。腹をくれ」

押し黙って聞いている私たちに、中隊長は言葉をつづけ、

「でもなあ、死にたくはねえよ。ビスマルク海なんかでなあ。敵の戦闘機は、たぶんP－40だ。

高空戦だぞ明日は。六〇〇〇から上でやるぞ。ボンベ（酸素）四本使いきるまでやって、一気に海面まで降りて息をするんだ。そこで命があったら、ホスベー（全速）かけて逃げようぜ。わかったな」

私たちは無言でうなずきました。しかし、二日目は敵と遭遇せず、私たちは帰投したのであります。

重爆隊のごとき発進

三日目。第一陣の零戦が暗いうちに出撃。夜明けと同時に第一報が入りました。

「B－17三六機、直掩のP－40三二機と交戦中」

私たちは、予定の一時間半前に出撃となりました。朝食前なので「稲荷寿司」の弁当をもらい、お茶を入れた魔法ビンを借りて乗りこみました。このとき「お借りします」といわず、「有難く頂戴します」といっている者もいました。覚悟の臍を固めて

いたのでありましょう。

搭乗前、海軍さんの面前で例のごとくだらだらのんびりと集まった私たちに、中隊長は笑顔で、

「俺たちは敵さんの第二波に当たるな。きっと、軽爆だ。敵さんの目標は船だ。降下爆撃か低空爆撃をやるだろう。上はガラ空きになる。どうやら、いい勝負になりそうだ。飛びながら腹ごしらえをして、しっかりゆくぞ」

余裕のある口ぶりで、話してくれました。

このとき、私たちは、海軍の二十六航戦の指揮下に入っていたので、海軍の給与を受けていたのであります。陸軍と海軍では燃料のオクタン価が違うのです。陸軍はオクタン価八七、海軍はオクタン価九二の燃料を使用していました。

ですから、燃料噴射のタイミングを、徹夜で調整しました。その甲斐があって、エンジンが一斉に始動しペラピッチ・ゼロで四〇〇〇回転近くまで回しても、快調に回りました。

キャノピーから半身を乗り出した中隊長から、「チョークはずせ」の合図、つづいて発進であります。

ピッチ三五、機はスルスルとはゆかず、ノロノロと前進をはじめました。

なにせ装弾は満杯、燃料は第一タンク三四〇リットル、第二タンク一六〇リットル、第三タンク二〇〇リットル、それに一六〇リットルの増槽を二本、合計一〇二〇リットル。燃料だけでも一〇〇〇キロはあります。

搭載量のリミットは九七〇キロなのに、弾丸ともに二〇〇キロ以上のオーバーであります。全備滑走距離一六〇〇メートルで浮けるかどうか心配であります。

次第に加速し、メーターは時速一九〇キロでもまだ浮く気配なし。ブースト一杯、ピッチ四五に上げると、心持ちスピードが増しました。

全長二〇〇〇メートルの滑走路の端がぐんぐんと迫ってきます。時速二二〇キロ、ステッキをわずかに手前へ引くと、機はゴソゴソッと地面を離れ、ステッキの引きに正直にあわせて、機首をチョッピリもたげたまま、上昇せず水平に飛んでゆきます。

「何んだ何んだ、これじゃあまるで重爆だ。どうもならん！」

とギアを上げると、やっとヨタヨタ上昇をはじめました。私の発進が最終でしたから、他の一一機はすべて視界にあります。どうやら、全機がヨタヨタ上昇してゆきます。こんなときの戦闘機は、ちっとも勇ましくありません。

「翔けるは鷲か隼か――」とか、「銀翼つらね堂々と――」とか、歌を思いだすと噴きだしたくなるような姿であります。それでも、渾身の力をふりしぼり精一杯頑張って飛ぶこの小さな機体に、妙な愛着を覚えるのもこんな時であります。

高度六〇〇メートルで編隊を組み、西へと針路を向けました。

「各小隊――」

中隊長の呼びかけであります。いつもと変わらぬ調子で応じてきます。「ダイイチショータイ」式であります。

「重いなあ、松本。これでどのくらい飛べるんだ」

「はーあい、約三〇〇〇キロであります」

「スペアを投げたらどうだ？」

「はい、約二〇〇〇キロです」

「そうか。投げられんなあ」

ややしばらくして、

「おーい、そろそろ高度を上げる。じっくりゆくぞ」

ときました。

すでに一五〇リットルは燃料を消費しています。とすれば、一〇〇キロ以上軽くなっているはずですから、なんとか上昇飛行に移れると中隊長は判断したのです。この判断は正確で、理詰めであります。

ほとんど直後から陽を浴び、海面は乱反射して金色に近く、左右の遠くは灰色にかすんで、碧さはまったくありません。

三〇〇ぐらい上がって水平飛行をし、また五〇〇上がって水平飛行と、この繰り返しで目的地に近づきながら上昇を続けます。

その合間、合間に、お稲荷さんをパクパクやり、お茶を飲んでと、結構忙しい飛行であります。お茶を飲むとき、ステッキを両膝ではさみ、両手をはなして使うので、フラフラして飛び、傍らで見ていると、

「ああ、お茶を飲もうとしてるな」

と、すぐにわかります。

食事が終わると、一服であります。携行食のなかにチューブ入りのチョコレートがあり、ニコチンを含有させてあるので、これを食べる（舐めるのかな）と、喫煙した後の気分になるからと、支給されているのですが、愛煙家にとって、満足できる代物ではありません。

そこで、キャノピーを少しずらして風を入れ、本物に火をつけて一服やるわけです。

私などは、

「ガソリンは空気との混合比が一対一四〜二〇にならなければ引火しない。それに三

式戦は燃料直接噴射式だから、絶対安全である」

という理由、というか結論づけをして吸っていました。編隊全機がやってましたが、煙草で火災を起こしたのは、一機もありませんでした。

目的空域には高度五〇〇〇メートルで入り、もう息苦しくて酸素をとりはじめました。

零戦は一二機とも無事でありました。

「やるもんだなあ」

と感心し、はるか海面を眺めると、海上は見るも無惨、惨憺たる有様でした。

輸送船四隻が黒煙につつまれて、船体もよく見えない状態で完全に停止。一隻が炎上中で、これも停止。それがバラバラの位置にあり、駆逐艦二隻が、ほとんど停止して、救助活動をしている様子でした。駆逐艦が一隻黒煙を上げ、それにもう一隻が寄り添っています。五キロほど離れて輸送船二隻が、駆逐艦二隻に護られて、なお南下をつづけています。

私たちの姿を見つけた零戦は、バンクを振って高度約三〇〇〇メートルのところを、北東に去っていきました。彼らの仕事は終わったのであります。

「高度を六マル（六〇〇〇メートル）に上げる」

中隊長の指示がきました。

きっちりと編隊を組み、旋回しながら上へ上へと飛びつづけます。

「死にたくねえな」

ダンピール海峡でB25の攻撃をうける輸送船。81号作戦ではいわゆるスキップ・ボミングで、日本船団8隻が潰滅した。

と中隊長の声。そして、

「海軍さんが無事なら、俺たちも喰われてはいられない。敵さんはな、俺たちがヨタヨタ離陸したときからのことを、全部お見通しだ。昨日から一二機当直じゃあ、そんなに沢山来るはずはない。喰わなくてもいいから、喰われるなよ」

これが戦闘指示であります。カチカチ、コチンコチンの上層幹部が耳にしたら、大変でありましょう。

敵編隊発見
高度六〇〇〇メートルで左旋回しながら、索敵すること約二十分間、ちょうど編隊が南方向に機首を向けたとき、第一発見者の声が飛びこんできました。

「二時、四マル、敵戦闘機二六、こちらに向かいまーす」

つづいて、

「二時、三マル、軽爆四八、同じくこちらに向かいまーす」

この視力の素晴らしさは驚くべきものであります。まだ私が何機かと数えているうちに、素早く読み取ってしまうのであります。

陸上と違い、標準にする目標がなにもない空の上では、見回しても区域がはっきりせず、案外、視野を狭く見ているものであります。かと思えば、一八〇度をさあーっと見過ごしてしまったりで、敵機を逸早く発見し、機数を数えあげるのは、経験豊富なものには勝てぬ技であります。

その上、高低の基準となるものもなく、レーダーのない私たちには、最も大切な、空戦の結果を左右する第一作業が、敵の高度の判定なのであります。

敵戦闘機の高度は四〇〇〇メートル、軽爆は三〇〇〇メートルだと、第一発見者は的確につたえてきました。

ポツポツの黒点がどんどん膨らみ、ぐんぐん近づいてきます。当然起こるべきことが起きる状態であります。いつものことながら、全身に緊張と悪感が走ります。

各機が増槽を捨てはじめました。機体がフワーッと軽くなり、前のめりに加速します。照準器のスイッチを入れ、発射ボタンの連動スイッチを入れます。聞き慣れていても身震いの出るような、送弾帯の「ジー」という音が、かすかに耳に入ってきます。いよいよ始まるのであります。

中隊長の第一声が入ってきました。

「相手はP－40だ。うまくハマリやがった。ヤツラ、四マルでアップアップしている。いいか、A－20は捨てろ。かまうな。P－40だけを喰え。これだけA－20にこられたんじゃ、お船は助けようがない」

「了解！」

「三マルから下にはゆくな。P－40を吊り上げろ」

「了解！」

「何を寝呆けてる。もっと気のきいた返答をしろ！」

「わかりました」

「第一小隊当番。第二、第三、第四、寄れ」

通常、陸軍の戦闘機中隊は四機を小隊、二機を分隊として編成したものですが、私たちには分隊はなく、三機が一コ小隊で、四コ小隊の編成でした。変則的な編成ですが、ご承知の「ロッテ戦法」が導入される以前は、編隊の最小単位は三機の一コ小隊で、二機の僚機が長機を掩護する形でありました。

それが昭和十七年の後半から、四機編隊の「ロッテ戦法」が用いられるようになり、三重県の明野飛行学校で、九七戦から一式戦や三式戦に機種変更をした部隊に、つぎつぎと、この戦法の教育を実施したのであります。

私たちは、昭和十八年四月に初めて知ったのであります。その教育のとき教えられたのは、ドイツ空軍の戦法であり、二機編隊が「ロッテ」、四機編隊は「シュヴァルム」と呼称するのですが、日本では、四機編隊を「ロッテ」と呼ぶということでありました。

戦況は秒刻みに変化してゆきます。左旋回から右回りに変わった私たち九機は、やや下降気味に、はるか海面上を必死になって回避運動をしている二隻の輸送船と護衛駆逐艦二隻と、簾(すだれ)のように一枚になって進む敵編隊を四分六分に見ながら、がっちりと翼を寄せ合って、その中間に滑ってゆきました。速度計の針は時速六二〇キロぐらい、快速であります。

このとき敵さんに大きな変化が現われました。八機のP－40が、私たちと同方向に大きく外側にふくらむように、編隊をはなれて回りはじめました。上昇旋回に移ったのであります。

「そら、またハマリやがった。あと少しの辛抱だ。落ち着けよ、落ち着けよ」

中隊長からの声が届きます。

この「ハマリやがった」については、帰投後に聞いたのですが、最初に彼らが「ハマった」のは、第一波の攻撃がB－17だったので、その直掩のP－40と零戦は、高度三〇〇〇メートルぐらいで戦闘したはず。だから第二波も高くは来ない。それで、意表をついて六〇〇〇メートルで待機した。

二度目の「ハマリ」は、こちらが三機と九機に分かれたのを見て、敵さんは八機に別行動をとらせ、分散した。高度差二〇〇〇で、どちらも二分したのではあるが、高く位置しているこちらは、チャンスと見れば、いつでも全機寄り合って突っこめる。一番うまくいったのは、上昇性能の悪いP－40八機が、旋回半径をとてつもなく大きくとったこと。

これが中隊長の説明でありました。

相対峙（たいじ）して、まさに決戦場になる寸前の上空を回りあうという初めての経験に、私は血が逆流するような不気味さを感じました。そしていつもなら、簡単な指示で勝手にやらせる（でもちゃんと連携は保ちながら）中隊長は、この日に限って、つぎからつぎに指示をとばすのも異状でした。

　このとき、普段、中隊長にいわれていたことを思い出しました。

「対戦闘機戦闘はな、虎のような勇猛果敢さと、豹のような敏捷さと、狐のような狡猾さが必要だ。そして虎豹狐が三者三様に襲撃をするとき、独特の間をおいて行動に移る。この間が大切なんだ」

　今の状況は、狐の狡猾さでじっくりと敵の動きや、乱れが起きるのを待っている間まであろうと、私は考えました。

　空中にポカッとオレンジ色の花が咲きました。つづいて、つぎつぎとオレンジや黄色の花が咲きはじめました。駆逐艦から射ち上げる高射砲弾の炸裂であります。

「海軍さんよ、どうした。高すぎる。ションベン弾、射ちやがる。——よーし、みんな聞け。A－20は目標の船をきめて分散する。そのときが突っこむチャンスだ。落ち着けよ。狙いはP－40だ。A－20は捨てろ」

　戦闘の火蓋をきるタイミングの指示がありました。酸素マスクに、私の息が音をたてています。排気弁がスカンスカンと鳴ります。これが聞きとれるのは、極度の緊張のなかにも、冷静さを失っていない証拠といえましょう。臨戦態勢の第一歩は、まず合格であります。

この空戦のはじまる寸前の状況を、私はわりあい落ち着いて見渡すことができました。

しかし、その待ち時間の長いこと（実際は三分ぐらいだったそうです）。ベットリと汗ばみ、胸の上をすーっと一筋汗が流れ落ちたのを、いまでも覚えています。駆逐艦から高射砲と機銃の弾幕が張られました。輸送船からも、ポツンポツンと射ち上げています。船舶砲兵の機関砲でしょう。

一触即発ではなく、なんとなく、のんびりと戦闘が開始されてゆくような気配が、かえって目に見えぬ圧力となり、不気味でありました。

ミスに乗じた絶対優位

不意に、まったく突然、A－20の編隊が雪崩れこむように一斉に高度を下げ、三隊に分かれました。駆逐艦と輸送船に、それぞれ目標を定めたのであります。「いまだ！最後尾の編隊に突っこめ！　相手はP－40だ。A－20は捨てろ」

怒鳴るように指示すると、中隊長機は真っ先に半横転して機首を下げ、私たちもそれにつづきました。当番の第一小隊はいかにと、ちらりと目を向けました。降下に移った私たちを見て、上昇旋回中の八機のP－40が、まだ十分な高度もとれないまま機をうかがっています。その八機に、当番の三機はほとんど垂直に近い姿勢で、突っこんでゆくところでした。

高度四五〇〇メートルあたりで、空戦が開始されました。この高さなら、私たちには安全圏であります。四〇〇〇メートルから上になると、ガクンと速度が落ちるP－40と、六〇〇〇メートルまでは加給器を使わなくとも、第一速で思い通りに飛べる三式戦では、行動範囲も戦闘態勢も格段の相違があります。

私たちを爆撃隊に近づけぬため、P－40はダイブして逃げずに向かってきます。よしんばダイブしても、降下速度の限度がP－40は時速七〇〇キロで一杯、三式戦は、時速八五〇キロでもまだ余裕があります。一五〇キロの差があれば、手を伸ばして摑まえられるほどの余裕があります。

この高度で水平戦になれば、旋回半径の差が歴然と優劣に現われてきます。P－40は半径五〇〇メートルを必要とし、三式戦は空戦フラップを半開きでも、垂直旋回の半径は三〇〇メートルです。尻につかれても二回りすれば、逆に相手の尻に喰いつけます。巴戦に入れば、もう絶対に勝ちであります。

「かき回せ、かき回せ！　かわすんだ。乱戦にしろ、辛抱しろ！」

中隊長から檄がとんできます。

このとき私は、

「ひょっとすると、この空戦は勝てるのでは……」

と、ふっと思いました。好条件が全部こちらにあるのです。

ただし、申し訳ないことですが、船団の存在を無視してのことです。二六機のP－40だけが相手であり、いかにして喰われないようにするか、必死だったのであります。

「潔く散った」「南溟の蒼海の涯に」「莞爾として敵艦に突っこんでいった」などと、美辞麗句を並べて戦場のニュースが報道されていたころ、悲愴感のなかにも、若者には一種の憧れにも似た感情を芽生えさせました。

ことに戦闘機乗りが、ただ一人で死んでゆくということに、不遜ないいかたですが、ロマンチックな想いさえも抱かせたものであります。

しかし、現実の空戦とは、勿論そんな美しいものではなく、自らの心の中で生と死が葛藤する、ドロドロとした、陰惨ともいえるものでありました。身を捨て楯となり、戦友を庇うなどというヒューマニズムは、実戦場には見られないものであります。

その場に二人きりしかおらず、どちらか一人が死ねば、他の一人は必ず助かるという場合なら、生き延びて役に立つ一人を庇うかも知れません。しかしそれも、その場になってみなくてはわかりません。

戦闘機乗りが空戦で庇いあうのは、これから先に展開されるであろう状況に、自分が有利になるためにやるもので、身を挺して他を救おうとしているのでは、決してないのであります。

この日の空戦に話をもどします。

私は狙いをつけた一機を追尾し、一撃したのですが命中せず、きれいにうまくかわされました。

くるりと旋回し、さて、つぎは眼前に現われるであろうと予測していた一機が、思い通りに右手に見えてきたとき、習性になっている後方確認のため、ひょいと振り向くと、二〇〇メートルばかり後方からP－40が三機、一列横隊に機首を並べて猛然と追尾してきました。

ヤレヤレであります。中隊長の指示は、「喰うより喰われるな。かき回せ。かわせ」であるからには、それに従うべきであります。

少しスロットルを絞り、速度を落としてタイミングを合わせ、フルスロットルで急上昇に移り、そのまま二〇〇メートルほど昇り、機を一八〇度回転させて上（じつは垂直になります）を見ると、案の定、敵の三機は私が急上昇に移った位置を一五〇メートルも行き過ぎてから、急上昇をはじめています。

三式戦の空戦フラップ（蝶型フラップ）は自動にすると、飛び方に順応して、つねに安定した作用をするように造られています。さきほど半開きから、自動に切り替えたばかりであります。

三式戦の急上昇は飛行線から直角に折れ曲がるように、捻るように、急激な姿勢の変化を一瞬にして行ない、みごとに昇るのが特徴であります。それにしても、みごとに出来ている機体であります。

敵は三対一だから喰えると考えているのでしょうが、この高度での格闘戦はこっちのものなのです。ちょうど三角形に編隊を組んで上昇している敵さんは、演習訓練みたいに整然と翼をつらねています。

「真ん中が指揮官機だろう。よし、あれを喰ってやろう」

狙いをつけて上昇しながら、機体を右へ、左へと回し、周囲の戦況を確かめました。二機のＰ－40が白煙をひいて、海へ落ちてゆくのが見えました。

海面では、二隻の輸送船が航跡を白く半円に描き、回避運動をつづけています。それよりもかなり大きなウエーキを、これも円形にのこした駆逐艦が二隻、全速力で艦体を傾けながら走っています。

対空砲火の炸裂する煙が、五色に咲いた花のように拡がり、蒼い海をバックにくっきりと浮かびあがり、A－20は喧嘩でもしているように入り乱れて、砲煙の下を飛び回っています。

この一瞬、私はどこからも襲われる状態ではなく、安全であることが確認できました。

「今だ！」

バーを蹴り、ステッキ一杯で急反転して機を水平にすると、上昇中の三機は、私の正面一五〇メートル、下方七〇メートルの見下ろす位置にありました。直距離にして約一六五メートル。彼らは急反転して私に向かっても、上昇気味ですから、せいぜい時速は四〇〇キロ程度になる計算です。であれば、私を彼らが攻撃圏にとらえるのに、約一・五秒弱は要する。私が停止しているわけではないから、まず安全であります。

また、この三機がこのまま上昇を続けたとしたら、私と同じ高度に達するのに〇・六三秒はかかります。〇・六三秒あれば、私は一〇〇メートル前進し、ピッタリ五〇メートル前方に、彼らの大きな背中が現われる計算になります。

あの大きな背中に五〇メートルの距離から命中させることは、キャッチャーミットに一メートルの距離からボールを投げこむよりも、容易なことであります。

人間の脳の働きの素晴らしさは、現在のコンピューターよりも早く思考を処理してくれます。反転終わって水平になり、〇・六三秒後の勝負の決断を、一瞬にしてしまうのであります。

そのうえ、周囲の安全を確認し、もし彼らがその時点で反転に移れば、ゆっくり大きな腹を見せてくれるから、喰うのは簡単だと判断するのであります。背中合わせに上昇したことが、彼らの間違いであり、一八〇度もしくは九〇度回転して、上昇すべきだったのです。

いま私が敵の背中を正面に見て、一気に攻撃に移る姿勢に入った瞬間を、彼らは確実に視認しているはずであります。そしてこの形になることも、彼らが上昇に移ったときに、一応予想したはずであります。それなのに、

「なぜ……？」

と疑問に思うのですが、それには、色々な要素があります。

私に対して機体を九〇度あるいは一八〇度回して、安全策をとらなかったのは、私がほとんど垂直に近い角度で上昇しているのに、彼らはまだ上昇中の弧の状態にあったこと。これは、機の性能上の問題であります。同時に、上昇に移るタイミングを失った誤りを犯したためでもあります。

でなければ、彼らの僚機が、どこからか私を狙うための布石かも知れません。しか

し、この時点で、そのような敵機は見当たらず、私は安全でありました。とすれば、やはり彼らは間違いをやらかしたのであります。

他から予想外の邪魔が入らない限り、私は絶対優位にあり、彼らは逃れる術がないのであります。〇・六三秒後の結果を、双方ともはっきり意識していると思うべきであります。

彼らが逃れる方法は唯一つだけで、それは左右の二機が両側に開くように失速反転し、真ん中の一機がステッキを一杯に引いて、機を垂直から背面になるくらいの姿勢になり、突っこんでゆく私の腹を、至近距離から逆に一撃することであります。しかし、時速六〇〇キロ前後で眼前を通り過ぎる小さな飛行機に、命中弾を撃つのは神技的であり、不可能に近いことであります。それに自分が失速することは明らかで、左右に分かれた機とともに私からは逃れても、つぎの状況下では、さらに不利な態勢になってしまうでありましょう。

彼らも戦闘機乗りであり、幾度か実戦を経験しているならば、指揮官機は心中はどう思おうが、このまま上昇を続けるでありましょう。

失速反転時の頂点では、立てかけた戸板が倒れるような、およそ高速の空戦とはかけはなれた、スローモーション映画のような、鈍重な動作を余儀なくされ、こんな乱戦のなかでは命とりであります。だから彼らは、あえてこの愚かな行動をするはずはありません。

そこで私は、全速で彼らの一機を目標に突っこむのが、最善の戦闘行動であり、今やっとその形になったのであります。私は躊躇することなく、真ん中の敵さんを、光像式照準器で確実に捉え、スロットル一杯で突っこみました。

私が突っこみに移った瞬間、予期せぬことが起こりました。右側を銀色の光の矢が、稲妻のように追い越したのであります。上方から降下してきた味方機であります。おそらく、時速七五〇キロくらいのスピードで、あっという間もなく急上昇し、右へ昇ってゆきました。

そのとき、眼前の三機の右側の一機が、マジックでも見るように一変し、幾片かの黒い影となって四散したのであります。〇・一秒前に私が周囲を確認したとき、そんな態勢にあった味方機は目に入りませんでした。ど肝をぬかれました。

もうそのときは、私も目標に連射三発（私は三発主義でありました）、衝突を避けて右側に急旋回したのですが、四散した直後の右側機の破片のなかを突きぬける形になり、左主翼に「ガーン！」とかなり強い衝撃を受けました。

何が当たったのか点検する暇もなく、すぐに左垂直急旋回に入りました。旋回に入ってから、垂直よりやや背面になる姿勢をとり、右舵をちょっとときかせてステッキをもどすと、遠心力がそのまま機を横上方、すなわち右翼方向に働き、あとは方向舵を昇降舵としてつかい、昇降舵を方向舵の代わりにと逆につかい、補助翼で姿勢をコントロールすると、機体は真横のまま右翼方向にすーっと滑り上がります。もちろん前進を続けながらです。

これをやるには、手足の操作がややこしく、左旋回中、

「ステッキもどし中央、右フットバー蹴り、ステッキ前倒、もどし、左当て、フットバーもどし」

これを素早い操作で機体の姿勢とスピードに見合うよう、タイミングを合わせてやるわけです。操作と操作の間を取り違えると、いずれかの方向に強く働いた力を打ち消せず、右または左の翼の方向に、すーっと滑り上がることはできません。

要は、前進力だけはそのままで、遠心力を他の力に変え、真横に昇る力にするもので、機体のある機能を相殺するのがコツであります。こんなことは練習を重ねてもなかなかうまくできず、あるとき突然、身につくものであります。

四散した敵機のなかを突きぬけたとき、「ガーン!」と音はしましたが、飛ぶのになんの異状もありません。

「ありがてえ！　まだ飛べる」であります。

執拗な超低空爆撃

スライド上昇しながら見渡すと、いま私が撃った敵さんは、片翼をヒラヒラと空中に残し、太い黒煙をひいて不規則に回転しながら墜ちてゆきます。眼下の戦場のあちらこちらに、墜落機の残したと思われる黒煙を、七本確認しました。高度計は五二〇〇メートルを指しています。

「今日は高い。酸素は間にあうかな？」

ちらりと思います。

中隊長の怒声が入りました。

「第一、第二小隊当番。第三、第四小隊A－20にかかれ、腹の大きいのから喰え。了解か？」

例によって、激戦混戦のさなかとは思えない悠長な返答が、

「ダイイチ・ショーターイ、リョウカーイ」

各小隊からの声が返ります。そして間髪を入れず、

「第四小隊、まっすぐに降りろ。全速だ！」

小隊長の指示が入りました。

私は即座に機体を捻り、海面にまっすぐに機首をたて、エアブレーキなしのフルスロットル、文字通りの逆落としに入りました。

それにしても中隊長の戦さのうまさ、駆けひきの妙には感心しました。まず直掩機を叩き、バタバタやって相手を萎縮させておき、つぎに爆撃機をやろうというのです。しかし、この時点では、輸送船も駆逐艦も満身創痍であり、この爆撃は終わりに近く、この戦闘そのものが終焉を告げる直前にタイミングを合わせ、A－20にかかれというのであります。もし無理をして、最初に爆撃機に立ち向かったら、下手をすると全機やられてしまう恐れがあったのです。

酸素も少なくなっています。中隊のなかでも理論派に属する戦闘をやる第一小隊を、当番に残し、臨機応変な実戦派の第三、第四小隊を前面に出して、爆撃機を叩こうというのであります。

適切な指示であり、さすがに一流の指揮者というべきでありましょう。

五〇〇〇メートルから落として一〇〇〇メートルで引き起こしにかかれば、五〇〇から六〇〇メートルが底になります。平均時速八〇〇キロで、この四〇〇〇メートルを降下するのに要する時間は、秒速二二二メートルですから約十八秒、一息も二息もつける戦場での休み時間であります。

　この約十八秒の間に、人間は色々なものを見たり、色々なことを考えたりするものであります。

〈まだ陽は真上にきていない。引き起こしたら東の端まで吹っ飛んで、少し高く約一五〇〇メートルに位置どりしよう。ヤツラも東側から仕掛けているから、腹の大きいのが順番待ちでゴロゴロしているだろう〉

　機体をループさせて眺めると、はるか遠くに懐かしいツルブの基地があり、ニューブリテン島が蒼い海にそっと置いたように浮かんでいます。

〈何んだ、ほんの庭先じゃないか。これなら両目をつむっていても帰れるわい〉

　銀色の五機が垂直に近く、海面に向けて降下しています。

〈フム、フム。第三、第四小隊、全機無事だ。第一、第二も無事なんだろう。俺が確認しただけで、敵さんは九機落ちている。すると中隊長はくみしやすしとみて、敵さんを二つに分けたな。エーと、二六引く九は……、一七機か。その半分は八機か九機だ。八対六なら負けやせん〉

〈エーと、P－40はエアブレーキを出して、そろりそろりと降下してくるから、降下速度の差は時速で一二〇キロはある。これは秒速だと、三三・三メートルだから、俺が引き起こしにかかったときは、約六〇〇メートルは後ろだ。（追尾されたとき）六〇〇メートルあれば、どんな細工でもできる。じゃあ後ろの確認は、引き起こしの直前でいい。それより下の戦況は……あれあれ！　超低空爆撃をしていやがる。五〇〇メートルぐらいだ。下手に上から押さえる気になると、こちらが海にボチャンだ――〉

〈あのごちゃごちゃのなかに飛びこむんだ。つぎからつぎに射てるだろう〉

〈デカイ図体をしているから、狙いどころだ。でも俺は旋回銃は苦手だ。不気味だよ〉

二隻の駆逐艦と輸送船は黒煙に包まれ、それでも蛇行を続けています。まだ舵がきくのでしょう。その重傷の艦船を、A－20は海上を這うように飛びながら、執拗に反覆攻撃をしています。

「待っていろ、いま助けにいくぞ！」

そんな気持が湧いてきますが、私たちが突っこんだからといって、ほとんど力にはならぬはずであります。ただ一秒でも早く敵がこの戦場から離れてゆくように、かき回してやるだけなのであります。

約十八秒の間に、これくらいは考えたり、思ったり、見たりはできるものであります。

極限の垂直降下

時速八〇〇キロの急降下は、文字で見たり耳で聞いたりするのとはまるで違う感覚で、まったく凄まじいものであります。

スキーの直滑降のように、姿勢正しく降下するのではなく、機体をゆっくりループさせて降りてゆくのですが、上昇のときとは違い、エンジンに負荷がかからないので、快適に目一杯回ります。

ペラピッチは四〇度くらいですが、キーンという高周波音みたいな音をたて、排気音はまったく聞こえません。キャノピーの段差に生じる風圧音は、海鳴りのように耳を聾せんばかりで、今にもキャノピーが押し潰されるような不安を抱かせます。

背中はもうバックレストに強大な力で貼りつけられるし、頭はヘッドレストに押しつけられ、スピードの極限に徐々に近づいてゆく恐ろしさは、表現のしようがありません。

細く薄く、そして長く伸びた主翼の先端は、小刻みに絶えず震え、十五番リブから先端までの〇・六ミリの外板は、リブの間がうっすらくぼんでいます。

こうなるとナイフエッジのように薄い翼厚が、この高速に耐え得るかと心配になります。そして、体中の血液が、すべて体の裏側に集まった感じになり、意識もうすれそうであります。

しかし、スキーのジャンプ競技でも、ベテランのジャンパーは空中で意識をはっきり持ちつづけるといわれていますし、パラシュート降下で傘が開くまで、明確な意識を持たなくては事故につながります。なんでも、幾度か経験を積むうちに、自分の明確な意識を持続をする限界を覚えるものであります。

私の場合は、普段、総合的に一定のリズムとして聞いているエンジン音が、それぞれの部位の音に分かれて耳に入ってくるようになります。

配電盤とローターの高回転接触音が「コーン」と一枚の音になり、切点とポイントとの打音が「シュー」と切れ目がなくなり、噴射ポンプの音が「シャー」と乾いた音に変わり、ウォーターポンプが唸り、バルブを叩くカムの音が高回転ミシンのようになめらかになり、燃料がパイプの中を流れてチャンバーの入口で直角に曲がるためウォーターハンマー現象を起こし、増幅すれば「ゴー」と恐ろしい音になるであろうと思われる共鳴音になります。

ある音は高く、ある音は低く、まるで訴えかけてくるように伝わってくるのであります。このときが、もう私の明確な意識を持続できる限界であります。

これを乗り越え、克服するのは、各人各様にやっていましたが、私はマスクのなかで大きく口を開き、精一杯の大声で意味もなく、「ウワァーッ、ウワァーッ」と怒鳴りながら降下を続けたものであります。耳にかかる強大な気圧を鼻にぬく効果もあり、これを実行しました。

考えてみれば、大の男が唯一人、逆落としのコックピットの中で、気が狂ったように大声でわめき散らしている姿など、とてもとても、好きな娘になんか見せられたものではありません。必死というか、まさに正気の沙汰ではないのであります。

降下に入った直後は、海や遠くの陸地が一枚の大きな絵となり、それがゆっくりと回っているだけであります（本当は機体の方が回っているのです）。なんの変化もなく、海面に近づいているのはわからないくらいです。

それが二秒後には、はやくも視界が狭くなってきます。そして、急激に海面にピントが合いはじめ、燃えている船の船首船尾の区別もはっきりとわかり、海上に浮かぶ色々なものの相互の距離がつかめるようになり、白い小波さえも識別できるようになります。

ここまでくると、海面はぶつかってくる感じでせり上がってきます。この辺が、引き起こす高度一〇〇〇メートルであります。

引き起こすには、ステッキを引くのは当たり前のことですが、時速八〇〇キロから八五〇キロで垂直に近い角度で降下する三式戦のステッキは、風圧のため、たとえ千代の富士でもジャイアント馬場でも、ただ引っ張るだけでは引き起こせない重さであります。

これを起こすには、降下の軸線から垂直方向へ「ステッキ前へ」で、ちょっと「下げ」をとるのであります。引力の協力で機首は心持ちフッと下がります。その瞬間に力一杯ステッキを引くと、慣性の法則により機体は軸線にもどる気配を示します。これを利用して起こすのですが、これがまたまた大変なのです。

私なんか両足をフットバーのペダルからはずして計器板に移し、力一杯ふんばります。こうなると操縦ではなく、これでもかこれでもかと機体との格闘であり喧嘩であります。

そして、降下の底(最低点)にいって、上昇に移るときのG(加重)は物凄く、このときも失神しそうになり、「ウワァーッ!」の連続であります。

このとき両主翼は、十五番リブから先端にかけて曲線を描いて反りかえり、外板に皺ができ、パッンパッンと沈頭鋲の折損する音が鋭く耳に響くのが常であります。

このわずかなひとときを過ぎて上昇に移ると、急にスピードは落ち、唸りをあげていた飛行機が、和やかで優しいものに急変するのであります。

約一五〇〇メートルまで上昇し、機体を大きく左に傾けて目にした海上は、目を覆いたくなる惨憺たるものでありました。

二隻の駆逐艦と二隻の輸送船は、炎上しつづけて黒煙につつまれ、海面は一面に大小さまざまな浮遊物が散乱しているなかに、おびただしい陸海軍の将兵が、入り乱れ、入りまじって漂っているのであります。

A－20は三機編隊一組で、高度五〇〇メートルぐらいのところをわがもの顔で飛びまわり、息も絶えだえの艦船に反覆攻撃を加えています。爆撃を終わり軽くなったのは、海面に漂う将兵に銃撃を加えています。上から見たときは、無秩序に動きまわっていると思ったA－20の行動は、整然としたものでありました。

見上げると、第一、第二小隊の六機が銀色の隕石(いんせき)となって突っこんできます。それを追うP－40はこれも六機で、ゴール前の競り合いに敗れたランナーのように、ぐんぐん差を開かれて降下してきます。

私とともに降下した他の五機は、立ち昇り拡がる黒煙と五〇機あまりが乱れ飛ぶA－20の群れのなかで、どこに位置しているのか不明であります。

A－20を喰え！

この爆撃戦空域の東端、一番高いところに位置した私が一旋回すると、驚いたことについ数秒前、一機も見当たらなかった五機の僚機が、私と同じ高度で、これも同じく空戦域の外で小旋回をしているではありませんか。

「松本よ！」

いつもに変わらぬ第四小隊長の呼びかけであります。

「はい！　松本」

「一番乗りか。無茶な奴だ。異状はないか」

「はい、ありません」

「よし。位置どりの判断は文句なしだ」

このやりとりにダブッて、中隊長の指示がはいりました。

「A－20を喰え。P－40は動きがとれん、かまうな。こちらは全機完調だ。思い切ってゆけ！」

五〇〇メートルの低空では、P－40は上下、すなわち高低の動きが限定制限されるし、上にいる我が中隊の僚機が待ってましたとばかり、浮き上がる天ぷらを箸につまむように、簡単に喰えるはずです。私たちがＡ－20をかき回せば、この空戦の終わりは早くなると中隊長は判断したようです。

「第一、第二小隊当番、第三、第四小隊攻撃に移れ」

中隊長の指示です。

「第四小隊ゆくぞ。あまり接近するな」

小隊長は、Ａ－20の旋回銃を警戒するようにと、言外で指示しているのであります。

戦場は五〇〇〇メートルの高空から、海上五〇〇〇メートルの四、五キロほどの円形に変わりました。私たちは翼を翻して、一斉にＡ－20の群れに潜りこんだのであります。

私には初めての経験であります。フライ級のボクサーがライト級の選手に挑むような気持になります。

恐ろしいのは旋回銃で、いままでは進行方向が安全地帯であり逃げ道だったのでありますが、今度はどこから弾丸が飛んでくるかわかりませんし、如露で水を撒き散らすようにバラバラと拡がって飛んでくるのですから、どう避けてよいか見当がつきません。小隊長の、

「あまり接近するな」

西部ニューギニアを攻撃するA20爆撃機。日本船団に襲いかかる大編隊をとらえて、第103中隊は10機を撃墜したという。

という注意と相乗して、私を必要以上に臆病にしているのであります。

しかし、三式戦の装備している一二・七ミリ機銃を連射し、命中すれば墜ちるはずであります。それだけを頼みの綱にし、右垂直旋回の直前でステッキをもどすと同時に左に一杯に倒し、左フットバーを軽く蹴ると機は躍り上がって海中に潜るイルカのように、水平遠心力を上下の慣性へと変え、小さな運動弧にして飛びこむように機首を下げ、Ａ-20の群れに入ってゆきました。

前方下一〇〇〇メートルあたりを、Ａ-20三機が一本の棒のようになり、はるか向こうの燃えさかる輸送船に向かってゆくのが目に入りました。

「よし、あいつだ。やったれ！」

全速で追いかけました。何機かのＡ-20とすれ違ったり追い越したりして、これが空戦といえるのだろうかと思うほどでした。曳痕弾が前後左右上からと、まるで五色のテープのように飛びかっています。

〈よく当たらんもんだ……〉

と不思議でした。

一呼吸で目ざす三機の後方一〇〇メートル、高度差五〇メートルに達しました。

〈それにしても、鈍速、なんて遅いんだ。しかしデカイ！　まるで水牛だ〉

機首を下げて、太い胴体と主翼との付け根を照準器に入れ、速度差時速一〇〇キロを利して迫ります。五〇メートルまで近づけば、私流の連射で確実に喰えます。あまりの簡単さに、かえって不安でありました。頭の中でとっくに計算はやりつくしてありましたが、なんとも不安なのでありました。

もし、私の弾が命中しA－20が四散したとすると、私はその破片の中に飛びこむことになりそうです。でもあのデカイ機体が四散することは、万が一にもないと思います。

〈よし、やれ！〉

本能的に振り返る。追尾する敵機なし。目標の黒い巨体は、抱えた爆弾の重さでヨタヨタしています。もうこの距離に近づくと、直進する敵さんの補助翼や方向舵が細かく動き、姿勢制御をしているのがよくわかります。懸命にコントロールしているのでしょう。その後を右に左に機を滑らせて旋回銃の弾丸をかわしながら、〇・何秒後の発射のチャンスを待ちます。

最後尾機がピタリと照準器に入りました。発射レバーはすでに握っています。

「ボタンを押す」「ステッキを引く」「右足を蹴る」

この一瞬に、目標機の七、八メートル上を通りぬけます。

「ステッキを左に倒す」「右足一杯に蹴る」で機は大きく左に傾き、機首を持ち上げ、一息に一五〇メートル上昇し、真下にいまの三機を見る形になります。

狙った一機は右翼付け根から太い白煙をひき、左前方の海面に向かい離脱してゆきます。他の二機は直進をつづけています。

〈よし、あの二機を真上から……〉

と逆さになった途端、

「松本、かわせ！　お客さんは任せろ」

小隊長の声であります。

「了解」

ちょうど私の真下二〇メートルくらいを、一機また一機と銀色の矢が通り過ぎ、そのまた下のA－20二機は、ほとんど同時にガクンと沈むように停止（と見えた）、片翼を二機とも同じように吹き飛ばされ、クルリンクルリンと二度ほど変な回り方をして、海に突っこんでいきました。みごとな撃墜であります。

〈オレのやったのはどうしたか？〉

先ほどの方向を見ると、二〇〇〇メートルばかり向こうの海面に着水したところでありました。かなり大きな水しぶきがしずまると、機は逆立ちもせず浮いていました。思わず、

「うまい」

と敵さんの着水に感心して、上空一〇〇〇メートルまで昇りました。上空を見上げると、三〇〇〇メートルのあたりに一二の黒点が見えます。あわてて方向がわからないまま、

「三マル（三〇〇〇メートル）一二機！」

敵か味方か不明。逃げ道はと考える間もなく、中隊長の声で、

「交替が来た。東二マルに各小隊集合せーい！」

一二機は味方海軍の零戦でありました。まだ陸軍の持ち時間内なのですが、来てくれたのであります。

本日付満期除隊

敵さんたちは一斉に南下をはじめ、零戦が追撃してゆくのを見ながら、戦場東二〇〇メートルに集結し、編隊を組むと二機見当たりません。第三小隊の二機でありま
す。

「第三小隊、どうした？」

中隊長の声。

「わかりません」

第三小隊長の応答。

「誰か見た者はおらんか？　第一小隊！」

「はい、第一、見てません」

「第二小隊！」

「はい、見ておりません」

「第四小隊！」

「見てません」

「よーし、海面上を十分間ほど捜索する。十分後に集合、各機散れ」

もう敵味方とも一機もいない低空を、何か見覚えのあるものはないかと探し回りま

した。浮遊物のいっぱい漂う海面には、それらしいものは何も見えません。もしあったとしても、このゴチャゴチャでは見つけることは困難でありましょう。

二隻の輸送船が相前後して沈んでゆきました。悲愴なものであります。大破した駆逐艦二隻は、懸命に消火活動をしています。

一機また一機と東の空にもどってきました。一〇機の編隊を組みました。第三小隊長が私の左側にすーっと寄ってきて、右手を挙げて合図すると、そのままゆっくり斜め後ろにピタリとつきました。戦闘のすべてが終わりであります。

「これから帰投する」

そういいながら中隊長は、大きく大きく旋回をつづけます。後ろ髪を引かれる思いなのでありましょう。

「松本」

「はい、松本」

「燃料残はいくらだ。どのくらい飛べる」

私は各燃料計に目をやりました。

「どうした、松本！」

怒声がとんできます。

「はい、松本。第一ゼロ、第二、一六〇リットル、第三ゼロ。時速四〇〇キロで、一時間七分飛べます」

「了解。現在地よりラバウル五〇〇キロ、ツルブ三〇〇キロ。ツルブに帰る。南々東にコースをとる。急ぐな」

悄然としての帰投でありました。まだ正午前の時刻でありました。

ツルブに着陸したのは、午後一時ごろであったと記憶しています。整備兵や当番兵が飛びだして迎えてくれました。二機の未帰還を知って、笑顔の者は一人もおりません。

指揮所前に野良犬みたいに集まった搭乗員たちは、誰も彼もがげっそりと頬がこけ、憔悴しきった顔をしています。

「体の具合の悪い者はおらんか。おったら軍医のところへ行け。食事後、十四時指揮所に集合。別れ！」

この最後の「別れ」がいいのであります。通常は「解散」で、整列した最右翼が「頭あー中」と敬礼し、さらに最右翼が「別れ」で各人敬礼して終わるのですが、中隊長がいきなり「別れ！」をやるのであります。

野良犬みたいに秩序のない搭乗員が、それぞれの位置でお座なりに右手をちょっと挙げて別れます。私はこの中隊長の「別れ！」が大好きでありました。

しかし、この日の「別れ」は、二機の未帰還を意にとめていない「平気さ」というような顔をしていますが、心中は泣きたいのであります。

未帰還機の整備員が、なにか聞きたくて従いてきます。搭乗員の一人が、

「志賀（真一郎）中尉がなあ、長い間お前に面倒をかけたから、本日付で満期除隊をするといっていた。先に帰るそうだ。今度また乗るときは、またお前に整備を頼むそうだ。ご苦労だったな」

抑揚のない低声（こごえ）でいいました。その整備員も、一緒に聞いていた私も、ポロポロ涙をこぼしながら歩きました。指揮所の屋根も椰子の林も、涙でボーッと霞み、にじんで見えます。親切でやさしく、生き延びる術（すべ）を教えてくれた先輩が二人、一度に死んだのであります。わめきだしたいほど、悲しい気持でありました。

半地下壕の私の宿舎に帰ると、整備班長の日野軍曹と、当番の金谷（哲夫）上等兵が、青い顔をして入ってきました。煙草に火をつけて一服、だれも無言であります。

しばらくして、日野軍曹が口を開きました。

「だいぶ酷かったですか」

「うん。Ｐ－40が二六、Ａ－20が四八だった。船団は全部パアー、駆逐艦が二隻のこ

った」

「で、何機ぐらい喰いました？」

「よくわからん。たぶんP－40は一〇機、A－20は六機ぐらいかな」

「凄いじゃないですか」

「でも、二機喰われてる」

あとは無言であります。

私は日野軍曹に、海軍のガソリンを貰ったので、噴射時期を変えてあるから、もとへもどすようにと指示しました。敵がきてすぐ飛ぶことになったら、困るからであります。

十四時、指揮所に集合しました。そして確認したのは、確実に墜したのがP－40一一機、A－20一〇機でありました。

私は、中隊長や小隊長、先輩たちから、この日の戦闘について沢山の注意を受けました。中隊長は、

「松本、よくやったぞ。しかし、功を焦るな。つねに『御身御大切に』を忘れるな。下に来てから、あのベテランが二機も喰われたんだ。気をつけろよ」

私を傷つけぬよう、勇み足的な私の行動をいましめてくれました。

小隊長は、

「お前は危なっかしくて見ちゃおれん。もう少し状況判断をしっかりやれ。つぎに何をやらなければならぬかを、よく考えろ。勝手に動くな」

とお叱りでありました。

先輩たちは、

「いやいや、りっぱ立派。そのうち慣れる。一戦一戦の積み重ねだ。今日は上出来だった」

とかばってくれました。

聞けば先輩たちは、幾度も私の後ろをカバーしてくれたとのことでした。

その後、熱心に個々のテクニックについて、具体的な話し合いになりました。全員、真剣な眼差しでであります。これがつぎの戦闘に役立つのでありましょう。感銘を受けたのは、ペエペエの私に大先輩たちが真面目に質問してくれることでありました。

「松本、お前は非常に計算が早い。何か方法があるのか」

「はい。全部、計器板に書きこんであります。たとえば速度計には、時速一〇〇キロのところに二七・七、五〇〇キロのところに一三八・八、五八〇キロのところに一六一。これは秒速であります。燃料計には、時速による消費量と飛行可能距離などであります」

「ふーむ、そうだったか。それは素晴らしいことだ」

「急降下のとき、ブレーキも出さず突っこんだが、機体がガクガクしたろう。物凄い突っこみだったが、あれはどうしてだ」

「はい、後につかれるのが怖かったし、一秒でも早く降りたかったからです」

「わかった。だが、戦況はどうだった？　あのときはバタバタ喰った直後だ。敵さんはバラバラになっていて、喰いつきやせん。もっと戦況を的確に判断しなくてはいかん」

「はい、わかりました」

「どのくらい出た、あのときは？」

「はい、八〇〇キロの上でした」

「呆れたヤツだ。恐ろしくなかったか」

「いいえ、ループしていましたから」

「それにしても速かったぞ。よく起こしたな」

「はあ……」

「あれは度胸がいるな。度胸が一分、機体への信頼度が六分、テクニックが二分、残りの一分は運だ」

「はい」

「お前はまだ空中分解を見とらんだろう。機体を過信するなよ。つねに八〇パーセントだ」

「はい」

「ところで、ループするのをどこで覚えた」

「はい、よく敵さんがやるので」

「あれは違う。ブレーキを出しての旋回降下だ」

「そうなんですか」

「なんだ、知らんかったのか。危ないヤツだ」

「はい、気をつけます」

「引き起こすとすぐ東側に上がったな。あれはどうしてだ」

「はい、陽がまだ上にきていませんでしたし、敵さんも東側から爆撃進路に入ってましたから」

「よし、それは正しい。忘れるな。それから今日は何機喰った」

「はい、P-40一機です」

「いやいや、A－20もやったじゃないか。立派な撃墜だ」

「見ていたんですか」

「ああ。恐ろしく近くまで寄ったな。危ないぞ。目標は大きいんだ。銃座からやられたら、蜂の巣になる。注意しろ」

「はい」

「お前は、攻撃から攻撃までの間をとり過ぎる。失敗をしても、考えずにすぐつぎの態勢に入れ。どう展開するかを、事前に予測しておくんだ」

「はい！」

なにをいわれても「はい」であります。こうして教えられ、諭され、育てられ、鍛え上げられてゆくのであります。

＊

ダンピール海峡上空で、輸送船団と護衛艦隊潰滅の悲劇を見ながら空戦した様子を、松本良男は、同じ陸軍の戦闘機乗りだった宮本郷三に、以上のように長い手紙で書き送っている。

乗機改造

このあと昭和十八年四月の初めに、松本は明野飛行学校に分遣され、三式戦未修飛行訓練を受けるため、戦線を離れている。

このときの模様と、二ヵ月後にニューブリテン島ツルブ基地にもどり、新しい機体を受領した様子を、編者あてに手記として送ってきている。

＊

未修飛行訓練

――昭和十八年四月の初め、私と整備の日野実軍曹は、明野飛行学校へ分遣された。目的は「キ六一・一型乙」（量産型）の未修飛行と、厄介な水冷エンジンの整備調整の再訓練のためであった。

私はすでにキ六一の未修飛行を、十八年一月までに明野で甲種学生と一緒に終わっている。なんのための再教育なのか不明だったが、前記の甲種学生だった将校の顔も十数名見られたので、きっと大切なことがあるのだろうと考えた。

川崎航空機の岐阜工場から、出来上がると同時に明野飛行学校に運びこまれたキ六一の量産型は、まだ細部の改修が続けられているらしく、機によっては部分的に異なるものがかなり目についた。

しかし、だいたい一定の規格になっており、この型で落ちつくだろうと予想できた。

まず、変更個所で目についたのは、尾輪が固定式になったこと、機首左側の与圧（ラム圧）空気取入口が大きくなり、内部に整流板がついたこと、風防前下の明かりとりの小窓がなくなったことなどが、外見上の違う点だった。

内部に関しては、燃料タンクの防火装置が、上面九ミリ側面六ミリのゴムになり、ニューブリテン島に持っていった機の絹フエルトは廃止されていた。下面の防火装置はなかった。

そして、燃料タンクの容量が大きく変わっていた。胴内タンクは変更なかったが、第一翼内タンクが三四〇リットル（旧型三八〇リットル）、第二翼内タンクは一六〇リットル（旧型二〇〇リットル）と、合計八〇リットルも少なくなっていた。滑油タンクも一個（旧型二個）になり、だいぶ大型になっていることがわかった。

最も大きな違いは兵装で、旧型の翼内七・七ミリ機銃が、ホ一〇三／一二・七ミリ銃に換装され、ホ一〇三×四の兵装になったことである。

いよいよ未修飛行がはじまり最初に感じたことは、スタートダッシュが鋭さに欠け、離陸時の浮きがいまひとつという感じだった。

しかし、水平飛行になると、どこがどう変わったのか安定性が非常に改善され、旧型にくらべて数段飛びやすい機体になっていた。

だが、未修飛行の初日から故障が続出した。特にオイル洩れと冷却水洩れが頻発し、地上でこのトラブルに見舞われ、離陸できない機が何機もあった。

エンジントラブルも多発した。水冷エンジンの宿命かも知れないが、この機種の前途に、暗いものを感じさせた。

操縦員も整備員も、この時期にキ六一に機種変更された者たちは、いきなり体験する気難しい飛行機に、大きな苦労を強いられることになった。

新品少尉の困惑

このようにして、二ヵ月の休養日なしの訓練を終えた私と日野軍曹は、六月初めに、帰郷休暇も許されず前線へもどされた。

ニューブリテン島のツルブ基地に帰隊して驚いたのは、搭乗員の顔ぶれがガラッと変わっていたことであった。戦死した者、他部隊に転属した者、内地帰還になった者と、約二ヵ月の間に、大きく様変わりしていた。

だが、それにも増して驚いたのは、ピカピカの新品キ六一が一二機も空輪ずみになっていたことである。量産に入ったとはいえ、まだ二五〇機程度しか完成機がない時期に、早くも一二機が補充されていたのは、心強く満たされた気持だった。

久しぶりに半地下壕の自分の宿舎に入り、一服していると、隊長から呼び出しをうけた。中隊本部に来いというのである。まだ帰隊の申告もしていなかったので、少しばかり気がとがめた。

「おう、来たか」

私の顔を見るなり隊長はそういって、かしこまって申告しようとする私を手で制し、

「おい松本、オメェ六月一日付で少尉になったぞ。いよいよ一人前だナ」

申告はいいとつけたし、にこにこ笑いながら、

「はあ……」

「びっくりしたか。ちょっと遅すぎだ。まあ少尉になっても、なにもカワラネェよ。やることは同じだ。ただナ……」

「はあ……」

「ただなあ、今日の昼飯から将集（将校集会所・食堂兼用）で飯を食え。変わるのはそれだけだ。わかったか」

うな思いを込めるような、将集にゆ

えらいことになった、と私は思った。なにも変わらないのはいいけれど、将集にゆくのが困るのだ。私は陸軍少尉としての軍装品も服装も持っていないのだ。もちろん軍刀もない。南方進出のとき、別便で送ったのがどこかで行方不明になり、届かなかったのだ。

内地部隊なら、さっそく新たに手に入れることもできるが、第一線にきて少尉になる前に戦死するだろうと考え、少尉進級の準備はせず、軍装も服装も官給品で間に合わせていたのだ。

下士官の間はそれでもよかった。しかし、陸軍少尉ともなれば、いままでの服装で将校集会所にゆくわけにはいかない。どうしたものかと、さすがの私も少し慌てた。当番兵の金谷に相談し、当番仲間で戦死した搭乗員についていた者が、私物をまだ送り返していない者があったら、それを借用しようかと考えながら宿舎にもどった。

宿舎に帰ると、金谷上等兵はなにか整理しているところだった。

「俺、少尉に任官したよ」

というと、

「六月一日付ですよネ」

「なんだ、知っていたのか」

「はい」

知っていたばかりでなく、軍服の心配をしてくれていた。金谷がいうには、戦死者の遺品も探してみたが、中隊本部が早々に出身地へ送ってしまい、皆無だという。そこで二人で相談し、作業衣でしばらく間に合わせることにした。

「略衣袴の代わりに着るんだから、色物の作業衣を探してくれ」

「わかりました。探してみます」

十五分ほどして金谷はもどってきた。なんの兵科のものかわからないが、草色の濃いカーキ色の上衣は、折襟で五つボタン、腰までのジャンパー様のもので、袖口はボタン止めになっている。平ズボン様の軍袴もついている。生地は木綿である。

「舟艇部隊か、車輌部隊のだろうと、被服係がいっていました。一着だけまぎれこんでいて、員数外だから持って行けといって、くれました」

襟につける小さな少尉の階級章を一つ、金谷は見つけてきて、左腕につけてくれた。搭乗員の少尉殿としては、かなり珍奇な姿で、哀れでもあり噴飯ものであったが、私はそれを着用し、昼食のとき将校集会所へいった。

配転で着任した初日だとか、新品少尉の初日などには、将集での初めての食事のとき、隊長に最も近い席につくのが仕来りになっていて、このときも私の席は隊長のすぐ隣りに設けられていた。

席には、隊長をはじめ地上要員の将校、それに士官搭乗員総勢三十余名がすでに着席し、中には食事をはじめている者もいた。

「遅くなりました」

着席した私に、

「なんだその格好は？　エーッ松本⁉」

隊長は目をみはった。

「はい、じつは……」

私はしどろもどろになりながら、こうなった事情を説明した。

将校集会所に、笑いの渦が巻きおこった。

「そうか、そうだったのか……。まあ仕方がネェ。おい、みんな聞け。松本搭乗員が仲間入りしたが、聞いての通りでこんな格好だ。勘弁してやれ。ヨソからの転入者でないから、紹介は省く。以上だ」

隊長の言葉にホッとし、さて食べようと箸をとったとき、隊長は一段と大きな声で、

「松本少尉！」

と呼んだ。将集の隅まで聞こえる大声だった。

「はい、松本少尉」

「本日より基地内における現在の服装を許可する！」

「はあ……」

「なんだ、不服か？」

「いいえ、有難くあります」

「かまわネェ――。遠慮せず着てろ！」

この一言は、将集にいる全将校に確実に伝わった。私の本格的な作業衣姿は、この日からはじまった。基地内だけでなく、外出はもちろんのこと、公用で戦隊本部に出かけるときも、この姿だった。軍刀なしの丸腰である。

このたった一着の作業衣は、汗に濡れて洗濯を繰り返すので、袖口がすり切れたのだが、最後の飛行となった前日の、昭和二十年四月二十八日まで、ずっと愛用することになるのであった。

乗機決定

昼食を終えて宿舎にもどると、日野軍曹が待っていて、

「乗るのが決まりましたか？」

と私の顔を見つめた。とっさに意味が飲みこめない私に、日野はすぐに説明をはじめた。

明野飛行学校に分遣中、私の乗機は他の搭乗員が乗り、撃墜されてすでにない。空輸補充された一二機のうちの一機が、私の乗機になるので、

「乗るのが決まったか」

と聞いたのだというのだ。明野に行くまえまでの乗機が、なくなってしまったことに、ふと淋しさを感じないではなかったが、新しい機が割り当てられることは、やはり嬉しい気持だった。

翌日、つまり帰隊したつぎの日、新機の割り当てがあった。部隊標識と日の丸だけで、塗装されていないピカピカの機体は、見るからに精悍な感じだった。それが一二機一ヵ所に並べられているのは、壮観でもあった。

笑顔でつかつかと近寄ってきた隊長は、

「松本ヨ！　明野で休みなしの苦労をさせた埋め合わせだ。少尉にもなったことだし、まずオメェの好きなのを一機決めろ。それをやる」

最優先の選択権を、私に与えてくれた。

「はい、有難うございます。十分間ほど猶予を頂きたいのですが――」

「いいだろう。オメェ、その十分間で何を調べる気だい？」

「はい、自分は飛ぶだけで、飛行機の詳細については勉強不足で知識が足りません。機付の日野軍曹を呼んで、選んでもらうつもりです」

「そうか。いいところに気づいた。そうしろ」

普通、こんなとき士官搭乗員は、下士官の整備員に相談するのはコケンにかかわるとばかり、協力を求めたりはしない。

コックピットに入り、操縦系統に触れてみるとか、もっともらしく機体の下にもぐりこんでみたりして、自分で決めるものである。こんなことで飛行機の良否がわかるはずがない。

それを飛行機の構造に詳しい整備員に選ばせようというのは、私と日野軍曹の信頼関係がいかに深いかを、隊長は即座に理解し、

「そうしろ」

といってくれたに違いない。

私に呼ばれて来た日野軍曹に、

「松本少尉の乗機を選んでやれ」

と隊長がいうと、

「わかりました。いいのがあります」

いきなり歩きだした。日野はすでに一二機を点検しており、そのなかの一機に目星をつけていたらしい。しかし、隊長からじきじきに、「選んでやれ」といわれようとは、思ってもいなかったらしい。私の先に立って歩く日野軍曹の足どりには、喜びが溢れていた。

隊長以下全搭乗員と地上要員四〇名あまりが見守る中を、日野は脇目もふらず中ほどの一機に直進した。

「これです」

機側に足をとめていった。

それは、一見したところ他の機と変わっているようには見えなかったが、私は主翼左右の前縁から鈍く黒光りした太い砲身が、五〇センチあまり突き出しているのを見てとった。

「これは……？」

指さすと、

「二〇ミリ砲です。海軍の九九式一号銃です」

「はい、そうです。なぜ、この二〇ミリ砲が装備されたのか、いきさつはわかりませんが、装備されているのはこの一機だけです」

「えッ、海軍の……」

「日野さん、あんた、この二〇ミリがわかるの？」

「はい、わかります。扱えます」

「じゃあ、この機に決めた」

ものの一分もたたずに、私の乗機が決まった。

割り当てが終わると、各機は掩体壕にはこばれた。私は掩体壕のなかの自機を、日野とともに子細に点検した。

兵装は主翼に二〇ミリ砲二基、胴体にホ一〇三／一二・七ミリ銃二基が装着されていた。胴体内の燃料タンクが、旧型の二〇〇リットルから、半分の九五リットルに変わっていた。防弾鋼板は、着脱可能になっていた。

以上は私が知り得たことだったが、日野はさらに、無線アンテナの引っ張り方の違い、昇降舵索、方向舵索の機体内の経路の違いやバランスウエイトの相違、機首右側に補助冷却用の空気取入口が多くなったことや、燃料冷却器が大きくなったことなどを、私に教えてくれた。

そして、キ六一の量産について、

「方向は決まったけれど、まだ手さぐりなんですね」

日野軍曹らしい皮肉をいった。

また彼は、この一機を選んだことについて、こんな説明もした。

「この間の明野の実習で、この海軍の二〇ミリ砲の取り扱い訓練を受けました。現在、陸軍でも航空機用の二〇ミリ砲を開発中で、間もなく『ホ一〇五』として制式採用になります。これは近い将来、二〇ミリ砲がかならず装備されるということです。

であれば、たとえテストケースであっても、海軍の二〇ミリ砲を装備してあるこの機を、真っ先に使ってみるべきです。二〇ミリの威力は、十二・七ミリの三・七倍です」

とその威力を強調したあと、

「飛行機そのものは、この地まで空輸してきたのですから、まあ水準に達しているでしょう。飛んでみて不備なところや不具合があれば、すべて可能な限り手を加えましょう。

エンジンについては、予備エンジンが二基きていますから、この機のエンジンが不調だったら、すぐ交換しましょう。

しかし、エンジンには処女性というのがあって、同一資材同一工程で造っても、それぞれ生まれつきの癖といいましょうか個性があって、どう手を加えてもその個性は変わりません。

主にそれは欠陥として現われます。俗にいう『当たりはずれ』はどうしようもありません。だから、エンジンを三基持ってるつもりで飛んで下さい」

日野はこのように説明してくれた。

重量軽減すべし

その日、午後五時半ごろに、新機のテスト飛行をした。増槽はつけず、燃料は満タン、装弾も規定通りにし、いちおう満載状態で飛ぶことにした。初めは身がるな状態で飛んでみてはという意見もあったが、私はそうはしなかった。

飛んでみて、まず滑走時の鋭さに欠けていることと離陸時の浮きが悪いことは、明野で乗った機と同じだった。

さらに、主翼に二〇ミリ砲二基を装着したこの新機は、離陸直後から一定の機速に達するまで、縦の安定性が非常に悪かった。しかし、機速が時速二七〇〜三〇〇キロになると、この不安定さが消えた。

これは着陸のときも同じであった。低速のとき、縦の安定性が悪いというのは、機体全体のバランスが悪いためである。根本的な対策としては、機首を延長する以外に方法がないが、これは不可能なので、

「なんとかだましながら飛んで下さい」

と日野はいう。我慢するより仕方なしだ。

だが、離陸直後の縦の不安定さは曲者（くせもの）で、後々まで私は何度か冷や汗をかかされたものだ。着陸時の不安定さは、着陸姿勢でカバーした。このため私は三点着陸をやめ、接点着陸をすることで、少しばかり安定した着陸ができた。

翌日、射撃テストをした。地上に標的を描き、いわゆる対地射撃を試みたのだが、これは散々であった。発射音の重厚さや機体への衝撃は、さすがに二〇ミリ砲のものだったが、ただでさえ振れる主翼に、なんの計算もなしに取りつけた二〇ミリ砲の弾丸は、発射と同時に振動で消火栓のホースの先のようにブレがきて、弾道が定まらず、標的に向かって如露で水を撒くような弾痕を残した。

これは、どうにも改良のしようがない。空戦ではできるだけ敵に接近してから発射する以外、命中確率を上げる手段がない。このことが後々まで私の習慣となり、他の搭乗員にくらべ、より接近して射つことになったのである。二〇ミリ砲は、私の空戦

技術を大きく左右したのである。

射撃テストをした日の午後、高空での特殊飛行のテストをやった。高度を三五〇〇メートルにとり、かなり乱暴な飛び方をしてみた。そして感じたことは、

◦宙返り　まああだったが、何度やってもイライラした。
◦垂直旋回　結構な回り方をしたし、スライドもなかった。
◦反転降下　多少もたついたが、急速降下はよかった。機体の振動も少なく、軽く時速七八〇キロに達した。
◦上昇反転　これは、やっと昇る感じで、不満足だった。
◦錐揉上昇　これはできなかった。すぐに失速しそうで、それを防ぐと機体は大きく斜めに倒れてゆき、駄目だった。

翌日もテストを繰り返したが、結果は同じ感じだった。

日野軍曹も二度ばかり飛んでみた。そして一致した意見は、機体が重いということであった。機体が重いのなら、軽くすればよいというのも、二人の一致した意見であった。

「さっそく重量軽減作業をやりましょう」

日野軍曹は、当然のことをやるのだという顔で言いきった。

日野軍曹と三式戦

一枚の三面図を拡げ、日野軍曹は説明しつづけた。私は一言半句も聞きもらすまいと、全身を耳にして聞き入った。

縦九〇センチ、横一四〇センチの青焼き三面図は、三式戦闘機の機体構造図で、白い線が太く細く縦横にえがかれていた。

私の機付整備班長であった日野軍曹は、並みの整備下士官ではなかった。

豊富な経験と正確な知識をもち、高度な整備技術を身につけていた。また、戦闘で破損した機体を、どの程度、修理整備すれば、つぎの出撃に間にあうかを迅速に判断し、必要最小限で、しかも充分な整備をする能力をもっていた。

私の機付になる以前、約六ヵ月間、三式戦を製作した川崎航空機に派遣され、三式戦の構造と性能について、徹底的に研究を積んできていた。

「いいですか、この飛行機の主翼は一枚翼なんです。図を見て下さい。一本の強靱な主桁が翼端から翼端まで一直線に通り、翼縁の曲線には無関係に主桁に直角に交わる五四本の小骨が組まれています。

　こんな主翼の構造は、ほかの日本軍用機にはありません。この単純明快な骨組の一枚翼を幅八四センチの胴体の下にボルト締めで取り付けてあります。まるで子供のころに作った模型飛行機です。

　しかし、これが理想的なんです。在来工法の胴体と一体の片持式は、左右の翼に別々のブレがきます。その点、この一枚翼は心配ありません。高速時のコントロールが容易なばかりでなく、時速八〇〇キロで突っ込んでも大丈夫です」

　日野軍曹の話し方には、三式戦に対する愛情が溢れていた。

「こんな美しい機体は、見たことがありません……」

　日野軍曹は三面図を見つめて、呟くように言ってから、もとの説明する口調にもどり、

「主翼のアスペクト比（縦横比）は、七・二もあるんです。これは他に例を見ません（零戦二一型のアスペクト比は六・四）。翼長は一二メートルと非常に長く、翼面積は二〇平方メートルあります。運動性能と高々度性能は抜群ですよ。旋回性能がよい飛行機は、横転が不得意だといわれますが、三式戦は違います。補助翼の大きさと位置が理想的なので、横転も自由にやれます」

自信に溢れる表情だ。このあとの言葉が、私を驚かせた。

「この機体は、見た目よりかなり軽くできています。でも、全備で三一五〇キロは重すぎます。無駄なものを取り除き、空気抵抗を減らせば、もっとよい性能が引き出せます。一一七五馬力のエンジンを少しでも馬力アップし、あと二〇〇キロ軽くすれば、五〇〇〇メートルまでの上昇時間が五分〇秒、五〇〇〇メートルでの水平時速は六〇〇キロになるし、運動性能がすごくよくなるでしょう。贅肉を落とし、スマートにしてあげます」

日野軍曹の改装改造作業がはじまった。

飛行機の整備には、整備規程が定められている。整備はその規程の線にそい、規程の範囲内でやらなければならない。だが、日野軍曹は、そんな規程などまったく無視していた。

「日本内地にいたときは、エライさんが大勢いて、整備規程のとおりにやらないと、大目玉を食いました。しかし、ここは野戦です。私の独断でなんでもやれます。だいたいこの整備規程は、何を根拠に、誰がつくったんでしょう。あまりにも基本的で、制約が多すぎます。参考にはなりますが、実戦には不向きです。

この三式戦は遊覧用の飛行機ではありません。どんなに頑丈でも鈍重なために、たった一度の空戦で墜とされてしまったら、意味がありませんからね。私は、こんな整備規程なんかに頼らないで、この飛行機の最高戦力を引き出すことを考えて実施します。ぎりぎりの安全度があれば、あとは空戦性能を最高に発揮できるようにすればいいのです。これは命がけで戦うための戦闘機なんですから」

まず、重量を軽くする作業から手をつけた。

三式戦の酸素ボンベは、三本が定数だが、一本を取り去って二本にした。迎撃戦で三本の酸素ボンベが空になるほど長い空戦はないから、予備的なボンベは不要だというのだ。そして、取付バンドは一本あれば充分に固定できるといって、余分なバンドは脱してしまった。

三式戦の胴体構造は、縦に四本の頑丈なロンジンを通し、これに円形枠の肋材フレームを一五個うずめこんで、モノコック構造にしている。すべてジュラルミン製の多孔式で軽いものだが、このロンジンと肋材に、さらに沢山の円い孔を随所にあけ、強度の限界ぎりぎりまで軽くした。

操縦席の鉄板も大小の孔を可能な限りあけた。背中の防弾鋼板を除去した。一二・七ミリの機銃弾が貫通するアーマー（装甲）など、あってもなくても同じだというのである。

つぎにエンジンの馬力アップだが、機首の左右に六本ずつ合計一二本突き出ている排気管を、それぞれ約三センチ切りつめた。排気抵抗と空気抵抗が減少し、同時に重量も軽くなる。

三式戦「飛燕」——空気抵抗の減少と重量軽減がはかられ、すぐれた格闘性能とスピードを有した。液冷エンジン搭載。

そして、吸気マニホルドの内面を、鏡のように磨きあげた。吸気の流れがスムーズになり、シリンダー内に、より早く空気が吸いこめるわけだ。

最大の作業は、シリンダースリーブを入れ替えて、ピストンをオーバーサイズにしたことと、シリンダーガスケットを規定より一・五ミリ薄いものに替え、シリンダー容積を増し圧縮比を上げたことだ。これで馬力がいままでよりも一パーセント、つまり約一二馬力アップしたのである。

この作業に使った部品は、日野軍曹が川崎航空機に派遣されたとき、工場で入手してきたもので、ほとんどが試作品とのことだった。この部品を手にしたときから、いつかはエンジンを改造してやろうと、考えていたに違いない。

空気抵抗の減少にも、いろいろな細工をした。液冷エンジンを積んだ三式戦は、胴体下部の主翼取付部後方に、滑油と冷却液のラジエターが、半埋込み式に取り付けてある。これをさらに後方に移し、埋込みを深くした。空気抵抗が少なくなるばかりでなく、乱気流の発生を押さえるし、冷却効果に影響がないから、一石二鳥だというのだ。

機体の塗装は、日の丸と尾部の標識をのぞき、全部剝がしてぴかぴかに磨き上げた。塗料にだって重量があるし、塗装なしで磨いたほうが空気抵抗が少なくなる道理だ。

無線アンテナを、機首尾線から少し右側に移し、後方へ約四五度傾けた。位置を変えたのは、胴体の絞りによって生じる乱気流を避けるためだという。少しでも空気の流れをスムーズにし、空気抵抗を少なくしようという考えだ。

私が一番驚いたのは、日野軍曹が機体のバランスを調整したことである。バランスウエイトの砂袋と鉛を取り去り、私の体重に合わせて主翼の取付位置を変更したのである。

このとき、主翼の取付ボルトの数を減らした。胴体の左右にそれぞれ八本ずつあるボルトを、六本ずつにし、ボルト四本を削減してしまった。

「これで充分もちます。保証しますよ」

彼は自信に満ちた声で断言した。

このような改装改造の結果、重量軽減の目標二〇〇キロには達しなかったが、一五〇キロ軽くなり、エンジンが約一パーセント馬力アップしたことと、空気抵抗が少なくなったため、五〇〇〇メートルまでの上昇時間が五分二十秒、高度五〇〇〇メートルでの水平最高時速が六〇六キロになった。これは従軍していた川崎航空機の技師たちが測定した数値である。

それよりも何よりも、飛行中の運動性能が格段に向上し、オーバーにいえば「自由自在」にコントロールできるようになった。

日野軍曹は私に向かって、

「主翼の左右の小骨を見て下さい。十五番から十八番の外板の厚さは〇・六ミリで、十九番で一・二ミリになり、二十番ではまた薄くなって〇・八ミリになっています。薄急降下や急旋回のとき、この十五番から十八番の外板に最初にシワが生じます。薄いんですから当然なんです。何の心配もありません。

限界は翼の外板を止めている沈頭鋲の折損を、目安にして下さい。まあ時速九〇〇キロで降下して急激に引き起こしたとき、または急旋回で5Gくらいかかったとき、恐らく鋲はとびます。それまでは絶対に大丈夫です」

三式戦の降下制限速度は、時速八五〇キロとされていたが、実戦では九〇〇キロを超えることも度々あったのだ。制限速度を内輪に見積もっていたのだろう。

改造の実状

松本良男の手記には、彼の乗機の改造について以上のように書いてある。

しかし、手記の内容以上の改造が、日野軍曹の手で行なわれていたことがわかった。

私事で申し訳ないが、昭和六十三年五月初旬から六月下旬まで、編者は胆嚢の摘出手術のため、KY大学付属病院に入院していた。この入院中に、札幌に住む松本良男から、

「こんな手記が見つかったので、お送りします」

といって、分厚い封書が届いた。

退院帰宅した六月下旬、編者はその封書を開いて読んでみた。そのなかに、昭和五十七年に大阪で開かれた独立飛行第一〇三中隊の戦友会で、松本が日野から聞いた「改造の実状」が、簡潔に記録されたものがあった。

編者はさっそく前記の松本の手記と、新たにとどいた「改造の実状」とを照合して

みた。日野軍曹は、松本の手記以外にも、つぎのような改造を行なっていたのである。まず、重量軽減のために、座席の前後上下移動装置をとりはずし、松本の体格に合わせて座席を固定している。

つぎに、空気抵抗の削減として、主翼上面の水滴型のふくらみと、下面のふくらみを改造している。このふくらみは、二〇ミリ砲を取り付けたために、やむをえず作ったものであるが、日野はより空気抵抗の少ない形に改造している。

さらに、エンジンの馬力を増大するために、過給器タービンの翼車を、径の大きいものに替え、より多量の空気を送るようにしている。この部品も、川崎航空機から持ち帰った試用品を使ったのである。

また、滑油圧の増大をはかり、エンジンの回転を上げようとし、従来つかっていた滑油を、粘度の薄いものに交換している。

滑油は摩擦面に油膜をつくるのが目的であるが、粘度が濃いと滑油そのものが抵抗のもとになるという考えからである。

このような色々な改造を行なった根拠として、日野はつぎのように考えたと語っている。

「飛行機の速度、上昇力、運動性を判定する一つの目安に、馬力荷重（一馬力当たりの重量）があります。これを諸元表で検討したところ、キ六一試作型（松本が最初に乗った機）では、馬力荷重が二・六〇九キロなのに対し、新しく空輸補充されたキ六一・一型乙（量産型）は、馬力荷重が二・八五キロであります。量産型は試作型より馬力荷重が〇・二四一キロ大きいことがわかりました。

そこで量産型の二・八五キロという数値を、可能なかぎり試作型の二・六〇九キロに近づけようと検討してみました。厳密な計算ではないのですが、エンジン馬力が同じなのですから、馬力荷重を〇・一キロ小さくするには、約一〇〇キロの重量軽減をしなければなりません。

そうすると、馬力荷重の〇・二四一キロという差は、とても機体を軽くするだけでは縮められないことがわかりました。そこで重量軽減と同時に、空気抵抗の削減と、エンジン馬力の増大を同時にやろうと考えたのです」

この考えを、忠実にしかも大胆に実行して改造されたのが、松本良男の「愛機」だったのである。

この「改造の実状」のなかに、日野はつぎのように語ったことが記されている。

「――私（日野）は、機体改造の前に、松本にきいたことがある。

『こんなに改修改造することに、不安を覚えたり、危険を感じたりしないか？』

　すると松本は、

『空を飛ぶこと、空戦すること、それがもう危険なことだ。安全を考え、思い通りに飛べないまま墜とされるより、思い通りに飛べて墜とされるほうが諦めがつく。空戦をする者にとって、〝危険〟とは一体なにを指していうんだろうね』と答えた」

　そしてこの後に、

「このような勝手な改修改造が、黙って見過ごされるはずはない。当然、処罰は覚悟の上である。作業をはじめて間もなく、私は小沢隊長に呼びだされ、改造作業の真偽をただされた。事実ですと答えると、

『危険はないか』ときかれ、改造計画を説明したあと、前記の松本の言葉をそのまま告げると、

『確かに松本がそういったのだな』と念を押された。

『はい、そうであります』と答えると、

『わかった。ただし、松本機以外の改修改造に手を貸してはならん』と申し渡され、処罰どころか叱られもせずに終わった――」

この日野軍曹については、宮本郷三あての手紙に、松本はつぎのように書き送っている。

忘れ難い存在

*

——日野軍曹は、幹部候補生落ちの現役志願兵だった。私とは、キ六一（三式戦）の未修飛行のときから、最後の飛行になった昭和二十年四月二十九日の出撃前の点検整備調整まで、三式戦で飛んだ約二千時間のすべてを、彼に支えられて命を全うした。私より二歳年上で、公私両面で兄弟のように親しくした。私が彼を「日野軍曹」と呼ばず「日野さん」と呼び、彼も私を「松っあん」と呼び、階級を呼ぶことはなかった。横浜市の出身だが、現在は大阪に住んでいる。

陸軍の飛行機乗りとして戦った私にとって、最も忘れ難い存在であり、私が今日あるのも、彼の非凡な整備のお蔭である。

今でも私と日野実とは、昔に変わらぬ親交をつづけている。

初めて出合った搭乗員

松本は日野実という整備員について、以上のように書いているが、一方、日野は松本をどのように見ていたのであろう。

前出の昭和五十七年の戦友会における日野の談話のなかに、松本に対する戦争当時の気持を語ったのが記録されている。

——キ六一という機材は、手を加えるほど能力を増し、比類のない戦闘機に育つと私（日野）は確信していた。そのような戦闘機に、私は松本を乗せたいと思ったのである。何故ならば、彼がこれまでの陸軍のパイロットとは、全く別のタイプに属すると思っていたからである。

＊

私が松本を親しく知ったのは、明野飛行学校においてだった。昭和十七年七月、約一五〇名の陸軍戦闘機パイロットが、キ六一の未修飛行訓練をうけることになった。松本はそのなかの一人だった。やはりキ六一の整備教育を受けるため分遣になっていた私と、顔を合わせたのである。

当時はまだ増加試作機の段階にあったキ六一が運びこまれ、九月には早くも飛行訓練がはじまった。

地上滑走訓練のときから、松本はほかのパイロットと違っていた。飛行機の扱いが一見乱暴だったが、言葉を変えると、荒削りであり、未完成なものであり、思い切りのよいコントロールをする男だと、私には思えた。特に、訓練が特殊飛行に進むと、ますます思い切りのよい飛び方をした。

ほとんどのパイロットが、キ六一の速さと重さにてこずっているとき、松本はその高速と機重を目一杯に利用して動いた。

それまで九七戦の経験が多いパイロットたちは、キ六一を操るのにあくまでも「小回り」を意識して操作するのに対し、松本は大きく空間を使い、攻めたてる飛び方をし、人目をひいた。

教官は別として、同じ訓練を受けているパイロットの間では、この松本の飛び方は賛否両論だった。しかも、松本の飛び方を良しとする者も、いざ自分が飛ぶとなると、どうしても機速を押さえがちで、悪くいえばオッカナビックリで、ぎこちない操縦をするのだった。

射撃訓練も戦闘訓練も短期間（全日程百二十日間）で終了し、終了考査をかねた模擬戦闘、すなわち空技演習が実施された。このときの松本の飛び方は、圧巻であった。

キ六一対九七戦、対キ四四、対キ四五と幅広く行なわれた。相手機が攻撃側になり、小さな半径でくるりと回りこもうとするなかで、逃げる松本機は大きな旋回半径で、高速機ならではの旋回時間の短さを最大限に利用し、さっと押さえこむのであった。

これは、それまでにない押さえこみ方であり、度胆を抜くものであった。また、相手が同じキ六一であっても、機速を利用する攻め方に格段の差を見せ、松本はすべての模擬戦闘で勝ちの判定を受けた。

「格闘戦に秀でざる機は、戦闘機にあらず」

という陸軍戦闘機の定義が、何を意味するのかを考えさせられる飛び方であった。

この松本の飛び方を、

「これは大変なものだ」

といち早く見てとったのが、一緒に明野に分遣になっていた小沢郁夫大尉であった。

小沢大尉は暇さえあれば松本を自室に呼び、キ六一をいかに操縦すべきかを話し合った。

九七戦の経験では、小沢大尉の足もとにも及ばない松本だったが、九七戦を基準に考えようとし、話を進める小沢大尉と、よく意見が衝突した。松本には、九七戦を頭に置いて考えることができないのである。

「それはわかりませんが、キ六一ではこうなります」

彼なりの体験を堂々と語った。小沢大尉は、この松本の話を参考にしようと、心にとめて聞いていたようである。

キ六一の実用実験を目的とし、南方戦線に進出することになった小沢大尉は、昭和十八年一月、独立飛行一〇三中隊の新編成にとりかかった。

予備機三機をふくむ一五機のキ六一に対し、二二名の搭乗員（予備員七名をふくむ）を、慎重に選出したのだが、二一名が将校で、残る一名は下士官の松本であった。最新鋭機キ六一に初めて乗って南方戦線に出る搭乗員は、技量抜群でなくてはならない。それが原則である。そのため既存戦闘機隊のなかから、最優秀の者を引き抜いて編成することになっていたから、松本はこの選考基準の枠外であった。これが上層部の問題になった。

しかし小沢大尉は、明野における未修飛行訓練終了時に行なった考査で、模擬戦闘の勝敗の結果を示し、松本がキ六一に乗っての空戦で、飛行時間一〇〇〇時間クラスの搭乗員に勝るとも劣らぬ技量であることを強く主張し、ついに部下の一員に加えたのである。

私と松本は原隊が同じだったので、明野では松本は私のいる下士官宿舎に同居していた。搭乗員と整備員では、毎日の日課は違っている。だが食事のときや、夜の自習時間のおりなど、よく口をきくようになった。

話をしてみると、私がはじめ考えていたほど、松本という男は生意気でないことがわかってきた。それどころか、案外な淋しがり屋で、人なつこい付き合いやすい男だった。

松本は暇ができると、小沢大尉の部屋に呼ばれるのだが、その合間をぬい、休み時間を利用するなどして、整備小隊の訓練所に姿を現わし、邪魔にならぬところからじっとキ六一を眺めているのである。その理由をたずねると、

「美しいから……」

と答えた。

「美しいから、どうなんだ？　ただ美しいだけで眺めているのか」

さらにたずねると、真面目な顔で答えた。

「このキ六一という飛行機は、どの角度から眺めても全く美しい。一日中見ていても飽きることがない。生きものの鳥とは違って、躍動する美しさはないが、バランスの美しさは鳥にも勝る。

いま、この飛行機で訓練を受けているが、じつによく飛んでくれる。その飛び方を頭のなかに描きながら眺めると、バランスのよさがますますわかってくる。

飛ぶということは、ただ空を飛ぶだけではなく、いろいろな飛び方を考えて飛ぶことが大切だと思う。だから、目の前に自分の乗る飛行機を見ながら、動きを考えるの

が一番いい。だから、暇があれば、いつも見ている」

当時、私は入隊して三年たっていた。その三年間に、陸軍航空隊の搭乗員、整備員、航技要員の階級を問わず、口をきいたすべての軍人から、こんな言葉を聞いたことはなかった。

そして、「美しい」といって、一度や二度ではなく、再三再四、飛行機に見惚れている軍人など、松本以外にはいなかった。

私は飛行機が大好きであった。陸軍の整備員としての任務だけではなく、飛行機のメカニックに私個人の青春を賭けたといえるほど、飛行機が好きだった。だから飛行機に関心をもち、飛行機に魅かれ、飛行機にとりつかれた人間に、私は好感を抱いた。だが、松本のような想いで飛行機を見つめる人間には、初めて出合ったのである。この時から、私は松本良男という搭乗員に、心から惚れこんだのである。

＊

戦友会で語った日野実の松本良男に対する思いは、このように綴られていた。編者が退院して、この記録を読んだあと、札幌の松本から電話がかかった。

退院後の私の様子を知るための電話だったが、編者が厚い封書を読んだことをいうと、

「あれは送ろうか送るまいか、躊躇したんだよ。だって、日野は俺のことをすっかり買いかぶってほめてるから、見せるのが照れ臭くて……」

というのである。

じつは、編者が抄出した以外にも、松本のことを色色ほめて書いたところが、かなりの字数になっていた。しかし、その全部を書き写すことはやめにした。

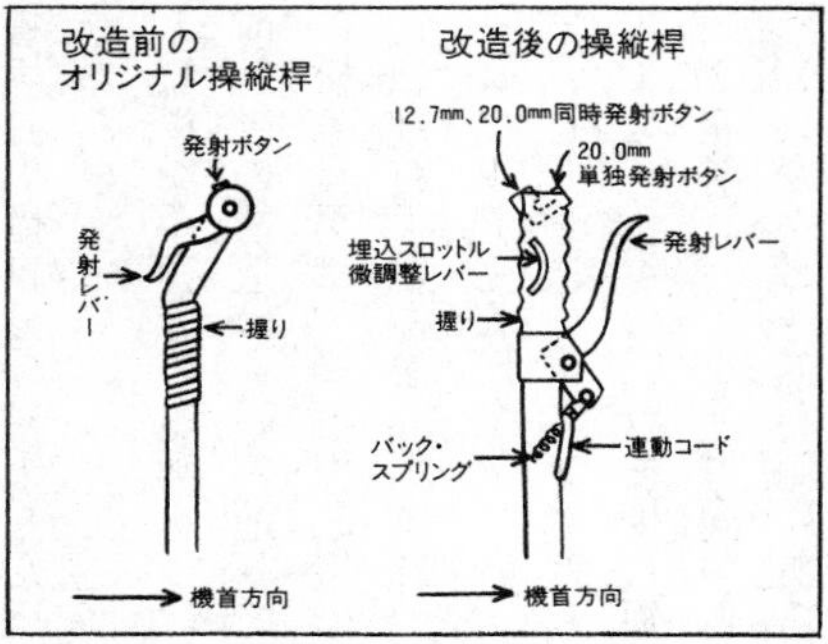

整備員日野実軍曹が、三式戦搭乗員松本良男に、男として心をかよわせ、松本もそれに応え、あの苛烈な南方の第一線で共に戦おうとした心情を、充分に伝えることができたのではないかと考えたからである。

いや、これから先に書きついでゆく空戦の記録を、単に勇壮な合戦絵巻としてではなく、血の通った生身の人間記録として捉えて頂きたいためにも、この日野の談話の一部だけを抄出したのである。

操縦桿もユニーク

昭和六十年二月十五日付の宮本郷三あての手紙で、

松本良男は自分の搭乗した三式戦の操縦桿（ステッキ）を、使いやすいように改造したことを書いている。

簡単な手書きの略図をつけ、その脇に改造の要点を短く箇条書きにしている。改造前と後の構造は、図の通りである。

松本良男は、操縦桿改造の理由として、

「私は右手親指が、生まれつき人より少し短く、オリジナル・ステッキでは使いにくいので改造した」

とし、改造のポイントとして、

(1)ステッキの長さを少し短くした。

(2)発射レバーを逆方向の上向きにした。

(3)コックピット左側にある本来のスロットルレバーを、必要最低限の一定回転にしておき、それ以上の回転の増減を、埋込スロットルレバーで行なった。

と説明している。もちろんこの改造も、日野軍曹の手によってなされたのである。

第二章　飛燕のごとく

運送屋直掩

陸軍航空の一大基地

基地移動のため、ウエワク飛行場に降りたのは、昭和十八年六月末だった。

ウエワクは、東部ニューギニア北東岸のハンサをはじめ、グンビ、ラエなどへ向かう輸送船の寄港地であり、また十八年の二月から四月にかけて、ウエワク～マダンの道路が完成したので、各地の地上軍への軍需物資がここに揚陸され、活気を呈していた。

そのうえ、兵員輸送の中継点であったので、連日、通過する部隊でごった返していた。

陸軍の施設も数多くあった。野戦病院、野戦兵器補給廠、野戦航空廠、船舶司令部など、フィリピン以南では、最大規模の陸軍基地といえる。

ことに陸軍航空隊にとっては、ラバウルから後退した第六飛行師団の拠点であるばかりではなく、第四航空軍司令部がおかれて、第七飛行師団を新たに麾下に加え、第十四飛行団を直属とした。このようにウエワクは、陸軍航空隊の一大センターに膨れあがったのである。

ウエワクにいた第十二飛行団が戦力回復のため、日本内地に帰ったので、私たちの独立飛行第一〇三中隊はウエワクへ呼び寄せられた。こうして私は、ウエワク飛行場に降りたったのである。

飛行場は海岸近くのジャングルをきり開いて造ったもので、幅三〇メートルの滑走路が、東西一二〇〇メートルにわたって延びている。野戦飛行場としては規模は立派だが、滑走路の両端の部分は整備されているものの、中央付近三〇〇メートルはまだ整備されていなかった。

そのうえ、滑走路は中央部分で一・五度ほど屈曲していた。

多分、両端から工事をはじめたのだろうが、見通しのきかないジャングルだったので、測量を誤ったのであろう。

私たち独立飛行第一〇三中隊の基地は、この飛行場ではなかった。さらに南へ五キロ奥に入った滑走路だった。

これはオーストラリア軍が造ったもので、不時着用として整備したものらしい。滑走路の長さは六四〇メートル、幅は三〇メートルで、南北に延びている。周囲のジャングルは相当広くきり開かれていて、非常に使いやすかった。

昭和十八年の六月当時、第四航空軍の兵力は強大であった。独立飛行第一〇三中隊の陣中日誌（十八年六月三十日）によると、つぎの通りである。

戦闘機　一式戦闘機　五コ戦隊　一八五機
　　　　三式戦闘機　二コ戦隊　四七機
　　　　三式戦闘機　一コ中隊　一五機
重爆撃機　九七式重爆撃機　三コ戦隊　八一機
軽爆撃機　九九式双発軽爆撃機　二コ戦隊　五四機
司偵　一〇〇式司偵　四コ中隊　三六機

軍偵　　機種不明　一コ中隊　九機

この中の「三式戦闘機一コ中隊一五機」が、私たちの独立飛行第一〇三中隊である。

六月の東ニューギニアは、すでに雨期にはいっていた。

雨の野戦場はみじめである。野ざらしの飛行機を整備する整備員たちはずぶ濡れになり、着替えが不足して風邪をひく者、マラリアが悪化する者が増えて、実働員数が減っていった。

滑走路もその周辺も乾く間がなく、いつの間にか泥の海になり、飛行機の発着に難渋し、脚の破損が続出して、稼働率が目に見えて低くなっていった。

泥縄式に滑走路の両側に深い溝を掘り、いくらかでも排水をしようと試みたが、雨中の作業は思うにまかせず不完全で、折角の努力もたいした効果をみなかった。

こんな状況のなかで、私は連日飛んだ。ジャングル戦で孤立している地上部隊へ、救援軍需品を空輸投下する九九式双発軽爆撃機（以下九九双軽と書く）の直掩のためである。

孤立する前線

戦況をわかりやすくするため、話を少しさかのぼらせよう。

昭和十七年七月、南海支隊と呼ばれた第五十五師団の一部が、ポートモレスビー占領を目指し、スタンレー山脈（標高三三〇〇メートル以上）を超えて、北から進撃したが、補給がつづかず、遙かにポートモレスビーの灯を望見する地点から敗走した。以来、ニューギニアの地上戦闘は、米軍とオーストラリア軍に押されっ放しであった。

それから十ヵ月後の昭和十八年五月には、第四十一師団の陸兵が、北上してくるオーストラリア軍を、ウエワクの南方で必死にくいとめていた。それは、泥沼のようなジャングル戦だった。日本軍は少ない旧式の兵器で、このジャングル戦をよく戦いつづけたが、兵器も弾薬も食糧も医薬品も底をつき、身動きがとれなくなっていた。

そこで第四航空軍の九九双軽が、本来の任務である爆撃を一時中止し、孤立している地上の友軍へ戦略物資を空輸し、投下する作戦をはじめた。この九九双軽の直掩を、松本たち戦闘機隊がやったのである。

緊急発進

その日は珍しく晴れていた。

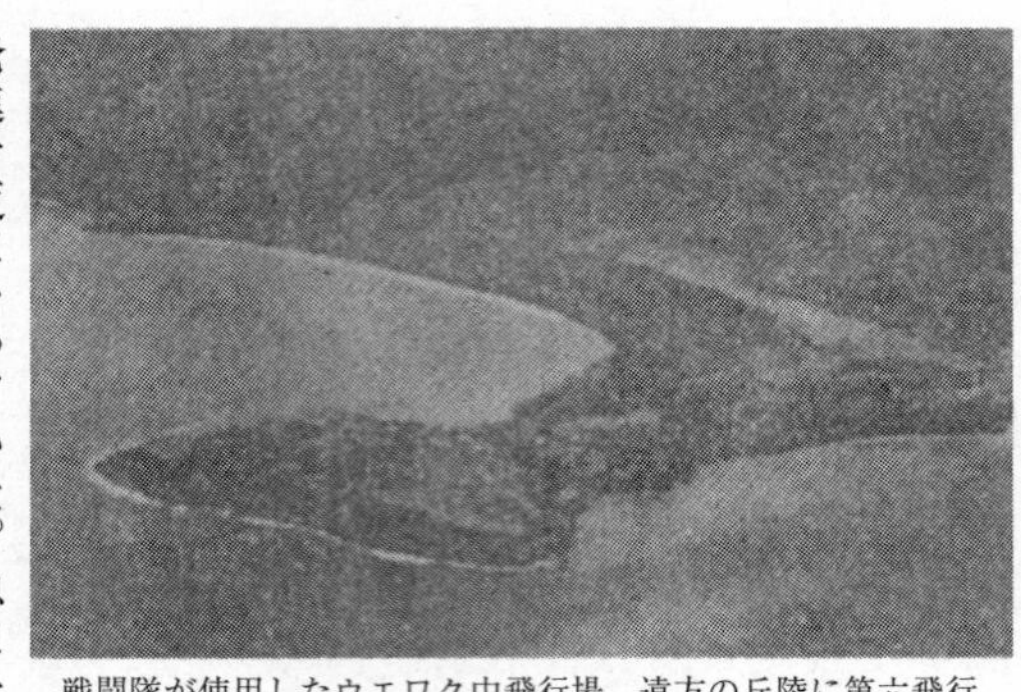
戦闘隊が使用したウエワク中飛行場。遠方の丘陵に第六飛行師団司令部があり、18年8月から四航軍司令部が所在した。

雨雲は流れているが、久しぶりに青空がのぞき、飛行場いっぱいに南国の陽が照りつけていた。周囲のジャングルの濃い緑が、痛いほど目にしみ、わずかな風にそよぐ樹々はキラキラと葉を輝かせていた。

午前六時半に朝食をとり、宿舎に帰って直ぐに「集合」がかかった。

「搭乗員集合、急げ！」

日直将校とラッパ手が、走りながら怒鳴っている。

〈なんだ、三十分も早いじゃないか……〉

私はそう思いながら、準備をはじめた。

昨夜の搭乗割では、〇八〇〇つまり午前八時の発進予定になっていた。急に予定が変わったのかも知れない。とにかく指揮所に行けばわかるはずだと、パラシュートバッグをかついで歩きだした。

指揮所前には、すでに小沢郁夫隊長が姿をみせている。いつも集合の一番おそい私は、こそこそと列の末端に入った。

「揃ったか！」

「はあーい」

この間の抜けた返答は私だ。

隊長と私のほかに、一〇名の飛行服姿が確認できれば、全員集合である。一列横隊にして、番号をかけなくても、一目瞭然なのだ。だから集合終わりは、こんな形になる。

小沢隊長は、ジロッと私に目を向けてから、

「予定が変更、運送屋はもう飛んだ。ただちに発進、二〇〇〇（メートル）で南を向け！　本日の運送屋は九機、随伴の一式戦は二四機、以上だ。なにか質問はあるか……」

物資を輸送する九九双軽九機と、随伴の一式戦闘機（以下一式戦と書く）二四機は、すでにウエワク飛行場を発進したという。

それで私たちの予定も早くなったのだと納得する。くどくどと説明したり解説しないのが、この隊長のやり方だ。私は慣れているが、新しい隊員はちょっと戸惑うだろう。

「第二小隊は当番、第四小隊は予備小隊。三分後、上空二〇〇〇に南に向いて集合」

淡々と静かすぎるほどの隊長の指示に、全員はいっせいに駆け出す。もう全機、轟々と始動し、暖気運転を行なっている。

滑走路はまだところどころに水が溜まって光っているが、七〇パーセント以上は土が出ている。だが飛行機までの地面は泥んこだ。私は、駆けだして泥をはね上げるのがいやで、走るのをやめてすぐに歩くことにした。きっと後で隊長からいわれるだろうと、内心おかしかった。

緊急発進なので、私が自分の機にたどりついたときには、もはや滑りだしている機もあった。こんなときは早い者勝ちで、滑走路をどちら側からでも使うのだ。だから滑走の途中で、お互いがすれ違うこともある。

風向きなどは関係ない。滑走路が混雑していれば、チョークをはずした位置で機首を振り、離陸可能な直線距離が見つかれば、ためらうことなく全開で突っ走る。それが野戦場での緊急発進だ。

「異状なし！」

乗りこんだ私に、整備の日野軍曹はそう告げると、ぱっと地上に降りて私を見上げた。目が「いってらっしゃい」と笑っている。彼の穏やかな目をみて、私の気持は落ちつく。軽くうなずいて、キャノピーを閉めた。

総勢五三二名

ここで、私たちが使っている小さな基地について、説明しなければならない。

オーストラリア軍が造ったことは、前に書いた。ジャングルを南北にきり開いた広さは、長さ一〇〇〇メートル、幅三〇〇メートルくらいで、その中央部に滑走路がある。石や砂をかなり入れたようだが、それでも滑走路としては軟弱だった。

滑走路以外の空地は雑草でおおわれ、草丈の高いものは一メートルもあった。飛行場の東南には小高い丘が連なり、ちょうど丘の連なりから七、八メートルのところが、飛行場になっている。なぜこんなへこみのような窪地に、飛行場を造ったのか、理由はわからないが、使いやすさはあった。

この小さな飛行場の周辺に、幕舎と半地下壕宿舎をつくって、兵員が居住していた。

搭乗員は、スペアを含み一八人いた。飛行機は一五機で、一機につき整備員が四名ついていたから、六〇名である。だから直接飛行機に関係のある者は、合計で七八名というわけだ。

このほかに地上勤務の者が多数いる。たった一コ中隊一五機の飛行機に、中隊本部要員として、暗号通信と気象通信を合わせて八六名と自動車二台、飛行場大隊から分遣された航技隊が二四〇名とトラック二二台（エンジン始動車は含まず）、八八式七五ミリ高射砲隊が一コ中隊六四名、一二・七ミリ対空射撃隊が一コ中隊六四名、これだけの兵員が飛行場周辺に駐屯しているのだ。

ざっと計算すると、総勢五三二名の大世帯である。これだけの人員が、毎日食うための食糧を保管する糧秣庫も必要だし、被服庫もいる。

ドラム缶は野積みにできるが、兵器弾薬にもそれぞれ倉庫がなくてはならない。格納庫はないから飛行機は野ざらしだが、掩体壕は必要だ。飛行場の周辺は一大集落を形づくっていたのである。

奔馬のように

さて、チョークをはずしてもらった私は、右ブレーキと右フットペダル一杯で、エンジンの回転を上げ、ぐるりと三六〇度、右回りをしてから、直線路をさがした。

雑草のなか、北西の方向に滑走路を斜めに突っ切って、やや平坦と思われる一直線の見通しがあった。西側の丘陵までは、約二五〇メートルの距離がある。スペアタンクは一本だから、これだけあれば無風でも離陸できる。泥んこの地面も一定の滑走スピードに達すれば、そんなに影響はない。

そう判断した瞬間に、スタートだ。

フルスロットルのエンジンは、キーンと悲鳴をあげる。いきなり尾翼を水平に持ち上げた私の三式戦「飛燕」は、奔馬のように突っ走る。滑走路で他の機とガチンコしないことだけを祈る。

第三者が見れば、狂気の沙汰だ。こんな離陸のやり方は教範にはないし、もちろん、教えられたこともない。先輩連中のを、見よう見真似でおぼえたのだ。

わずかに北から風が吹いていた。一センチでも地面から離れたら、ギアアップして風上に振れば、なんとか前面の丘陵にぶつからずに上がれるだろう。

背中と後頭部が、バックレストに張りついたように押さえつけられ、シートには金輪馬車でふっとぶようなショックが伝わってくる。たちまち前方の緑濃い丘がぐーんと広がり、迫ってくる。まだ機は浮かない。

〈浮いた！〉

ギアアップ。と同時に、腹をするのではないかと思うくらい、機がすぅーと沈んだ。一気に近づいてくる丘が不規則に揺れる。全身に緊張感が走るが、こんなときはじっと我慢するだけだ。やたらと昇降舵を操るのは危険だ。

機体が沈むことはよくあるのだ。ほんのすこしの下降気流に出合ったり、空気の密度の薄いところに入ると、敏感な三式戦の機体はすぐに反応して沈む。

我慢するといっても、時間にすれば、せいぜい一秒かその半分にも満たない短い時間だ。

機はたちまち姿勢を立て直し、丘陵の樹林をかすめて大空に舞い上がった。私は上昇をつづけながら、海の方向（北）へ変針した。高度は五〇〇メートルに達していた。

隊長の指示は「上空二〇〇〇メートルで南を向け」だ。どこの上空とはいっていない。ということは、飛行場の上空ということだ。

この場合、離陸して機首を南に振るのは、愚の骨頂というべきだろう。東、西、または北の方向にいったん出て、集合場所を睨みながら二〇〇〇メートルに上昇すればよい。

状況上の制約がなければ、北へ出るのがベストだ。東や西よりも集合するのが楽だからだ。

てんで勝手に離陸し、思い思いの方角に飛びながら高度をかせいだ各機が、きらきらと輝きながら一点に吸いよせられるように、飛行場の上空に急いでいるのが、私の位置からよくみえた。

海岸線近くで一八〇度機首を振って、南に向いた。そして、一直線に全速で集合場所へ駆け昇った。僚機もほとんど同時に集まってきて、きれいに編隊を組んだ。

必要最小限の指示

「そのまま聞け！」

編隊を組んだとみるや、間髪をいれず隊長の声が、機上無線のレシーバーに飛びこんできた。

「四十分後に運送屋に追いつく――」

いつも通りの落ちついた調子だ。

「――一式戦が二四機……随伴しているから心配ネエ！　俺たちは運送屋の上を固める……警戒を……よく見張れ！　第四小隊後方警戒！　二五に上がる……続け！」

必要なことを伝え、必要な指示だけをする。

これが小沢隊長のやり方だ。指示伝達が必要最小限に集約されているから、聞きもらしや迷いが少ない。

これが必ずしも最良のやり方とは、いえないかもしれない。だが、このやり方で育てられ、このやり方に慣らされると、充分に状況に対応できるようになるものだ。

隊長の短い指示や伝達の中から、それぞれがこれから起こるであろう状況を想定し、それぞれが置かれている立場を認識し、どうすればよいかを予知し、準備するのだ。いま隊長は、「警戒を……」といってから、「よく見張れ」と指示した。どの方向を重点にとか、誰々がどのようにしろとか、細かく具体的なことはいわなかった。すると全員が、後方以外をくまなく見張ることになる。

後方警戒を指示された第四小隊は、後方を重点にしながら警戒に当たる。だから第四小隊以外は、後方を気にせず、周辺を警戒しようという気持になるのである。

二五〇〇メートルに上昇し、雁行して南南東に向け水平飛行にはいった。

空は青い。しかし雲量は五で、雲高も低い。しかも雨雲が多い。眼下は一面の緑だ。その緑がところどころわずかに盛りあがっているが、見渡すかぎりゆるやかにうねり、はてしなく広がりつづいている。広大な熱帯のジャングルだ。

しばらく飛んで、大きく蛇行して流れるセピック河を越えた。はるか前方に、雲をかぶっているが、ハーゲン山と覚しい山が望見できた。ハーゲン山と覚しい山に向かい、セピック河の支流を左下にみて、河沿いに南下をつづける。

四十分間飛び、左眼下の河が大きく左にそれて逃げてゆくあたりで、計ったように先行した九九双軽と一式戦の編隊が目に入った。各機がキラキラと小さく輝きながら、飛んでいる。約五〇〇〇メートル前方、高度は同じだった。

「運送屋の上空一〇〇〇メートルで、位置どりをしろ！　つづいて見張れ！」

隊長の指示と同時に増速した。一息で高度三五〇〇メートルに達する。

直下を九機の九九双軽がぴたりときれいな編隊を組み、その前後を一二機ずつ計二四機の一式戦闘機が、寄りそうように飛んでいる。

三五〇〇メートルまで上がると、ときどき薄い雲を突っ切るようになった。少々揺れるが、たいしたことはない。

下を眺めると、双翼をピンと張った九九双軽と、スマートな一式戦闘機が中空に浮きだし、その遙か下の緑の絨緞がゆっくりと、しかし間断なく後方に流れてゆく。

まったく静かで、平和な光景である。

「二十分で目的地の上空に出る。上で待ってる敵さんに気をつけろ！　各機異状ないか？」

隊長の声に
「高林、異状なし」

「快調です！」

などと報告の声が飛び交う。誰ひとり緊張した様子はない。

それから五分もたたないうちに、また隊長の声がした。

「状況を説明する……。左下方の川がまた近づいてくる。その前方がハーゲン山だ……。その北東部に友軍地上部隊が散開している。山の南一帯はすべてオーストラリア軍だ……。運送屋は東から西に向かって、救援物資の超低空投下をやるはずだ……。その位置は未確認だ。このときが危険だ。敵さんのお迎えが必ずくる。一機も近づけるな！　わかったか⁉」

「了解！」

各機が応える。

九九双軽の編隊が、いきなり南東に変針した。頂上付近を雲でおおわれたハーゲン山を、ゆきすぎるほど南東に出てから、九九双軽の編隊はやや北寄りの西へ向くと、九機の距離間隔をぐっと縮めた。目標をつかんだらしい。随伴の一式戦闘機は、逆にさあーっと広がる。そのときである。

「三時、一二機！　六〇〇〇、近づいてきます。高度同じ！」

敵機発見の第一声を、第二小隊長の高林明中尉が怒鳴った。

「了解。各機増槽を捨てろ、戦闘用意……高林、敵さんは何だ」

隊長のゆったりした声だ。

「戦闘機であります」

「わかってる。機種は何だ」

「機種不明！」

「わからんか……、Ｐ－40だ、ウォーホークだ。オーストラリア空軍だ。……第三、第四小隊、接近する敵を叩け。第一、第二小隊、九九双軽の前に出ろ。待ち伏せているから気をつけろ」

指示どおり中隊は二手に分かれた。

私たちの六機、すなわち第三、第四小隊は九九双軽の編隊の上空から、真一文字に降下に移り、Ｐ－40の進路にむりやり割ってはいった。

Ｐ－40ウォーホーク戦闘機は、前面に六基の一二・七ミリ機銃を装備し、銃弾を束にして撃ってくる。大馬力で突っ込みのスピードはあるが、上昇および旋回性能は悪い。とくに背面飛行では排気が黒煙になり、その後の飛行に一息つく欠点がある。

私は以前、米軍のＰ－40と二、三度空戦したことがあるが、さして恐れる相手ではないと感じていた。今度はオーストラリア空軍が相手だから、技量のほどはわからないが、使用機がＰ－40であり、機数が少ないからくみしやすしと思えて、気持が落ちついた。

それに、こちらは一式戦とともに三六機できているのに、たった一二機のお出迎えとは、ナメていやがると、少しばかり腹が立った。

ウォーホークを追え

追ってくるP－40一二機との距離は、たっぷり三〇〇〇メートルはある。その一二機がさっと離れると、二機ずつのペアを六つつくり、軸線を九九双軽に向けた。

軽爆隊は、急速降下に移りながら、単縦体形をとった。一本棒になったのだ。その一本棒が降下してゆくジャングルに、白煙が二本、東西に五〇〇メートルほどの間隔で立ちのぼっている。投下目標地点だろう。九九双軽は目標に向かって降下をつづける。その両側を、一式戦闘機一八機が見守るように従いてゆく。残る六機は、二五〇〇メートル上空に残り、「さあ来い！」とばかり南側に回りこんだ。

突きぬけていった小沢隊長以下六機の三式戦はどうしたのだろうと、ぐるっと周囲を見渡す。いたいた！　はるか前方四〇〇〇メートルあたりを、北に向いている。

何かあったのだなと思ったとたん、隊長の声が耳に入った。

「十一時、敵機一二……三〇〇〇……向かってくる。運送屋に近づけるな、散らせ！」

どうやら敵は、前後から挟み撃ちを狙ったようだ。

しかしこれは、賢明な戦法とはいえない。直掩機の戦力を分散させるという意図はわかるが、二四機でわれわれの三六機を相手にするのでは、逆に彼らが二分されて不利になる。

それに、これは爆撃ではなく、物資の投下である。敵は投下を阻止すればいいのだから、二四機が一丸となり、投下直前に各九九双軽が通過するある一点を、狙い撃ちすればよい。

しかし、どんなに頑張ったところで、九機すべてを阻止するわけにはいかない。それなら、できる限り多くの九九双軽の行動を妨害し制限するか、撃墜すればよいのである。

案の定、敵は予想外のスピードで降下する九九双軽と、随伴する軽快な一式戦「隼」、そして、彼らのP－40ウォーホークと同じスピードをもち、数段すぐれた上昇力と抜群の旋回性能を発揮する三式戦「飛燕」に、驚きあわてて手も足も出なかった。

一本棒になったと見えた九九双軽は、各機の降下コースがそれぞれ違っていた。目標近くで、ある一点を通り、目標上に達して投下してゆくのだが、慣れたものだ。

そこに至るまでは同じコースを通らず、一〇〇メートルほどの間隔で目標近くのある一点に達し、つぎつぎと物資を投下する。そのときの高度は七、八〇メートルから二〇〇メートルで、そのままの高度で樹林をなめるように北へと退避してゆく。

いい度胸だ。

物資の投下は、機体の下面にある機銃座の開口部から投下しているのだろう。一機が六個も七個も、いや一〇個くらい投下する。一つ一つのパラシュートがつぎつぎと開き、目標地帯の上は一面に白い花が咲いたように、パラシュートの群れに覆われてゆく。

敵P－40は、ペアの二機が斜行する形で一〇〇メートルほどの距離を保ち、狙いをつけた九九双軽に全速降下で突っこんでいる。

それを味方の三式戦闘機が、そうはさせじと全速で追尾する。すると、その後方から他のP－40が追うという形で、戦闘ははじまった。

当初はまるで戦技演習でもしているように、順序正しく敵・味方・敵・味方の追いかけっこになった。私は第四小隊の最後尾機として追いかけっこの最後の機となり、戦況がよくつかめた。

先頭のP－40は、九九双軽の三番機を、三〇〇メートルも手前から撃ちながら追っている。これでは当たるはずがない。投下を終わった機に随伴していた一式戦闘機が二機か三機、そのP－40に向かって下から猛然と突き上げていった。

九九式双発軽爆撃機――孤立する友軍に物資を空輸、投下すべく、一式戦と三式戦に掩護されて危地に突入していった。

さらに上空に待機していた一式戦闘機のなかから、果敢にもただ一機逆落としに突っこんだ。あっという間に先頭のP－40は、大きく左へ、すなわち北側に翼をひるがえして逃避した。

これで戦況は一変した。

降下姿勢にはいっていたP－40は一斉に降下をやめると、ぱっと四散した。それぞれ勝手な方向に散ったのである。私の前の敵機は南にそれた。P－40は降下のスピードは速いが、じわじわと追いつけるのだから、三式戦はなお速い。このまま喰いついてやろうと追ったが、すぐにやめて北へもどった。深追いしてどうなる、今日は直掩だ、追いはらえばよいと思ったからだ。

物資投下目標地点の上空は、一〇〇〇メートルから一五〇〇メートル付近で乱戦になっていた。彼我入り乱れて戦っているようにみえるのだが、そうではない。

逃避しようとしているP－40を、一式戦闘機がポケット（捕捉）して追いまくっているのだ。くるり、くるりと軽快に回り、いとも簡単に敵の頭を押さえて、北へ北へと引っぱりこんでいる。敵は遠くベナベナ基地あたりからきているのだから、この一式戦闘機のやり方は正解である。

無言の飛翔

一機だけ三式戦隊から逸脱してしまった私は、本隊はどこかと周辺を見回した。眼前三〇〇〇メートルほど北で、三式戦隊は空戦をしていた。かなり多くなった雲の下一五〇〇メートルくらいの高度で、きらりきらり光っているのが三式戦闘機だ。この日、遭遇したP－40ウォーホークは、機体の下面はスカイブルー一色、上面はグリーン、ブラウン、オレンジイエロー、カーマインの四色で迷彩塗装をしていて、時折りキャノピーが反射光を見せるだけだから、きらりきらり光るのは三式戦闘機なのだ。

だが、三式戦闘機の数が、多過ぎるように思えた。戦闘前に抜けだしていったのは、第一、第二小隊の六機のはずだ。とすると、第三、第四小隊も、私を除いて合流したのだ。

〈エライことになった！〉

と思いながら、緑濃い樹林の一部に点々と白く花咲かせたパラシュートの残骸を後方に、遅ればせながら空戦域に飛びこんでいった。

この戦場も、喰うか喰われるかの戦闘はしていなかった。とにかくP－40を一機も北に向かわせず、南へ追っぱらうことに専念していた。七、八機のP－40が、すでに五、六百メートルの低いところまで追い落とされ、上昇反撃ができないままに、全速で離脱をはかっているところだった。

「一〇三、戦闘止め！　北に向き二〇〇〇に集合、ただちに帰投する！」

なにもしないうちに、隊長の指示がはいった。

私の高度は一五〇〇メートルあった。すぐ右回りに小さく上昇旋回して、北に向いた。どんどん僚機が集まってくる。隊長機はと見れば、一〇〇〇メートル前方を時速四〇〇キロくらいで北へと飛んでいる。各機はぐーっと寄りあうと、何事もなかったように編隊を組んだ。一二機すべてが無事である。

「異状の有無を報告しろ！」

「異状なし！」

各小隊ごとに報告する。

「ご苦労、よくやった。松本！」

「はい、松本！」

「燃料残、ウエワクまでの距離、針路……、どうなってる……。ただちに報告せい」

いつもこれだ。どうしてか必ずこのペエペエの私にやらせるのだ。

「燃料残二二〇リットル。時速四〇〇キロで四二〇キロ飛べます。ウエワクは北四五度東、約四〇〇キロ。以上」

「針路修正はしたか」

「しておりません」

「ようーし。ハンサに向かう。松本、ハンサまでの距離、針路をただちに報告せい！」

「了解、ただいま……」

「早くしろ……。みんな疲れたか……。ウエワクまでは届かねェ。ハンサへゆく。心配するな、松本がキッチリと出してくれる。その通り飛べばいいんだ」

隊長はそういった。だが、私の出した針路や方位だけで飛ぶのでは、決してない。隊長みずから正確に計算し、編隊を誘導しているのだ。私の出した数字は、その参考にするだけであった。

「計算出ました。ハンサは北四三度東、三一〇キロにあります。以上」

「了解。これよりハンサに向かう！」

隊長機は東へ機首を振ると、ぴたりと方向をきめた。

「二五〇〇に上がる」

つづいて指示が飛ぶ。

雲が少し薄くなった。時折り光がかっと照りつける。さらに指示がくる。

「第二小隊当番、五〇〇上へ。第四小隊後方警戒、第三小隊前へ。第一、第三小隊前方警戒。おい、当番は全体を見張れ！　終わりだ」

一気に喋り終えた。

第二小隊の三機は増速すると、すうーッと上昇していった。第三小隊はそのまま前へ出て、第一小隊と並んだ。その左後方に第四小隊が位置どりをする。独特の隊形だ。

「そのまま聞け！　残燃料が三〇〇以下の機があるか……。あれば報告しろ！」

どの機も無言だ。みんな三〇〇リットル以上残っているのだ。

「ようーし了解……。全機、無事に帰れる。ご苦労さん！」

隊長の声を聞きながら、一路ハンサへと飛んだ。編隊を組んで飛ぶそれぞれの胸のうちは、無事でよかったという思いで一杯なのだろう。無駄口をたたく者はいない。

ハンサでも、どこでもよい、早く大地に降り立ちたい。そんな隊員の気持を、知ってか知らずか、隊長も無言で飛びつづけた。

赤面の至り

ハンサへは午前九時五十分に着き、ただちに燃料を補給した。燃料補給の間に私たちは、茶と菓子を接待してもらい、ウエワクに向かった。全機がウエワクに着陸したのは、正午を過ぎた十二時二十分ごろであった。

指揮所に集合した私たちは、この日の飛行の検討会を開いた。その結果、私の気づかなかったことを、いろいろ教えられた。

まず、われわれ三式戦隊一二機、一式戦隊二四機、九九双軽隊九機が、全機、無事に任務を全うしたことが告げられた。そして、敵陣地の爆撃ではなく、救援物資投下ということで、敵の反撃がゆるやかだったこと、地上からの対空砲火がまったくなかったことなどが、伝えられた。

九九双軽は予定どおり救援物資を投下し、一二機の一式戦隊に護られて無傷で帰投し、残る十二機の一式戦隊も十数機のP－40を捕捉してこれを攻撃、駆逐した。

さて、われわれであるが、第一、第二小隊は目標地点上空の北へ抜けだし、救援物資を投下して高度を上げる九九双軽を攻撃するために待機していたP－40と交戦、その役目を果たして九九双軽を無事に退避させた。第三、第四小隊は、投下のため降下する九九双軽を攻撃しようとするP－40の行動を阻止し、役目を果たした。

ところがである。私はP－40が一斉に四散し、逃避したと思ったのだが、勇敢なヤツがいて、二度、三度と低空の九九双軽を攻撃したのだそうだ。しかし、遠距離からの銃撃だったので命中弾はなく、危険な状況とは思えなかったし、九九双軽の随伴とは別行動の一式戦闘機一コ中隊一二機が、このP－40にうまく絡んで攻撃を阻止し、三式戦の第三、第四小隊（私の一機以外の五機）が、北側の第一、第二小隊に合流して、九九双軽の退路を護衛したというのである。

　また、P－40が二機ずつペアを組んだのは、彼らの戦法を忠実に守ったのだろうが、これは対戦闘機戦の戦法であり、今日の状況では適当と思われない。救援物資の投下後、退避する九九双軽は、ある時期、離れ離れになるのだから、そこをP－40二四機に攻撃されれば、損害がでたかも知れない。

　つぎのときは、敵もこの失敗を繰り返さないだろうから、われわれもそのつもりで、心構えしておかなくてはならないと、小沢隊長はつけ加えた。

「松本、おい松本！」

　小沢隊長が、私の方を向いた。目が笑っている。

「オメエ、どこに遊びにいったんだ。しばらく見えんかったぞ」

「はい、南へ逃げる一機を追尾しました」

「馬鹿野郎！　南は敵さんの方じゃネェか。よく帰ってきたな」

「はい！」

「気をつけろ。小隊長の動きをよく見るんだ。勝手に動いてはいかん。わかったか」

「はい、わかりました。今後、気をつけます」

「おい、第四小隊長。今日のところはカンベンしてやれ。俺が充分に叱ったから」

そういって、隊長はさも愉快そうに声をだして笑った。

赤面の至りである。

僚機はすべて先輩であった。その先輩の誰もが私を理解してくれ、今日の私の行動を責めようとしない。深く反省しながら、胸が一ぱいになる。有難く、嬉しいのだ。これからは心配をかけぬよう、邪魔にならぬよう、精いっぱい飛ばなければならない。あまりウロチョロすると、スペアの搭乗員にされてしまう。それはいやだ。

「質問はあるか⁉」

私はまっすぐ左手をあげた。隊長の目が、きらりと光る。

「なんだ松本。いってみろ」

「はい。帰途燃料不足でハンサに不時着、補給しました。なぜ出発時、増槽を二本持たなかったのですか？　一本では不足です」

「それはだな、もう少し手前で敵さんのお出迎えがあると想定したからだ。その地点で戦闘をして帰るつもりでいた。しかし今日は、目標地点近くで敵さんが現われた。そのために不足した。つぎからは、増槽は二本にする」

　明確に答えてくれた。自分の予想が違ったことも、ちゃんと認めている。だから私は、この人が好きなのだ。

「他にないか……。ただちに飯を喰え。現在十三時。一時間後、もう一度、直掩に飛ぶ。体に異状のある者は申し出ろ。機体に異状のある者は、予備機を使用しろ。十三時三十分、指揮所前に集合。以上、別れ！」

〈なんてこった……、もう一度、あの緑の樹海の上を飛ぶのだ。他に戦闘機は沢山いるじゃあないか……〉

　正直なところ、そう思った。

　しかし、誰一人として、不平不満づらをしている者はいない。黙々と食事に向かう。たいしたものだ。

　足早に隊長が近づいてきて、私と並んだ。うつむきかげんに歩く私に、晴れやかな

声で、

「心配せんでいい。オメェは立派な四小隊の端末だ。予備にはせんから、安心しろ」

そういうと、すたすたといってしまった。颯爽とした後ろ姿だ。

名隊長のもと

疲労困憊の極
午後の直掩飛行は、十四時三十分にはじまった。九九双軽は巡航速度が遅いので、こんな発進時刻になったのだ。
午前中と同じ隊形で、同様の警戒態勢をとって飛んだ。ただ違うところは、増槽が二本であることと、高度が一八〇〇メートルだったことである。雲が低く、高度がとれなかったからだ。往路の途中から雨になった。豪雨ではないものの、かなりな雨脚であったが、幸いなことに風がなかった。
目標地点に、敵機は現われなかった。雨でお休みをきめこんだのかも知れない。われわれ三式戦隊は、雲の線ぎりぎりで大きく回りながら、警戒飛行をした。眼下には、午前中に投下したパラシュートの残骸が、いくつも目についた。きっと、物資は収納したのだろう。

九九双軽はそのパラシュートに重ねるように、つぎつぎと救援物資を投下した。九機が投下するのに、十分とはかからない。潮が退くように、全機一斉に北へ向かって退避し、帰途についた。拍子抜けした直掩飛行であった。

ウエワクに全機が無事に帰投したのは、十六時半ごろであった。敵機に遭遇せず、一発も撃たなかったのに、全身綿のように疲れていた。雨の中を飛ぶのは、想像以上に神経をすりへらすのだ。視界が悪く、いつどこから敵機が襲ってくるかわからない。極限まで緊張し、しかも低空で飛ぶのだから、心身ともに疲労困憊するのは当然のことだ。

指揮所前に整列したわれわれを隊長は、

「何だ、オメェラ！　河童にシリコダマ抜かれたような面をして！　しっかりしろ！」

と怒鳴りつけた。みんなの頬が、げっそりとこけている。

「明日は、運送屋の第二陣を直掩する。今日みたいなわけにには、イカネエぞ！　よく眠って、腹を据えておけ。十一時に飛ぶ。終わりだ！」

こんな簡単な注意で解散になった。

疲れきった私は、まったく食欲がわかない。食堂によらず、まっすぐ宿舎の半地下壕へ帰っていった。当番兵の金谷上等兵が迎えてくれた。

「お疲れさまでした。食事は？」

「喰いたくないんだ。あとで腹がへったら食べる」

私は飛行服のまま、寝台に横になり、低い天井を見つめた。

「明日のワリがでています。十一時です」

「ああ、聞いた。明日は昼食携行だ。頼むよ」

いま終わったばかりなのに、もう明日のことを考えなければならない。明日は今日みたいなわけにはゆかぬ、と隊長はいった。敵はたくさん機を揃えて、待ちうけているだろう。きっと撃ち合いになる――。

そう思うと、胸が締めつけられるような気持になる。明日の戦闘が心配というよりは、追いつめられて切羽つまった気持が、胸を締めつけるのだ。

私は目を閉じた。こんな気持になっている自分を、金谷上等兵に気どられたくなかった。

「松本少尉殿、おられますか？」

入口から声が響いた。私はこの六月一日付で少尉になったばかりで、「少尉殿」とよばれると、ちょっとばかり気恥ずかしい。

「おう、おるぞ。何の用だ」

入ってきたのは、隊長当番の前中上等兵だった。隊長が私に、「街に出る元気があるなら、連れてゆく。どうだ」と聞いてこいといっているという。

「お供すると伝えてくれ」

即座に答えたが、なんだか試されているようで、浮き浮きした気分にはなれなかった。

剛胆細心の美丈夫

指揮官小沢郁夫大尉との出合いは、満州孫家であった。ハルピン郊外の陸軍飛行基地で、陸軍第十四飛行団発祥の地である。

昭和十七年三月、陸軍第十四飛行団の編成動員で、私は飛行第七十八戦隊要員として転属してきた。その後、編成のごたごたのなかで、どういうワケか新設された第十四飛行団直属の戦闘第一〇三中隊に配属された。独立中隊である。

独立中隊は、どの兵科でも継子(ままこ)あつかいで、邪魔者にされる。このときも、他の戦隊が立派な煉瓦(れんが)建ての兵舎に居住したのに、私たちはまるで田舎の小学校のような、木造平屋の一棟があてがわれ、総員一三〇名あまりの中隊が押しこめられた。この継子あつかいされた独立中隊の中隊長が、後の編隊の指揮官小沢郁夫大尉であった。

小沢大尉は生粋の戦闘機乗りで、このときすでに飛行時間千五百時間を超えていた。中国大陸で、多くの実戦を経験している。

後日私は、ことあるごとに見せつけられ驚嘆するのだが、飛ぶことに関しては抜群の技量をもち、飛行中も沈着冷静で、空中意識も図抜けており、戦闘機乗りになるために生まれてきたようなひとであった。

このような技量と実績をもち、しかも本チャンの軍人でありながら、戦隊長でも飛行隊長でもなく、寄せ集めの独立中隊の中隊長とは、なんとも解せないことだ。

聞くところによると、元来が傍若無人で軍規破りなど日常茶飯事であり、譴責処分など幾度うけても意に介するどころか、反省の色もみせない。だから、上層部から睨まれ通しで、厄介者扱いをされ、出世コースから大きく逸れてしまい、過酷な任務のわりに報われない独立中隊を持たされたと思われる。

当時二十八歳の小沢大尉は、長身白面の美丈夫だった。任務にたいしては責任感が強く、指揮能力に卓越し、剛胆で細心、はげしい気迫の持ち主だった。そして、正確に物事を判断する眼をもち、人情味ゆたかで心優しい男だった。

ただ奇異に感じたのは、第一に言葉使いだった。軍人用語を話さず、東京の下町言葉のベランメェ調で、それが命令を下すときも指示をするときも、上級者への報告のときでさえベランメェ口調だった。日常の会話などは特に歯切れのいいベランメェで、慣れるまでは苦労した。

奇異に感じたことの二つ目は、日常の起居動作である。敬礼は一日一回、朝の点呼のときだけでよい。それ以外は、そのときどきで必要があればやれ。間にあえば駆け足は不要、ゆっくり歩け。始まりと結果がよければ、中間は適当でよい。極端なことをいうと、

「不寝番がその任務を達成できるのなら、眠っていてもよい」

というのである。すべてがこの調子だから、呆れてしまう。

孫家での出来事を一つ紹介しよう。

外出日にハルピンへ出かけた兵隊の一人が、帰営刻限に遅れた。ハルピンへはトラックで出かけ、帰りもそのトラックで帰る。だから正確にいうと、その兵隊は帰営トラックの出発時刻に遅れてしまったということだ。もちろんトラックは他の外出者を乗せ、定刻に帰隊した。世帯の小さい独立中隊だから、大騒ぎになった。

戦時編成で、中隊長以下全員が、営内居住だったので、すぐに中隊長の耳に入り、即刻、捜索班が編成され、ハルピンへ向かうことになった。二十二時を過ぎていた。

それから一時間半ほどたって、この遅刻兵は捜索班のトラックに乗せられ、無事に帰ってきた。聞けば、帰営のトラックに遅れたので孫家に向かって懸命に走っているところを、トラックに拾われたのだという。

これは、軽営倉になるなと私は思った。当の本人も、その覚悟をきめている様子だったが、彼の属する班の班長と班付は、気の毒なほどオロオロしていた。事故者を出す不名誉と、他の隊員におよぼす迷惑、たとえば全員の外出禁止など、中隊全体への影響が心配なのだ。

その頃は、まだ隊長の気ごころや人となりをよく知らないときであり、果たしてどんな制裁や処置があるかと、成りゆきを見守っていた。

遅刻した兵と所属の班長と班付が、中隊長に呼ばれた。中隊長室は、木造兵舎の廊下の端にある。三名が中隊長室に入るのを見届け、われわれ野次馬一五、六名は、足音を忍ばせて近寄り、聞き耳をたてた。

中隊長の声が響いた。

「おい、オメェ！　その時計を見せろ。腕からはずしてだ」

遅刻した兵隊にいっているのだ。

「なんだこれは、えらい安物だ。時計じゃァネェ。こんな物が役に立つか！」

ここまでは、穏やかな声だったが、一息いれた次の瞬間、怒声が建物中に響いた。

「馬鹿野郎！　オメェラ、軍隊の飯を何年喰ってやがる！　何が班長で、何が班付だッ！　デケェツラスルンジャネェ！　軍曹、兵長なんてモッテエネエ！　たった今、やめちまエ‼」

怒声はなお続く。要約するとこうなるのだ。

——帰営するトラックの発車時刻に遅れた兵の時計が、狂っていた。だから、彼は不本意にも帰営トラックに乗り遅れた。故意に遅れたのではない。その証拠には、彼は孫家に向かって懸命に走っていたではないか。

そんな不正確な時計を、身につけていた遅刻兵は最も悪い。だがしかし、大切な兵をあずかる班長、班付たちが、かくも不正確で簡単に狂う安物の時計を、兵にもたせて外出させるとは、もってのほかだ。これが戦さであったら、間違いなく命を落としている。だから、班長、班付にも重大な責任がある。

つぎに、ハルピンで帰営者を待つトラックは、一分一秒も待てなかったのか。それほど貴様たちは、規則や規定を普段から忠実に守っているのか。トラックの出発時限を延ばして、おそくなった一人を待ってやるだけの融通もきかんのか。

戦友一人を置きざりにするとは何事だ。そのために全員が帰営時限に遅れたら、途中でトラックが故障したとか、貴様たち得意の言いわけが、いくらでもあるだろう。その言いわけが通らなかったら、全員で責任をとるぐらいの気構えがないのか。そんなことでは、戦争はできネエ。

まあ、一番の原因が、この安物の時計だ。今後のこともあるから、いま俺が踏みつぶした。そのかわり、俺の正確無比な〝ターバン〟をお前にやる。以後、絶対に時間を間違えるな——。

怒声はこれで終わり、穏やかな声になって、

「貴様たち二人、軍曹と兵長、きつく叱ったぞ。肝に銘じておけ」

班長と班付に言い渡したあと、遅刻した兵に対し、

「お前——、こらお前だ！　理由はなんであれ、刻限に遅れたのは事実だ。その罰としてだな……、今後の外出を一回だけ禁止する……。それはお前が考えて、いつでもよいから辞退しろ。いいナ」

そう言い渡した。

自分の班から処罰を受ける者がでなかったことで、班長も班付も胸をなでおろしただろう。「きつく叱ったぞ」ぐらいは、屁でもない。また遅刻した兵も、外出一回禁止ですんだのだから、ホッとしたに違いない。そのうえ自分の意志で、いつでもいい

から外出をやめればいいのだから、これは苦痛ではない。

廊下で聞いていた私たちも、ホッとした。

この一件で、一番心を痛めたのは誰でもない。これを裁いた中隊長自身であった。あとになって、私は直接、中隊長から当時の心境を聞くことができた。

「班長、班付を叱ったとか、外出を一回禁止したことは、なんでもないのだが、あの兵隊の時計を踏みつぶしたことを、非常に後悔した。彼の時計が狂っていたわけではないのに、単に体面を保つことだけを考えて、あんな芝居がかったことをしてしまった。

きっとあの時計は、国もとの御両親が戦地へゆく息子に買いあたえた、心のこもった品であったに違いない。であれば、それを無視して踏みつぶした行為は、とんでもないことだ。

事故者をだしたくないのは、班長や班付だけではない。中隊長である自分の切なる願いでもある。その己れの願いを達成させるために、あんなことをしてしまった。あのとき、中隊長である自分が一言、〝今後、注意しろ〟といえば、それで済むことであった」

中隊長は、遅刻した兵の両親に手紙を書いた。

「私が誤ってご子息の時計をこわしてしまった。辺境の地で代わりの時計を入手できないので、自分の時計をご子息に使っていただくことにしたので、どうかお許し願いたい――」

という内容で、帰営時刻に遅れたことは、一言も触れてなかった。

当の本人も、事の次第を詳しく書いた手紙を出そうとしたが、中隊長は人事係に命じ、検閲の段階で不許可にし、手紙を発送させなかったという。

陸軍大尉小沢郁夫の人柄を、この挿話がよく物語っていると、私は思うのである。

さて、小沢大尉の空戦技量が優れていたことについては、前にもちょっと触れたが、文字どおり「別格」であった。

当初、私の中隊は、九七戦で編成され、一式戦になり、さらに三式戦と機種が変わって戦場にでた。昭和十八年の初戦から小沢大尉戦死の昭和十九年のレイテ戦まで、私は小沢大尉とともに二百数十回出撃し、六十回あまりの空戦をした。その一回一回の飛行に、数知れぬ多くの貴重な教えを受けた。

小沢大尉の操縦技術は、私とは格段の差があり、いかに歯がみしても、いかに努力をしても追いつけるどころか、足もとにも及ばなかった。

三式戦闘機は、それまでの陸軍戦闘機が突然変異したまったく新しい異質の戦闘機であり、類似点は皆無といってもいい。だから、一朝一夕には慣れにくく、未修飛行ではすべてのパイロットが苦労したものである。

昭和十七年のはじめ、機種の改編がつたえられると同時に、一機の三式戦が到着し、未修飛行がはじまった。これが、私と三式戦闘機との出合いである。

正式名は三式一型甲戦闘機で、通称はキ六一甲であった。この最初の三式戦を、小沢大尉は見事に乗りこなし、昭和十八年一月の明野飛行学校での査閲では、甲種学生（中隊長教育を受けていた航士五十三期）を尻目に、トップで合格した。

「これは、いままでにない飛行機だ。何がきても負けやせん」

小沢大尉は三式戦に惚れこんでいた。

事実その言葉どおり、戦場でどんな不利な状況になっても、これまでの常識では思いもつかぬテクニックで、たちまち逆転して優位にたつのを、いやというほど見せられた。

小沢大尉の空戦は、けして華麗ではなかった。重厚で、燻銀（いぶしぎん）のような空戦技術であった。無駄な動きがなく、つねに敵の射程距離すれすれのところを飛び、機をうかがっていた。そして一度攻撃に移ると、見る者の体が寒くなるような、必殺の一撃を放ち、確実に敵を仕留めたものである。

この隊長と飛ぶときは、なんの不安もなかった。私はすべてを任せきって、隊長の指示にしたがって飛んだ。

小沢大尉は、部下を見る眼にすぐれており、適材適所の配置をした。そのいい例が私である。一少尉であったが古参であり、空戦経験の豊富な私を、最後まで小隊長にはしなかった。全出撃がカモ番（最後尾機）であった。私は指揮官の器ではなく、団体戦には不向きな戦闘員であることを、見抜いていたのである。

私は公私ともにお世話になり、指導をうけた。特に南方戦域に進出してからは、戦場とはどのような所であるかを教えられ、空戦のなんたるかを叩きこまれた。そのうえ空戦で、幾度も命を救われた。隊長であり指揮官であると同時に、人生の先輩として心服した人であった。

こんな素晴らしい指揮官のもとで、戦闘をした私は、軍人として幸せであったと思っている。

戦爆連合の編隊

隊長のお供をしてウエワクの街で一夜を過ごした朝、迎えの車のなかで、

「おう、よく眠れたようだナ」

と一言いったきり、隊長は基地に着くまで何も喋らなかった。車を降りるとき、

「おい、今日も頼むぞ」

声をかけてくれた。

「はい！」

と答えて、宿舎に向かった。半地下壕の宿舎には、当番兵の金谷哲夫上等兵と、整備の中根行雄上等兵が待っていた。

中根は私を見ると、

「スペアは二本抱かせました。銃砲ともに撃発装置に入ってます。快調で回り異状ありません」

と告げると、さっと帰っていった。

金谷は紙包みをごそごそさせ、

「昼食の巻ずしですが、一つ食べませんか。どうせ朝飯はまだなんでしょう」

笑顔でいう。じゃあ一つだけ喰うかと手をのばすと、お茶をもってくるという。茶はいらん、水でいいと断わると、ではコーヒーをいれましょう。自分もご馳走になりますと、アルコールランプをつけ、パーコレーターをかけた。

やがてゴボゴボとお湯の沸く音がしはじめ、コーヒーの香りが地下壕のなかに流れ

た。気持のなごむ一瞬だった。

コーヒーをすすりながら、

「予定通りか？」

と聞いた。

「はい、予定通りです。ただ……」

「ただ——、何だ？」

「編成は同じだそうですが、今日は基地上空で九九双軽、一式戦と編隊を組むそうです」

「ふーん……」

「敵さんも、今日は黙っていないと見たのでしょう」

金谷なりの解説だが、多分その通りだろう。

着替えをし、準備が整ったところで、煙草に火をつけた。

「搭乗員集合！　急げ！」

その声に、地下壕を出て二、三歩あるいた私に、金谷は無言で白いマフラーを手渡し、早足に去っていった。送る者と送られる者が、お座なりな言葉をかわすことの無意味さを、彼はよく知っている。いつの頃からか、どちらもなにも言わなくなっていたのだ。

指揮所前には、すでに全員が集まっていた。私が着くのを待って、

「注目！」

隊長の鋭い声がとんだ。踵をカチンと合わせ、一斉に隊長に目を向ける。

「休め！　そのまま聞け。昨日と同様に運送屋の直掩をする。目的地も昨日と同じだ。ただし、本日は基地上空で編隊を組む。運送屋と一式戦とわれわれが隊形をととのえる。運送屋九機は、高度二〇〇〇で南に向く。その上五〇〇に一式戦隊二四機が位置どりする。その上さらに五〇〇がわれわれだ。わかったか？　その他のことは上がってから指示する。燃料も充分だ。気楽に飛べ――」

隊長は言葉をきって、全員を見回してから、

「つぎに、俺から一言。目的地までのコースは昨日同様だ。馬鹿な話だ。敵さんの待っているところへ飛び込むわけだ。仕方がネェ。運送屋がきめたんだ。

予想では、敵はコースの途中で現われるだろう。もちろん目標地点でも待っている。途中で現われる敵さんは、われわれがやる。かまわネェから叩き落とせ。お出迎えはP－40だ。あれはナ、背面飛行が苦手だ。その形に引っ張り込め。それと高空戦が下手だ。出来ネェんだ。上昇性能が悪い。その辺がツケメだ。速いようだが、小回りが

きかネェ。だから軽くかわせる。

深追いはするな。増槽は捨てるから、とても目的地までは運送屋のお伴はできネェ。あとは一式戦にまかせて帰る。喰われるなヨ。

それから松本、戦闘中もよく現在位置を確かめておけよ。帰りはお前が頼みだ。以上、質問はあるか。なければ終わりだ」

大降りではないが、しとしとと降る雨が飛行服の肩を濡らす。それにもかまわず、搭乗員たちは、思いおもいに煙草を吸っている。無言のままだ。

やや離れた滑走路の端で、つぎつぎとエンジンが始動し、別に指示もないのに、搭乗員は自分の機へと歩きだした。足もとのぬかるみに注意し、一歩一歩、ていねいに足をはこぶ。これから飛べば、あるいは死ぬかも知れないのに、いまは足もとの汚れを気にしている。そんな自分たちが、なんとなく可笑しくもあり、また悲しくもあった。

私たちは基地の上空でガッチリと隊形をととのえ、南に向かった。九九双軽は軽爆撃機ではあるが、九機が編隊を組み、随伴の一式戦二四機と直掩戦闘機一二機がそれに従うと、これはもう堂々たる戦爆連合の姿だ。救援物資の投下という目的を知らなければ、まさに威風堂々というところだ。

隊長の指示が入った。

「第二小隊当番、三〇〇上へ。第三小隊前へ。第一、第三小隊前方、第二小隊上方、第四小隊後方警戒、以上。各機は針路を五分ごとに確認して飛べ」

「了解！」

各小隊からの返答と同時に、それぞれの位置どりをする。

昨日とちがうのは、当番小隊の高度だけだ。雲が低く、二〇〇〇メートル上空は陽が照りつけている。ところどころに白い雲があり、その雲にわれわれの機影が落ちて、同じ速さで同じ方向に流れている。針路は九九双軽にまかせ、われわれは五分ごとに自機のコンパスで針路を確認し、地図に書きこんでゆく。楽なものだ。

楽なものだといったが、まだ教育訓練を受けていたころ、輸送機に二十数名乗りこみ、教官の示す現在位置から、飛行針路、自差、偏差の修正と飛行時間で、飛んでいるコースを地図に書き込み、最後に到達した場所が図面上でとんでもないところになり、大目玉を喰ったことを思い出した。その大目玉に発奮し、やっと人並の計測ができるようになっていった。そのとき「命とりになるぞ！」と注意されたのが、地図や海図を見るたびに胸に浮かんでくる。

南に向かう編隊を見渡す。九九双軽の迷彩塗装は、なんとなく薄汚ない。一式戦闘機のそれは、ややぼやけた色合いだ。上から眺めると、九機の双軽と二四機の一式戦は一目瞭然で、迷彩の効果は感じられない。高度差が余りないのと、はじめから判っている機種機数であり、編隊の下に雲がひろがっているから、迷彩の効果はないのだろう。

しかし、昨日、緑の樹海の上を飛んだときは、ときどき機体の外線がチラチラと崩れて見えた。やはり、迷彩は役に立っているようだ。

私たち三式戦闘機一二機は、すべてがジュラルミン板そのままで、ピカピカに磨いてある。〝迷彩塗装が保護色なら、われわれのは警戒色だ。三式戦闘機ここに在りと、その威力を誇示しているんだ〟といって、大笑いされたことがあった。

三式戦闘機は整備に難渋して稼動率が悪く、エンジン馬力も不足で、思ったほど役に立たないといわれ、なみだがでるほど口惜しかったこともある。

だが私は、この機体しか知らない。ほかにもっと優秀な機種があるかも知れないが、私にはこの三式戦闘機がピッタリの飛行機なのだ。大きさも重さも速さも性能も火力も、まるでオーダーメードで入手したように、ピッタリなのだ。

そのうえ、整備班長日野軍曹の整備が抜群で、この機体で飛んでいると、いつどんな敵に遭遇しても、負ける気など爪の垢ほどもしない。

一式戦「隼」——細い胴体と広い主翼、卓越した運動性能を誇り、陸軍戦闘機の中でも航続力に優れ、名機と謳われた。

指揮官の意図に応ぜよ

離陸してから、四十五分飛んだ。

時刻の確認に、左腕の航空時計に目をやったとき、

「おい、聞こえるか……。そろそろだ。腹を据えて見張れ！　わかったら返答せい」

いきなり隊長の指示があった。

「了解。つづけて見張ります」

各機が応答する。どれも、さして緊張した声ではない。

それから二分も飛んだだろうか。

「九時！　敵機向かってきます。三九、三〇〇〇！」

第二小隊長高林中尉の声がとび込んだ。これには驚いた。こんな近くに来るまで、だれも発見できなかったのだ。いきなりだ。

「了解。増槽すてろ！　全機上へ。戦闘用意！」

きちっとした隊長の声。

「了解！　上がりまあす！」

応えが返る。つづいて隊長の声。

「おい、オメェラ、慌てるナ！　マルツウは一式戦に任せろ！　そのまま南へ飛べッ！」

マルツウ㊣はで、運送屋の意味だ。物資輸送の九九双軽は、随伴の一式戦闘機任せにして、手を出すな。攻撃してくる敵機に向かえの指示である。

高度をとりながら、左からの敵を見る。重なりあうような編隊が二隊、白い排気を曳いてまっすぐに向かってくる。P－40だ。主翼が長くて厚い。

その向かってくる群れから離れた一つの編隊が、そのままの隊形で九九双軽の編隊めがけて、やや軸線を下向きに迫っている。

九九双軽は、九機がぐっと寄りあっただけで、今まで通り直進をつづけ、一式戦闘機の一コ中隊一二機がその上を固めている。そして果敢にも一式戦闘機の別の一コ中隊一二機が、猛然とダッシュをかけて、十一時の方向に上がってゆく。

今まさに始まろうとする空戦の、息づまるような位置どりの瞬間だ。この瞬間の彼我の形を読みとって、指揮官はつぎの味方の形をきめ、指示を出すのだ。

〝そのまま南へ飛べ〟と言われたときは解らなかった。だが、今それが解った。われわれの最初の一撃は、どうやら、やや軸線を下に九九双軽に迫りつつあるP－40の編隊らしい。これに、猛然とダッシュして上昇していった一式戦闘機が挑みかかり、まず戦端を開くはずだ。P－40はそれに対応しようと散開する。しかしその散開は、あくまでも一式戦相手の散開だ。

そのときわれわれには、つけ入るスキが見えるはずだ。そこを三式戦は突っ込むのだろう。一三機のP－40に対し、一式戦と三式戦の二四機が、二倍の戦力でガツンと叩くのだ。

では、左横から突っ込んでくるP－40の二六機には、どう対応するのだろう。これは、引きつけられるだけ引きつけ、左への急旋回でその第一撃をかわし、その旋回を一式戦との共同動作のスタートにしようと、隊長は考えているに違いない。だから、〝そのまま南へ飛べ〟と指示したのだ。

指揮官の思いどおり、指示どおりに飛び、その意図に忠実に、できる限り正確に戦闘をするのが、われわれ列機の任務だ。

しかし、指示を受けてから考えて行動したのでは、おそすぎる。これは一瞬の遅滞も許されない〝空戦〟なのだ。刻々と変化してゆく戦況のなかで、ケースバイケースにつねに指揮官の意図を推測し、察知していなければならない。

自分の能力の限りを尽くし、あらゆる状況を予想して、瞬時に戦況の変化に対応していかなければならない。誤りや間違いは、指揮官の把握する戦力を低下させ、自分の命も失うことになる。たとえ誤っても、なんとか修整できる程度にとどめるべきだ。

左からのP－40は、すぐそこまで近づいた。隊長は、敵に技をかけさせ、返し技をとろうとしている。こんなときは不気味だ。みずから進んで攻撃をかけるときは、あまり恐怖感はない。しかし、攻撃されるのを意識しながら待つというのは、恐ろしいと同時に苦しいものだ。

「オメエラ、落ち着くんだ！　一〇〇メートルまで引きつけろ。左へ一杯にかわす。かわしたら、一式戦に向いて、思いきり突っ込め！　ちょうど敵さんにぶつかる……。勝負はそれからだ。わかったかッ！」

「了解！」

隊長の指示は、ゆっくりと一語、一語、明瞭な口調だったが、「了解！」の応答は少し緊張気味だった。

左からの敵の半分は、われわれの後方につくつもりか、南へ流すように左回りしている。あくまで迫ってくる一隊は、もう三〇〇メートルのところまで来ている。

Ｐ－40の最高速度は、時速五八三キロだ。三式戦のわれわれは、いま五七〇キロで飛んでいる。彼らは左から直角に迫ってきているのではなく、約三〇度くらいの斜角で迫っている。するど、この時速差の一三キロは、ほとんど帳消しになる。簡単には追いつけないのだ。

そのなかなか追いつけない焦りが、行動になって現われた。溶鉱炉の口のように機首を赤くして、一斉に撃ってきた。彼我の距離は、まだ一五〇メートルはある。撃つには遠すぎる。当たるわけがない。

戦闘機は固定銃だから、仰角がとれない。距離が遠ければ、仰角をとらなければ、弾は目標にはとどかない。無駄弾なのだ。

当たるはずのない射撃をしたことで、この相手はあまりよく訓練されていない、精強な集団ではないことがわかった。

それに、折角われわれの横腹を突いてきたのに、こちらの動きを見る前に、勢力を三分してしまった。圧倒的に数が多いのなら別だが、同じくらいの機数なのに、攻撃力を分散させては、その効果も分散してしまう。

それにくらべ、緒戦に全攻撃力を一ヵ所に集めるわれわれのやり方は、この遭遇戦では有利だ。

「東へ振れ！」

隊長の声と同時に一二機が一斉に左へ急旋回した。これまで雁行していた隊形が、二列横隊に変わる。

「第四小隊、前へ出ろ！」

第四小隊は、機首を少し下げ、一気に前へ滑り出した。

「当番、突っ込め！」

それまで、第一、第三、第四小隊の上空五〇〇メートルに位置していた第二小隊の三機は機体を捻ると、一〇〇〇メートル先のＰ－40めがけて、急角度で突っ込んでいった。

ちらりと後方を見ると、最も遠くから回りこんでいた敵の一隊が、後方五〇〇メートルあたりから全速で追尾してくる。左横から突っ込み、われわれの左急旋回でかわされた一隊は、七、八〇〇メートルも大きく流れ、一斉回頭をしているところだ。

眼前では、すでに一式戦隊とＰ－40との空戦がはじまっていた。

「後方注意！　喰いつかれるな！」

隊長の声が飛ぶ。

「了解！」

と答えるなかに、誰かの、

「はあーい！」

という声が入る。

起死回生の一瞬

われわれ九機は、彼我戦闘機群が最初に組みあった空戦域に、全速で飛び込んでいった。

このとき私は、九機の一番左端を飛んでいた。それだけに、空間の余裕があった。ステッキを力一杯ひいて、そのまま二〇〇〇メートルほど舞い上がり、くるりと背面になって、まず戦況を見渡した。

直径三〇〇〇メートルの球形の空間で、ごちゃごちゃに入り乱れ、追いつ追われつをやっている。しかし、よく見ると一式戦隊は三機ずつ、つかず離れず連携をとりあって、同じ軌跡を描いて飛んでいる。ロッテ戦法という戦い方だ。Ｐ－40のオーストラリア戦隊は、これまた三機が前後上下で連携し、一つの目標を攻撃し、一撃離脱するサッチウエイブ戦法をとっている。

これでは、まるで演習だ。互いにかたまりあって、遠く離れたところから往ったり来たりしたって、なかなか勝負はつかないだろう。

そんなことを思ったとき、Ｐ－40の別の一隊一三機が、この狭い空戦域になだれ込んできた。私は大きく息を吸いこみ、なだれ込んできたＰ－40の最後尾の一機を狙い、背面のまま強引に突っ込んでいった。

高度差は約一五〇メートルあった。ヘッドレストに後頭部をしっかりと押しつけ、目標機を照準器にとらえようと必死になった。周囲は何も見えなかった。ただエンジンの音が、まるで超高速で回る電気モーターのような、クォーンと乾いた響きになって、体全体に伝わってくるのを感じていた。

私の第一撃は失敗だった。直線距離にしてわずか三〇〇メートル、しかも私より下を飛んでいる敵機を、捕えられなかったのだ。

あわてて右の垂直旋回に移った。だが、少しばかり空いている空間を選んで回ったのが、間違いだった。突然、まったく予期していない敵機に、ピタリと喰いつかれてしまった。後方一〇〇メートルだ。

ドキッと大きなショックが、動悸となって胸に響いた。最悪の形につかまったのだ。逃げださなければ、喰われてしまう。どうしたらいいのだ……。あらゆる方法を考える。

〈いま俺は垂直旋回をしている。旋回半径は、三式戦がP－40よりはるかに小さい。俺が引いているステッキと、左足でコントロールしているフットペダルを、練習した通り間違いなく操作すれば、追いつかれる心配はない。別な方向から攻められない限り、危険はないのだ〉

そう判断し、結論づけた。このまま飛べ。何かが見つかるかも知れない。ここは戦場だ。何がどう変わるか、判らないのだ——。

「松本！　そのまま回れ！」

いままで聞いたことのない、激しい隊長の声だ。

「このまま回ります！」

夢中で応答し、そのまま飛びつづけた。

その声に、弾かれたように左右のフットペダルを踏み替え、ステッキをもどした。

「上へ抜けろッ！　松本！」

その後は何をしたのか覚えていない。

機は放り出されたように、垂直旋回の軌道からそれ、斜め上方三〇メートルに吹きとばされ、ほとんど水平で直進飛行に移った。いままでに経験したことのない、思いもかけぬ姿勢変化だった。

「うまいじゃネエカ！　エッ！　松本！」

そんな隊長の声を夢心地で聞いて、返事もできなかった。とにかく〝助かった！〟という、喜びというか嬉しさというか、一種の感激なのだろうか、そんな思いで全身が熱くなっていた。

だが、そんな思いにひたって陶然となっている暇など、戦闘中にあるわけがない。猟犬のように、つぎの獲物を狙わなくてはならない。

こんな経過のなかで、私は薄紙を一枚一枚はがすように、しだいに平静さを取りもどし、自分自身が見えてきた。そして周囲の戦況を冷静に眺め、つぎにとるべき自分の役割を考える余裕のようなものが湧いてきた。これは余裕というよりは、思考力が働きだしたというべきだろう。

真っ先に、たったいま追いこまれた窮地から這い上った自分を振り返ってみた。どの時点かはわからないが、隊長がなんらかの形でフォローしてくれたに違いない。それがどんな行動だったかを知りたかった。

〈よし、帰ったら聞いてみよう〉

と思った。この〝帰ったら――〟の思いが、緊張から平静さにもどるのに、すごく効果があった。

〈なんだ！　俺は帰る気でいる。これは死にやせんわ！〉

確信のようなものが、湧き上がった。そして見回した周囲を、現実の空戦場という形で、完全な映像として視界にとらえた。

一撃必殺は至難

高度計を見る。二七〇〇メートル付近で針がふるえている。低すぎる。これはP－40の高度だ。上がらなくてはいけない。自分は空戦域の下の方に位置している。危険だ。

〈どのあたりに上がるべきか……〉

見渡すと、意外に敵機の数が少ない。なぜだろう。わからない――。

眼下五〇〇メートルには、暗灰色の雲が動物の内臓のように無数の襞をつくり、寄りあい重なりあって、平たくどこまでも広がりつづいている。その雲の上の空間には、さまざまな形をした離れ雲が、なんの連携もなく、高く低く限りなく浮かんでいる。

青空は見えず、いつの間にか太陽はかげって、陽光はない。

そんななかで、彼我約五〇機の戦闘機が、三つのグループに分かれて空戦をしている。大空中戦だ。

隊長の位置はわからない。しかし、隊員のだれかに指示や注意をしている声が、つぎつぎと耳に入ってくる。

〈自分の小隊長を探さなくては――〉

そう思うのだが、この戦況ではできそうにもない。

後ろ斜め上方から、右側を薄赤い煙の筋が五、六本さっと通りすぎた。ほんのわずかな間隔をおいて、また通りすぎた。

〈しまった、また喰いつかれた!〉

機を左に滑らせて振り返ると、後方一〇〇メートルをバンクをするように双翼をゆすりながら、敵の一機が追ってくる。そして、その上方五〇メートルほどを、さらに一機が突っ込んでくる。

〈まだ喰いつかれていない!〉

喰いつかれそうになっているのだ。敵機の軸線の動きをちらっと見て、機を右に滑らす。誰もがやる、最も安易なかわし方だが、効率は高い。

ここで急上昇すれば、あの五〇メートル上の機に、ガッチリとつかまる。どちらかに旋回しても同じだ。だが、どうにかしなければならない。それには、もっと引き寄せてから、日本機独特のフワリと回るやり方でかわさなければならない。引き寄せるのは恐ろしい。かなり勇気のいることだが、これが最も簡単で確実なかわし方だ。

こころもちスロットルレバーを絞り、左手をレバーにのせたまま振り返る。私の左右へのスリップに同調しようと、敵機も細かくコントロールしているのがわかる。すでに八〇メートルに迫っている。通り過ぎてゆく薄赤い煙の色が、やや濃くなり、ほとんどが水平の線を描いて抜けてゆく。たぶん私は、敵機の照準器のなかにつかまったのだろう。ここらが逃げるタイミングだ。

スロットル一杯に増速して、ステッキを引いた。ほんのわずかではあるが、落としたスピードと空戦フラップの作用で、機体は節度をつけたように上向きになり、食道をぐいと引っ張る感じのGを発生して、いきなり上昇に移った。

追尾機は肩すかしを喰って、一〇〇メートルもゆき過ぎ、上昇姿勢に移ろうとしている。やや上方に位置していたもう一機は、目をみはるような快速で、上昇をはじめていた。

だが、私と彼の機は、生まれも育ちも違う、まったく異質のものだ。旋回半径が大きく違う。彼は私より三〇パーセントも大きい半径の円周を描いて回る。

このまま飛べば、彼は上昇して回りながら、五、六メートル下で私の通った軌跡を通りぬける形になる。そして、いったん引き離された彼は、つづけて私に追いすがっても、あの大重量の機体は、たちまち地球の引力の餌食となり、上昇力を殺され、追いつけなくなる。

まずは、自力でかわしたわけだ。私の頭のなかに、P－40のかわし方が一つ刻みこまれた。

戦場は、とてつもない大きさに広がっていた。それも高さがなく、横に大きくなっているのだ。そんな空間で、各機は思い思いにわたりあっている。

私は、最も近くで一式戦を追っているP－40二機の後方二〇〇メートルについた。もし後につかれたら、先ほどのやり方でかわせばよい。同じことができるかどうかわからないが、試す必要はある。

逃げる一式戦は、じつにうまい。P－40との速度差一〇〇キロをものともせず、流してはひらり、浮いたと見せてふわり、上に、左右に、下にとかわし、追尾する敵機を翻弄している。それが、ちっとも苦しそうでない。時折り追尾のP－40が撃ちこむのが見えるが、弾道はすべて大きくそれている。

私は、前の前を飛ぶ一式戦闘機の動きを見ながら、眼前のP－40の動きを予測し、最短距離を狙ってしだいに接近していった。もちろん上下左右の警戒は怠らなかった。

敵機との距離が一〇〇メートル弱になった。照準器に入る。狙いをさだめて二〇ミリ砲を撃つ。ガン、ガン、ガンと鈍い衝撃音とともに、すーっと弾道がのびる。だが全然当たらない。目標機の手前で、お辞儀をしてしまう。まるっきり駄目だ。

〈あのお辞儀の分だけ、上を狙え！〉

やってみる。これがまるっきりいけない。弾道は敵機のはるか上方で、如露の水まきのように、枝垂れ柳よろしく曲線を描いて消えてしまう。距離が遠すぎるのだ。

〈もっと接近しなければ、当たらない！〉

さらに接近する。

ところが、どうだ。今度は目標機が照準器から、すぐとび出してしまう。なんとか捕えても、照準器のなかで動き回り、発射のタイミングがつかめない。うろうろしているうちに、目標機が眼前から消えてしまった。振りきられたのだ。すぐにまた別の目標を追尾する。〝追いながら撃つ〟ということを考える。

目標機を、正確に命中可能な位置に捕えるのは、恐らく〇・一秒か〇・二秒の間であり、それも停止しているのではなく、標的は移動しつづけている。

私の機が装備している二〇ミリ砲の発射弾数は一分間四八〇発で、これが二基だから、毎分九六〇発撃てる計算になる。

かりに、命中可能な時間帯が〇・一秒とすれば、その時間内に発射できる弾丸は一・六発だ。初速を毎秒六〇〇メートルと考えると、発射した弾丸は〇・一秒後には六〇メートル前方に達する。

前方へ直進する目標の速度が、かりに時速六〇〇キロであれば、〇・一秒後には約一六・七メートル前進するだけだから、これは考慮する必要はない。

このように考えると、何十発撃っても目標の位置に正確に到達する弾丸は、一撃で一・六発しかないわけだ。命中させるということは、なんと至難なことだろう。〝一撃必殺〟は口では簡単にいえても、実際には不可能といってもいい。

考えながら追いつづけるP－40は、約一〇〇メートル前方を私の追尾からのがれようと、前後左右に動きつづける。まだ撃つチャンスがつかめない。

突然、敵機の動きが急変した。いきなり東方に抜け出したのだ。私もピッタリ喰いつき、発射の好機を狙いつづけた。

「松本、もどれッ。西に向け！」

隊長の指示だ。

「はい、松本もどります！」

「上に気をつけろ」

「はい、上に気をつけます！」

追尾を中止し、小さく左回りして上を見渡す。三〇〇メートル上方を、私に反航してすれ違うP－40一機が目にはいった。ひやりとする。隊長が、

「上に気をつけろ」

といったのは、この敵機のことなのだ。俺を狙って追尾してきたのに、私は気づかなかった。一瞬、背筋に冷たいものが走った。

「一〇三、戦闘止め！　北に向き二五に集合！」

胸に溜っていた緊張の息をふーッと吐き出し、僚機を探す。きらりきらりと光る三式戦闘機の群れは、北西約三〇〇〇メートルの彼方に浮かんでいる。その左手さらに遠く、一式戦隊が点々と集結してくるのが見える。

振り向けば、後方二〇〇〇メートル付近に、P－40が寄りあいながら退避してゆく。遠ざかる二四の機影は、離れ雲の流れに見え隠れしながら、ぐんぐん小さくなってゆく。

〈二四機……〉

遭遇したときは、二六機だったはずだ。

〈二機足りない〉

そんなことを思いながら、集合位置へ急ぐ。機速をおとし、編隊の最後尾について、

「松本、只今！」

「ようし、ご苦労。燃料残、ウエワクまでの距離、針路をただちに報告しろ！」

合流すると、いきなりだ。いつもこうなのだ。

「燃料残三〇〇リットル。時速四〇〇キロで五五〇キロ飛べます。ウエワクまで北九度西、三五〇キロ」

「了解、ウエワクに帰投する。第二小隊当番、五〇〇上へ。第一小隊前方、第二小隊上方、第三、第四小隊後方警戒。異状の有無を報告せい」

「異状なし！」

つぎつぎと各機からの声がする。全機無事だ。時刻は十二時三十分。約二十分間空戦したわけだ。

基本に忠実たれ

五分も飛ぶと雨になった。

やがてウエワクの上空を通り過ぎ、海岸線を一〇キロ離れて、海上五〇〇メートル

の雲の下に出た。そのまま変針し、一直線に基地へ向かって飛ぶ。第二小隊の三機が警戒に当たるなかで、各機はつぎつぎと着陸していく。まるで前の機に接触しそうな間隔だ。

指揮所前に集合し、しとしと降りつづく雨の中で、各搭乗員に短いが要を得た注意があたえられた。最後になった私には、なんの注意もない。おかしいなと思ったが、

「以上だ。ゆっくり休め。松本は解散後、指揮所内に入れ。別れ！」

各自敬礼し、散っていった。

隊長の後について指揮所に入ると、振り向きざまにいきなり、

「馬鹿野郎、あのザマは何だ！」

大声が飛んだ。指揮所につづいている暗号通信や気象班のざわめきが、ぴたりと静まり、迎えに出てきた日直士官や当番兵が、凄まじい剣幕に思わず立ちどまった。

「ちっとはマシだと思っていたが、クダラネェ野郎だ。鶏頭メ！　教えられたことを忘れたのか」

なぜ怒鳴られているのか、私には見当がつかない。きょとんとしていると、

「テメェの飛び方を考えてみろ。あの右旋回だ。だれがあんな回り方を教えた？」

やっとわかった。空戦がはじまってすぐ、右垂直旋回で敵機に喰いつかれたあのこ

とだ。

「思い出してみろ！　小学生の学芸会じゃネェンだ。そろりそろりと回る馬鹿がどこにいる。命の瀬戸際を飛んでるんだ。もっと小さく回れ！　オメェの飛び方はナ、只今そこへ参りますと、行き先を敵さんに教えているようなもんだ。俺に怒鳴られたら、ハッと気づいて、いきなり回りが小さくなった。出来るじゃネェカこの野郎！　骨惜しみするんじゃネェ！　わかったか！」

「…………」

「わかったら返事しろ！」

「はい、わかりました」

「情ネェ奴だ」

隊長の声が小さくなり、炯々としていた目の光がやわらぎ、いつもの穏やかな目になった。ひかがみを伸ばして直立不動の私は、汗ばんだ肌が冷たくなり、全身が小刻みに震えて止まらなかった。

「よく聞け。オメェはな、陸軍の戦闘機乗りのなかで一番下手くそなパイロットだ。敵さんも、オメェより下手なのはイネェよ。それを忘れるな。下手くそは下手なりに飛ぶんだ。背伸びするな。いいか、基本に忠実に、教えられた通り精一杯飛ぶんだ。墜とされなければ、一戦、一戦、上達する。これからも気をつけて飛べ。いうことはそれだけだ」

震えは止まらなかった。怒鳴る隊長が恐いのではなかった。鎧袖一触、吹っ飛ばされた思いが、全身の震えになって続いていた。隊長の足もとにも及ばない自分を、いやというほど思い知らされたのだ。

これまで私は、かなり思い上がっていた。キ六一という最新鋭の戦闘機の搭乗員として飛ぶことに、鼻高高だった。

高速で空気を切り裂いて飛ぶ銀色の機体を、己れの意のままにコントロールしていると思いこみ、その己れに酔っていた。いままでに軽く注意されたり、指導されたことは、ときどきあった。これを私は、単なる参考意見として、聞き流していた。

だが、前線へきて今日はじめて隊長に怒鳴り飛ばされた。この大ベテランの大先輩から見れば、私の飛び方など児戯にひとしかったのだ。反省の色もなく、さっぱり進歩しない私に、注意を促したのだ。隊長の言葉に、はじめて己れの未熟さ、思い上がりの恐ろしさに、気づいた私はおののき震えていた。

「命の瀬戸際を飛ぶ――」

　ということは、二度とやり直しができないことだ。それを肝に銘じろと、隊長は血相を変えて私にいい聞かせてくれた。自分の力を出しきらず、自分の間違いで死んではいけないと、教えてくれている。有難く嬉しく、涙が溢れそうになった。

「まあ、座れ」

　もういつもの隊長だった。あたたかくやわらかい言葉に、涙が頰をつたった。

　自分も椅子に腰をおろした隊長は、私に煙草をすすめて、言葉をつづけた。

「大切なことだから、冷めないうちに聞いておくが……」と前置きして、「オメェ、あの右垂直旋回から上へ飛び出したナ。俺が〝上に抜けろ〟と怒鳴ったときだ」

「はい、飛び出しました」

「あのとき、どんな操作をした……コントロールだ」

「…………」

「思い出せ！　テメェのやったことだ」

「はい。引きつけていたステッキをもどし、両足を踏み替えました」

「手と足と、どっちが先だ？」

「……わかりません」

「両足を踏み替えたのではあるまい。ペタルをいったん中央にもどし、また左をふんだんだろう」

「わかりません」

「そうだ、わからんだろう——。あれはナア、教範にもない、空気力学的には説明のつかない動きなんだ。

だいたい飛行機の基本的な動きは、煎じつめれば二五、六だ。大したことはないんだ。それがケース・バイ・ケースで無限に広がるだけなんだ。

現在の飛び方は、ほとんどが複葉機時代に開発されたものだ。過去、戦闘中に苦しまぎれにあれをやるのを、二、三、目にしたことがあるが、どれも失敗して墜っこちた。変なスピンがかかって、収拾がつかなくなるんだ。もちろん俺はやったことはない。それをオメェはやっつけた。

キ六一のバランスならできるかも知れないが、危険きわまりない動きだ。タイミングをはずしたら、命とりだ。

あれはナア、脳で考えてから手足を動かしたんでは間にあわんほど微妙なタイミングなんだ。考える先に手足が動いたから、それが何であったかを脳がわからんかった。

いいか、あれは危険だぞ。二度とやるな。やるときは、命を捨てるときだと思え。だから、これが最後だというときだけやれ。厳重にいい渡しておくぞ」

聞き慣れたベランメェ調ではなく、一語一語はっきりと真剣にいわれた。

主翼の物語るもの

この日の空戦で、小沢隊長と高林中尉がP－40をそれぞれ一機撃墜した。私が、戦闘を終わって退避してゆくP－40が、二四機だと見たのは誤りでなかった。また空戦中に、敵の数が意外に少ないと思ったのは、敵の一三機編隊が九九双軽を追っていったからで、これも誤認ではなかった。

九九双軽の輸送隊は、二〇〇〇メートル以下を厚くおおった雲の層に飛びこみ、巧みに現われては潜りながら敵の攻撃をかわし、随伴の一式戦闘機にまもられて、無事に救援物資を投下し、一式戦闘機とともに全機帰投した。

しかし、最初にP－40に向かっていった一式戦闘機一コ中隊一二機のうち、一機が被弾し、戦線を離脱したが、行方不明になった。

基地に帰ったのが十三時二十分で、昼食にありついたのは十四時三十分ごろだった。すごい空腹感に襲われていたのに、あまり食べられなかった。たった二時間半の飛行で、極度に疲労し、どこへでも座りこみたい気持だった。それなのに、

「搭乗員はそのまま待機！」

の指示で、着替えもできず、椰子の葉で屋根を葺いた吹きぬけの小屋で、十七時まで待機した。だれも、不平も不満も漏らさなかったが、どの顔もげっそりと頬がこけ、精気がなかった。上まぶたが眼窩に引っかかり、目がショボショボした。

夕食も喉に通らなかった。白い豆を柔らかく甘く煮たのを、二口三口食べて終わりにした。私だけではなく、この日飛んだ誰もが、同じようだった。搭乗員以外の将校が、いろいろ話しかけてくるのが煩わしく、早々に宿舎に引きあげた。

宿舎には、整備班長の日野軍曹がいた。

「ご苦労さんでした」

「はい。待機してたが、何もなかったよ。まあ、ない方がいいけどネ」

「疲れたでしょう」

「くたくたさ。あれっ、金谷はどうしたかな」

当番兵の金谷の姿が見えない。

「ワリを見にいった。松っあん見てないだろう」

ワリとは搭乗割のことだ。

「ああ、見てない」

帰ってきたときは、戦闘の話は一切しない。きまって、こんな話になる。精一杯やってきて、そのことを誰かに話すのは、とても疲れるから喋らないのだ。

「松っあん、何やってきたの？」

「何って？」

「主翼のリベットの頭が、二十本以上抜けてるんだ。何をやったの？」

「何もしないよ。ただ飛んだだけだ」

「急降下しなかった？」

「やらない」

「………」

日野は腑に落ちない顔をしている。

ちょっと面倒臭かったが、小沢隊長に懇々といわれた今日の飛び方を説明した。

だが、当の本人が飛行姿勢の変化を、順を追って具体的に説明できず、困りきっているのだから、聞く日野は想像するほかはない。

「ステッキとペダルを、どう使ったかわからんのですか？」

「わからないんだ。覚えていないんだ」

覚えていないといわれ、日野は諦めたのか、それ以上追及しなかった。

当番兵の金谷が帰ってきた。今日の出撃について、「ご苦労さん」もいわない。いうなと私が頼んでいるからだ。

「ワリが出ました」

「どうなっていた？」

「十時から十二時まで、二時間の上空警戒です」

「ほう！　楽をさせてくれるナ」

「ただし八時以降、待機になってます」

「了解！」

やはり、ゆっくりはさせてくれない。戦場だから当然のことだ。

私は着替えをはじめた。夜の街へ出るためだ。

「日野さんよ、明日の朝トラック貸してくれないか」

「いいよ、使いなさい」

即座に承知した。なぜ必要なのか百も承知なのだ。日野は当番兵の金谷に向かい、

「金谷、明日の朝、迎えにゆく時刻をちゃんと聞いておけ。それから今夜、街へ出るだろうから、送ってゆけ。トラックのキーは中根が保管している」

これでいいだろうという表情で、私を見た。

私は中隊本部に寄り、日直士官に外出することを告げ、隊長に伝えてほしいと頼ん

で、ウエワクの街へ向かった。

雨中の戦い

判断力をみがけ

翌朝、ウエワクの町から朝帰りした私は、午前七時五十分に待機所に入った。待機所といっても、椰子の葉で屋根を葺いた吹きぬけ小屋である。

すぐに隊長から呼び出しがあった。今日も降りつづいている雨の中を、私は細みの蛇の目傘を開いて、指揮所に向かった。

蛇の目傘は、今朝、料亭松島の秋さんから貰い受けてきたものだ。町には料亭を称する泊まれる場所や、将校クラブなどがある。昨夜私はその一軒、松島に泊まったのである。

朝帰りがけに、傘が一本ほしいというと、どうするのだと聞かれた。雨が降ってるから傘がいるのだというと、

「へえー、軍人さんがねェ」

秋さんはおかしそうに笑って、押入れから油紙でくるんだ蛇の目傘を出し、快く渡

してくれたのである。

傘に当たる雨の音に郷愁を感じながら歩いた。見上げると、目に痛いほど日本情緒ゆたかな雨具である。いや、単に雨をしのぐ道具というだけではないといってもいいだろう。

指揮所の入口で傘をすぼめ、一歩入った私に、

「おう、来たか。かけろ」

すでに飛行服に身を固めた隊長は、澄んだ声でいった。

「呼ばれて参りました」

「おう。オメェ粋なものをさしてきたな。どこで手に入れた」

「はい、今朝、帰りがけにもらってきました」

「そうか。お秋さんも味なことをするナ……。よし、前例はないが、基地内での使用を許可する」

「はい、有難うございます」

「うむ。ところで話がある。まあ聞け」

煙草に火をつけ、私にも一本すすめてくれると、空戦の話になった。

「オメェ、昨日の戦闘でナ、敵さんのケツに喰いついたナ。だが二度とも失敗だっ

た」

ちゃんと見ていたのだ。

「難しいもんだよ。向こうさんも必死だからなあ。それでナ、逃げる敵さんや、昨日のような敵さんを追うよりは、追われている敵さんを横取りするほうが楽だということを覚えろ。僚機が追っているヤツだ。もちろん、しゃにむにしゃしゃり出て、掻きわけてひっさらうわけではネェ。追いかけている僚機よりも、自分のほうが喰いやすいと判断したときにやるんだ。

遠慮はいらネェ。命のやりとりの最中に、先輩も後輩もない。かまわネェからやれ。そんな形になることが、戦闘中、何度かは必ずあるはずだ。やってみろ。追いかけっこより、ずっと楽だ。それに、そうすることが味方全体のためにもなる。その意味はわかるだろう。

一つだけ注意しろ。しめたと横取りしたときに、その捕えた敵をフォローする他の敵機が、必ずオメェを狙うということだ。それを忘れたら、イチコロにされるぞ」

以上が小沢隊長の話の要旨だった。

確かに合点のゆく話である。だが、あの戦闘の最中に、果たして私にそんな状況判断と見きわめができるかどうかが問題である。演習なら別だが、とても隊長のいうような余裕など持てないだろう。

　そんな私の気持を見通してか、

「松本よ、急にはできネェヨ。心掛けろといってるんだ」

　合点のいく言葉だった。

「おい、松本」

「はい」

「昨日オメェを、くだらネェ野郎だといったけれど、オメェはいいところもあるんだ」

「はあ……」

「オメェの飛び方はナ、独特なんだ。豪快さはないが、繊細で緻密だ。例えばだ、ロールなんか誰でもやることだが、同じロールをするのでも、オメェは何か違うんだナ。繊細で緻密な計算があるんだ。その時々でロールのスピードやロールへの入りかたなんか、全部違う。すべてがそうだ。

　オメェは戦闘中、いつ呼んでもパッと返事をする。これは最初からだった。上ずった声も出さネェナ。――まあ、あんまり煽てると、その気になるからいわネェが、まだまだ沢山いいところがあるんだ。なんとか場数を踏んで生き延びたら、いい戦闘機乗りになる……。滅多なことで死ぬんじゃネェゾ。なあ、松本」

「はい！」

「なんだ、神妙なツラして……。オメェのファンは大勢いるなあ。その会長が日野軍曹だ。それに、女には大切にされてモテモテだ。やっぱりいいところがあるんだろう」

そういうと、白い歯を見せて大きく笑い、これで終わりだ、帰れと、二度三度、顎をしゃくり、入口に視線をやって私を促した。

使用許可をもらった蛇の目傘をさして、待機所へもどった。吹きぬけの小屋の中には、ベンチのような木製の長椅子が四脚ある。搭乗員たちは、思い思いの位置に思い思いの格好でかけている。整備員も二、三人まじって喋ったり、煙草をふかしながら雨空を見つめたりして、時間をつぶしている。

私がもどってきたのを見て、第四小隊長の菅原正之中尉が、

「昨日も今日も、焼きを入れられたのか」

と声をかけた。

「いいえ、焼きではありません」

「じゃあなんだ」

「世間話です」

隊長が私にいったことを、とくとくと喋るつもりは毛頭ない。それでなくても、現在の搭乗員のなかで一番序列の低い私を、隊長が甘やかすというので、あまり快く思っていない者もいる。だから、空戦技量について云々するのは、とくに禁物だ。当たらず触らずがいいのだ。

「松本少尉」

「はい」

どうも菅原小隊長はねちっこい。

「世間話って、何を話した」

「はあ……。女の話などです」

「そうか、隊長も好きだからな。……お前、あんな傘をさして、注意されんかったか」

「いいえ、されません。基地内での使用許可を頂きました」

「ほう！　使用許可ねえ。お前は隊長の秘蔵っ子だからな、特別扱いか……。これは冗談だ。おい松本、予備の搭乗員はお前より古い者ばかりだ。それなのにお前が飛んでいる。大抜擢だ。隊長はじめ、みんなのおかげだ。心にとめておけ」

「はい、有難うございます」

菅原小隊長は、みんなの前で私を吊るし上げているが、決して底意地悪い男ではない。空戦のときちゃんと庇ってくれているし、私を束縛せず、好き放題をさせてくれる。昨夜も一昨夜も外泊して朝帰りだったので、それとなくお灸を据えているのだろう。

敵機来襲

そんなとき、突然、搭乗員集合がかかった。まだ午前九時ごろであった。

「搭乗員集合、急げ」

の声に全員はさっと緊張する。走る者はいないが、すこし急ぎ足になり、降りしきる雨のなかを指揮所前へと集まってゆく。私は一人だけ傘をさすわけにもいかず、吹きぬけの小屋に置いてもゆけず、小脇にはさんで最後尾からついていった。

警戒飛行中の二名以外の全員が集まると、

「そのまま聞け！」

隊長は敬礼もうけず、いきなりいった。

「何を間違ったのか、敵さんがくる。A－20ハボック爆撃機六機、P－40ウォーホーク戦闘機二四機、ベナベナからラム川に沿って北上中だ。偵察機からの報告で、針路はハンサかウエワクと推測する。敵の機数から考えると、ハンサが目標だと思う。現在の敵編隊の位置は、ウエワクの南東三二〇キロ、高度二〇〇〇。われわれは、これをハンサの南で迎撃する。おい、オメェラ。やっとお仕事にありついた。運送屋のお守りじゃサマにならネェ。今日は本職の迎撃戦だ。しっかりやれ。

第三小隊長！　現在の警戒飛行は、オメェの小隊だナ。いま帰ってくる。帰りしだい給油して、予備機三機とともに基地上空の警戒にあたれ。

第一、第二、第四小隊は、オレの指揮下に入れ。発進は九時四十分。只今、九時二十分、上空二〇〇〇で南向きの編隊を組む。俺たちより十分早く、一式戦二四機が飛ぶ。露払いだ」

各自敬礼すると、それぞれの飛行機に向かった。すでに轟々とエンジンの音がしている。

五、六歩進んだとき、背後から隊長の声がした。

「おい、松本」

振り向くと、

「せっかく、お秋さんがくれた蛇の目傘だ。遠慮せずにさしてゆけよ」

「はい——」

小脇にかかえていた傘を開いた。

「いい色じゃネェか……」

隊長は目を細めて呟いた。

暖機運転中の機は、増槽二本を抱き、雨のなかで全身をふるわせている。ずぶ濡れの整備員が、それぞれの位置についている。日野軍曹がすぱっと敬礼し、

「異状なし！」

と怒鳴った。

「ご苦労……」

私は、さしていた傘を、そのまま日野軍曹に手渡した。怪訝な顔をする彼に、

「使用許可はもらってある。濡れるからさしな」

エンジンの音に消されないように、大声でいった。大きく頷いた彼は、濡れた顔で笑った。

各機が滑走路の北側に向かって移動してゆく。吹き流しは垂れ下がって、微動だに

していない。雨にけむる飛行場には、色はない。草原も滑走路も周囲の樹林も、すべてが銀鼠色の雨に染められて霞んでいる。

離陸の順番を待ってエンジンの回転を落とし、一番後方に位置をとる。つぎつぎと滑り出してゆく機は、後方に水煙をあげ、モーターボートのようである。

誘導兵の右手がさっと下りた。エンジン回転を上げると、機はするすると滑りだした。しかし、雨でゆるんだ滑走路は、増槽二本を抱いた小さな機体には、相当に重い。車輪がめりこんでいる感じだ。

徐々にスピードがついてゆく。だが、なかなか上がらない。五〇〇メートルも引っ張って、横に広がる雑草原がやっと一枚の敷物になった。

地面からの抵抗がぬけて、機はゆっくりと浮いた。ギアアップして大きく西へ回り、高度を上げてゆく。ウエワクの街も港も、雨にぼやけて眠っているように見える。やがて南に向き僚機を探すと、先に離陸した八機は、基地二〇〇〇メートルの上空で左旋回しながら、私が追いつくのを待っていた。ゆっくりと、編隊の最後尾についた。

五分も飛んだろうか。針路が南西に変わった。

「聞け！」

隊長の第一声が入った。

「マダンから飛んだ一式戦一二機が、マダン南東四〇キロで敵編隊と交戦中だ。予定では、十分前に飛んだ一式戦二四機が、ハンサ南一〇〇キロでこの編隊を捕える。俺たちはその後だ。偵察機が二機接触しているから、この情報は確かだ。速度を上げる！」

それまで時速四〇〇キロで飛んでいた九機は、一気に五〇〇キロまで増速した。雲が低く、高度一八〇〇メートルのわれわれは雲に頭がぶつかりそうだ。こんな低いところでP－40と交戦するのは不利だと考えながら、果たしてわれわれが出合ったとき、そのP－40は何機いるだろうと心配であった。

離陸から約三十五分飛んだ。突然、隊長機がバンクを振ると、さっと機首を西に向けた。後続機が一斉に回る。これではハンサの南一〇〇キロから大きくはずれる。

「敵編隊の針路が変わった。聞こえるか！　敵編隊の針路が変わった。十分後に遭遇する。第二小隊五〇〇前に出て、目一杯上がれ。第四小隊、第一小隊の左へ出ろ……。第一、第二小隊前方、第四小隊後方警戒。視界が悪い。気をつけろ！」

隊長の指示は、やる気満々だ。全身が緊張する。

ややあって、つぎの指示が入った。

「ウエワクの一式戦隊が敵を捕えた。ウエワクの一式戦隊が敵を捕えた。……編隊はハンサに向いた。針路を北北西に変える。聞こえるか！　針路を北北西に変える！」

無線通話の雑音がひどい。だが、聞きとれる。眼下は雨にけむる樹海、頭上にははてしなく雲がつづき、その雲にへばりつくように、九機は敵機を求めて飛んでゆく。

変針してから十分は経過した。だが、敵の機影は見えない。敵さんといくらも離れず、並んでハンサに向かっているのかも知れない。であれば、右手に敵が現われるはずだ。

だが、こんな悪い視界では、二〇〇〇メートルまで寄っても、互いにわからないだろう。

さらに、十分が経過した。何の気配もない。どうしたのだろう……敵は雲のなかに入ったのではなかろうか。そうなれば、爆撃はできない。しかし、二四機の戦闘機に護られている彼らは、面目にかけても突っこんでくるだろう。

悪天候下の対決

突然、それも後方四時の方向に、薄雲のなかから滲みでるように、A－20ハボック爆撃機五機が、忽然（こつぜん）と姿を現わした。すぐ近く、七、八〇〇メートルのところである。

「敵爆撃機五、四時！　七〇〇メートル、迫ってきます！」

最初に発見したのは私だ。夢中で怒鳴った。あまりの近さに驚愕し、随伴戦闘機の有無を確かめる暇もない。

「了解！　戦闘用意。増槽すてろ！　東に回れ！」

隊長から、ビシビシ指示がくる。

不意打ちである。だが敵も仰天しただろう。われわれ九機は、敵の針路を左から右へ、斜めに横切ったのだ。視界が悪く、どちらも気づかなかったのだが、いわゆる〝ニアミス〟だ。過ぎたことだが、冷やりとし、寒気を覚える。

いったん右に抜けたわれわれは、今度はふたたび彼らの直前を左へ抜けようとしている。小沢隊長得意のデモンストレーションだ。わずか九機ではあるが、この空域の陸軍戦闘機では最新鋭のキ六一（三式戦）である。その快速と比類のない旋回性能をはっきり見せつけるために、敵に全容をさらすわけだ。

東側へ、すなわち左回りをしながら、私は迫ってくるA－20五機に目をやった。この爆撃機の速度は思ったほどではない。しかし、ぴったりと寄りそって、まっしぐらに飛ぶ姿は、堂々としていて威圧感がある。

それまでどこに位置していたのか、姿の見えなかったP－40六機がひと固まりになり、猛然とわれわれの脇腹を突いてきた。高度は同じだ。

「第二小隊、A－20を叩け！　第四小隊北へ回り、A－20の頭を押さえろ！　第一小隊後へ回れ！」

隊長は冷静に指示する。突っこんでくるP－40六機には見向きもせず、三方から爆撃機を狙う隊形だ。爆撃機が五機ということは、どこかで一機やられたのだろう。それに随伴のP－40が六機というのは、他の十数機が一式戦と絡みあっているに違いない。

五機の爆撃機に随伴する六機が、われわれに突っこんできたのだから、爆撃隊は裸だ。スピードの遅い爆撃隊をいたぶれば、P－40はあわてて取って返すだろうから、戦闘はらくだ。他の敵機が突然現われる心配は、きわめて少ない。そんな状況を、隊長は考えているに違いない。

左回りをしていた私の第四小隊は、一八〇度ロールして右急旋回に移った。これは戦闘機らしい飛び方だ。この左から右、右から左へとS字形の旋回は、訓練飛行のとき必ずやったものだ。

傘形に並んだ三機は、全速でA－20爆撃隊の前へ出ようと突き進む。風防前面にホースで水をかけられるように、雨が当たる。菅原小隊長の左後ろに位置していた私は、あっという間に一機だけ抜け出してしまった。前へ飛び出したのである。こんなとき、機速をおとして並ぶ必要はない。スピードをおとして敵に喰いつかれては大変だ。

「松本！　下から突き上げろ。聞こえるか……。松本下から突き上げろ！」

隊長の声が飛んできた。A－20の五〇〇メートル前方で南向きになり、相対峙する形になる寸前である。

「了解。松本、下から攻めます！」

ほとんど真正面に、大きな翼をひろげた五機の爆撃機が浮いている。距離は約五〇〇メートルだ。このまま飛べば、二秒で正面衝突する。私は正面の一番前に位置するA－20の左翼付け根に目をすえ、機首をほんの少し下げた。下から突き上げるつもりである。

敵の旋回銃の曳光弾が、何条もの筋になってかぶさってくる。私は二〇ミリ砲を連射しながら、照準器にA－20の巨体の一部を黒々ととらえ、それを切るようにして上昇し、そのまま上空へ舞い上がった。

左に機を傾けて、いま狙った目標を目で追った。A－20はなんの変化もなく飛んでいる。二〇ミリ砲の弾丸は瞬発信管がついているから、命中すれば確実に炸裂する。なんの変化もないということは、命中しなかったことだ。

〈よし、もう一撃！〉

背面になったとき、P－40一機がほとんど垂直に上昇してきた。わずか五〇メートル下である。だが幸い私から軸線がそれている。背面からいきなり機首を落とし、上昇してくるP－40とすれ違う形でこの第一撃をかわした。つぎの瞬間そのP－40は、すぐ上に広がる雲の層に飛びこみ、見えなくなった。

すぐに機を引き起こす。内臓が下がり、食道が引っぱられるみたいなGを感じる。見渡せばA－20爆撃隊は、五〇〇メートルも北に離れ、左横と後の空間で二つに別れて彼我の戦闘機が渡り合っている。

「松本、雲から出るのを叩け！」

「了解！」

どこで見ているのだろう。隊長は確実につぎの指示を出してくる。

私とすれ違って上層の雲に飛びこんでいったP

P40ウォーホーク戦闘機。実用性が高く、つねに量産可能だったのでひろく使用され、地味だが重要な役割を果たした。

―40は、どこへ出てくるのだろう。私がもし彼の立場ならば、雲のなかでコントロールして、A―20爆撃機隊に少しでも近いところに出るだろう。あくまでもP―40は随伴機なのだから、その任務を果たすために――。

そう見当をつけて雲すれすれまで上がり、P―40の現われるのを予測しながら、北へ飛ぶ爆撃機の群れを追った。

被弾機炎上

この時点で、わずかな時間だが、私は一機だけ「遊び」になった。おかげで戦況が一目でわかった。

この空戦は縦の運動が少ない。雲が低く限られた空間では、彼我ともに行動が制限されて窮屈であり、必然的に横の運動を多用することになる。そして、その平面的な運動に大きな特徴が出ている。

あくまでも一撃離脱の戦法に固執するP―40と、巴戦に持ちこみたい三式戦の動きが、根本的に違うからだ。そのうえ機数の多い三式戦は、動きに余裕が見えている。

最もはっきりしているのは、水平に描く円の軌道である。一撃をかけて離脱し、またもどってくるP―40は、土星の輪のようにやや傾斜した、大きな円軌道を描く。しかも楕円形の軌道である。すなわち、離脱した方向とその反対側に伸びた楕円である。

しかし、三式戦の描く円軌道はほとんど水平で、真円に近く、半径がはるかに小さい。だから三式戦は、つねに、優位にたって戦闘しているのがよくわかる。

誰の機かわからないが、斜め後方から追尾するP－40をくるりとかわすのが見えた。突っこんでゆくP－40の機尾に、太く薄い煙が伸びているのは、六基の一二・七ミリ機銃を連続発射した排ガスだ。

そのP－40が翼をひるがえし、右回りして退避に移ったとき、それを待っていたかのように一機の三式戦が上昇しながら、P－40の腹を撃った。

一瞬で白煙をふいた被弾機は、それでも機を水平に立て直したが、その姿勢をたもつ暇もなくパッと炎上し、黒煙のかたまりと化し、急ブレーキがかかったように空中に止まると、まっすぐ下へ墜ちていった。

「一機墜ちました！」

「ようし柴野！　うまいぞ！」

このやりとりで、墜としたのは第一小隊の柴野茂中尉だとわかった。わずか五秒たらずの光景であった。

獲物を狙う鷲

私が待ち受けている雲のなかのＰ－40が、予想外のところから現われた。北に向かって飛ぶ私の三時の方向、二〇〇メートルも離れたところだった。

〈なんだ、アイツ！〉

雲から姿を現わしたＰ－40は、Ａ－20爆撃隊の後方で渡り合っている空域——たったいまＰ－40が墜とされた——に、約三〇〇メートルの高度差を利用し、高速降下に移った。

彼が合流しようとしている空域では、二機のＰ－40と三機の三式戦が絡み合っている。その中に、勇敢に飛びこむ姿勢だ。私も、そこを狙って突っこんでいった。高度一五〇〇メートルのあたりで、このＰ－40を斜め後ろから完全に捕捉できると考えたからだ。

一気に下降速に乗った私の目に、隊長機が上昇反転しているのが映った。その反転運動の機首方向を先にたどると、私がＰ－40を捕えられると思っているあたりに、ぴたりとゆきつく。

〈いつ、どこで見ていたのだろう……〉

私はまたまたそう思った。

大きく翼を広げ、獲物を狙う鷲のようにきっちりとP－40に狙いをつけている。私が追いこんでくるのを待っているのである。隊長は、雲から現われたP－40とそれを追う私の機の姿勢から、一瞬にこの形を読みとり行動に移ったのだ。

P－40が降下に移ってから、私が狙う位置に達するまで、三・五秒くらいの時間だろう。この三・五秒の間に上昇から反転運動に入り、機首を落として撃墜可能な位置どりをしようというのだ。判断の正確さ迅速さ、そしてよどみない操縦に、私は舌を巻いた。

私は思い通りにP－40を追いつめた。彼の八〇メートル後方を時速六六〇キロで滑りながら、照準器に敵を捕えた。私の方が逃げるP－40よりわずかに速い。すーっと距離がつまる。

〈今だ！〉

発射しようとしたとき、照準器のなかの敵機が、パッと黒煙を噴き、左下へきれ落ちた。私の眼前五〇メートル下を、銀色の影となって右上から左下へ隊長機がすりぬけた。一呼吸もおかず、私はステッキを一杯引いて上空へ駆け上がった。

ぐるりと見回すと、はるか下を黒煙の孤を描いてP－40一機が逆落としに墜ちてゆく。その黒煙の尻尾が太く広がって残るあたりを、一機のP－40を追って三式戦が迫っている。

隊長機はと見れば、私の左手五〇〇メートルの雲すれすれのところまで上がり、いままさに急降下に移ろうとしている。その下には、やはり味方の三式戦に追われて、もう一機のP－40が懸命に北に向かって逃れようとしている。隊長はこれに狙いをつけたのだ。私の位置からこのP－40へ突っこんでいっても、隊長には一〇〇メートルは遅れる。

遁走、ハンサを盲爆

第四小隊の二機は第三小隊の三機と、A－20爆撃隊と並んで飛びながら、P－40二機を相手にしているはずだ。私はそれを追って北へと向かった。はるか彼方三〇〇〇メートルに、A－20の編隊が浮かび、黒い点のような戦闘機がついたり離れたりするのが、かすかに見える。雨中の空戦はまだ続いているのだ。

戦闘がはじまって約十分が過ぎた。このままもう二十分も飛べば、A－20爆撃隊はハンサ上空に達する。それでは迎撃の意味がない。

われわれは随伴のP－40を攪乱してA－20を裸にし、一式戦隊にA－20を攻撃させるのが役目である。それがどうしたのか、たった六機のP－40の随伴機に護られたA

—20の五機編隊が現われた。情報どおりであれば、二四機のP—40のうち一八機が、一式戦隊と巧みに渡りあい、五機のA－20を潜行させた計算になる。一式戦隊が翻弄されたわけだ。

となれば、われわれは、なんとしてもA－20爆撃隊を、彼らの目標であるハンサ上空に侵入させてはならない。

しかし、約十分間の戦闘で、随伴のP－40二機は撃墜したものの、A－20五機の行動は阻止できず、北へ北へと目標のハンサに近づかせているのが現状だ。

たとえ敵味方の戦闘機数が、敵は四機、味方は九機でも、四機のP－40をたちまち撃墜してA－20を裸にし、こちらの思い通りに攻撃することなど不可能である。

〈中隊長は、どうする気でいるのだ……〉

私はそんなことを思いながら、A－20の編隊の後方一〇〇〇メートルにまで迫った。

そのとき、突然予期しないことが起こった。

左前方で格闘戦をしていたP－40二機が、あっという間に上方の雲の中に飛びこんだ。そして、寄りあっていたA－20五機が、ぐーっと横にひろがりながら、これまた上方の雲の中に消えていった。

他の二機のP－40はどうしたろうと後を振り向くと、後方三〇〇メートルで、それそれ方向は違うが猛烈なスピードで上昇し、雲の中に飛びこもうとしていた。

その後方を隊長機が迫っている。しかしこれは、捕捉できない位置にあった。

「一〇三、戦闘止め！　追うな、追ってはいかん！　寄れ、すみやかに寄れ！」

「了解！　寄ります」

隊長の声に、各機は全速力で集まった。北へ向かって飛ぶ隊長機に、高度一八〇〇メートルで編隊を組んだ。

「第二小隊、五〇〇メートル前へ！　第一、第二小隊前方、第四小隊後方警戒！」

「了解！」

「松本――」

「はい！　松本」

「燃料残！　ハンサへの針路、距離をただちに報告せよ！」

「はい。燃料残三七〇リットル。四〇〇キロで七二〇キロ飛べます。ハンサまで九〇キロ、北三度東です」

「よう―し、了解！　ハンサの沖に出る。敵さんは必ずハンサへ来る。待ち伏せだ！

各機異状の有無を報告しろ！」

「異状な―し！」

声が重なりあって入る。誰の声だかわからない。隊長はそんなことには無頓着だ。異状があれば、本人が報告するはずだ。だからこんなときは、別になにもいわない。それでも、ちゃんと全員の声を聞きとっているのだ。

十二、三分も飛んだろうか。いや、もっと短かったかも知れない。暗灰色の低い雲の下を、かすめるように飛ぶと、視界が霞んで遠くが確認しにくい。気がつくと、ハンサの家並みがひとかたまりになって、右下七、八〇〇メートルのところに現われた。そのまま直進して海上に出た。

雲は低く、どこまでも続いて海をおおっている。ハンサの北西海上すぐ近くに、小さな島があるのだが、今はそれさえ見えない。海岸から一〇〇〇メートルほど離れ、横長の8の字運動に入り、息をつめて敵機の侵入を待った。そろそろ敵が現われてもいい頃だ。

それにしても一八〇〇メートルの高度は、いかにも低い。だが雲があって、それ以上は上がれない。低いというのは、視界が狭いことである。そのうえ雨に妨げられて、見通しが悪い。一瞬でも早く相手を発見して、有利な態勢になるのが鉄則だ。気は焦るのだが、この天候ではどうにもならない。

ちょうど海岸線を東から西へ——厳密には北東から南西へ——飛んでいるとき、

「二時の方向、爆煙が見えます！」

だれかが怒鳴った。

目を向けると、ハンサの集落から南南西に五、六キロ離れた飛行場の方向に、南北に長く幾列かの爆煙が隙間なく立っている。煙の高さからみて、二二〇ポンド（一〇〇キロ）爆弾であろう。爆煙は見えるが、爆撃機の姿はまったく見えない。盲爆だ。

「雲のなかから投げていやがる。処置なしだ！」

隊長が、独り言のように誰にいうともなく、ゆっくりと伝えてきた。一応この空戦は終わりである。

落雷もやむなし
「ウエワクへ帰る。松本、針路と距離。どう飛ぶ」

「はい、松本。ウエワクまで北六七度西……、二九〇度。一二〇キロです」

「了解！　第二小隊当番、五〇〇前へ。第一、第二小隊前方、第四小隊後方警戒。四〇〇キロ時に下げろ！　ご苦労！」

黙々と飛んだ。

なんだか割りきれない空戦だった。確かにP－40二機は墜としたが、A－20爆撃機五機をやすやすと侵入させてしまった。それに、こちらが九機でＰ－40六機をもてましたのである。帰ってから大目玉を喰うぞと、晴々とした気持にはなれなかった。

ウエワクで、上空警戒をしていた第三小隊と予備機の六機に見守られながら、帰投した九機はつぎつぎと着陸した。泥濘の海と化した飛行場は、すべての行動が阻害され、指揮所前に搭乗員九名が集合したのは、十二時に近かった。

「注目！　そのまま聞け。柴野中尉列外！」

一機撃墜した柴野中尉は、さっと敬礼すると、迎えにきていた当番兵と、雨のなかを宿舎のほうへ去っていった。

「オメェラ、何をやってるんだ！」

案の定、隊長の雷が落ちた。

「遊びじゃあネェ、戦さしてるんだ。バカヤロー！　Ａ－20のそばによれたのは、初めだけじゃあネェカ。たかが六機の敵さんにキリキリ舞いだ。松本！　テメェは何だ。たった一機で離れて、何ができるんだ！　高見の見物か……。よく考えろ！……」

このあと口調が穏やかになり、今日の戦闘について注意や反省が簡単に述べられた。

雲が低く、動きが限定されたとはいえ、Ｐ－40に掻き回されて、戦力が二分したこと。爆撃機に喰いつかず、戦闘機相手に渡り合ったのは、戦闘機乗りの習性として仕方がないが、今後はそのときの状況によって何をなすべきかを、正確に判断すること。

残念だが、今日の敵戦闘機六機は、われわれ九機よりも空戦技量が上であり、二機墜とすことができたのは僥倖であった。

このような内容であった。

引き続き、基地上空警戒の搭乗割が出たが、なぜか私は除かれていた。

第三章　愛機に生命かけて

双胴の悪魔

レンドバ攻撃

松本良男の所属した独立飛行第一〇三中隊は、ウエワクでの食糧投下の直掩と、それにともなう空戦のあと、急遽ラバウルへ移動している。

これは、連合軍が六月三十日、ニューギニアのサラモア東南方約三〇キロのナッソウ湾と、ソロモン群島中部のレンドバ島に対し、同時上陸を開始したため、海軍部隊に協力してレンドバ島の敵に攻撃を加えるための移動であった。

『大東亜戦争全史』によると、

「七月二日、四日の両日、さらに陸海航空部隊連合の攻撃を反復したが、損害が大きかったため陸軍航空部隊の参加は中止させた」

と記されている。

松本の手紙には、「七月初めのレンドバ島攻撃については、記憶が正確とはいいがたく、断片的にしか思い出せないので、手記にまとめるのを断念した。しかし、陸海軍の連携が悪く、私の中隊からも未帰還機が出たのは確かであります」と書いてある。

船団護衛の日々

昭和十八年の後半は、来る日も来る日も飛んだ。七月初めにラバウルの西飛行場からレンドバを攻撃した一式戦隊と九七重爆隊は、作戦中止と同時にウエワク基地にもどったが、三式戦隊はひきつづきラバウルに残り、輸送船団護衛の任務についた。

パラオから南下してくる輸送船団は、アドミラルティー諸島のマヌス島を東に見て、ラバウルやウエワクに入ってくる。これらを掩護する任務であった。

以下、松本の手記により辿ってゆこう。

＊

――キ六一・三式戦闘機は、第三タンク（胴内燃料タンク）をはずしても、二〇〇リットル入りの増槽を二個抱くと、カタログ上では、高度四〇〇〇メートルを時速四〇〇キロで、二五〇〇キロ飛べることになっている。

しかし、それは、すべての条件が最良にととのった場合であって、実際に戦場で飛ぶと、航続距離は二二〇〇キロ程度であった。そのうえ空戦をすると、全開のフルパワーで二十五分間回したら、飛行可能距離は一六〇〇キロくらいになる。

だから、エンジン調整の不備やパイロットの技量などを考慮すると、計算できる安全な飛行距離は、約一二〇〇キロ、戦闘行動半径は六〇〇キロが限度だと考えるべきである。

パイロットの技量については、単に飛ぶ技量だけではなく、エンジンの調子が少しでもおかしいと、燃料コックの切替えが早目、早目にされるので、行動半径を小さくしていることが見逃せない。

このようなことから、船団護衛はマヌス島の東側あたりが限界で、迎えるのも送るのもこの周辺を目安にして飛んでいた。

輸送船は通常六〜八隻で船団を組み、二〜四隻の駆逐艦に護衛されて航行していた。だがなかには、単独か二隻で、護衛なしというのもあった。上空掩護は三機が交替で飛び、ウエワクへ迎えるときの最終組はウエワクに降り、送るときの最終組はラバウルの西飛行場に降りた。だから六分四分の割合で、ラバウルとウエワクで過ごすかたちになった。

戦場の毎日に夢中だった私には、こんな渡り鳥のような生活が、ロマンチックにさえ思えて、少しも苦にならなかった。だが、その日が終わり、夜の帳が下りるころになると、

〈今日も生きていた〉

という思いが胸にひろがり、同時に望郷の念に瞼が熱くなることもあった。

当たり前のことだが、船団護衛は海上を飛ぶ。私は海軍のパイロットが、ライフ・ジャケットを着けていることに、初めて気づいた。呑気なことである。陸軍のパイロットは、それを着けていない。理由は定かではないが、少なくとも私はライフ・ジャケットのあるなしに、何の抵抗も感じていなかった。

というのは、私は陸と海とをはっきり区別し、まったく別なものと考えていたからである。

不時着陸は可能だが、陸軍戦闘機の不時着水は不可能だと、飛行機乗りになった時から決めこんでいた。鏡のような海面でも、不時着水は至難なことなのに、波浪のあ

る海面に着水するなど、絶対に不可能だと考えていた。陸地であれば、なんとかどこかに降りられる場合もあろうが、海上では万に一つも望みはないと思った。

またパラシュート降下をしたとき、ライフ・ジャケットがあれば、海面に浮いていられるだろうが、私はパラシュート降下は不可能だと考えていた。

降下訓練はもちろん受けた。だが、単座戦闘機が空戦中に飛行不能になったとき、脱出は不可能だと思った。脱出装置もあり、脱出方法も教えられているが、あの高速で飛んでいる飛行機が、コントロールを失ったとき、精神的にも物理的にも脱出は不可能だと思いこんでいた。

自分が海上で飛行不能になったら、それで終わりだと割り切り、諦めの気持になっていた。だから、自分がライフ・ジャケットを着けないことを、なんとも思っていなかったのである。

私はまた、飛ぶこと、すなわち飛行機が空中を飛翔することについて、至極当然のことなのだが、燃料のつづく限り、故障を起こさない限り、飛べるのだと考えていた。空戦で墜とされる以外、墜ちることはないと信じていた。だから、ただ飛ぶだけの飛行に、少しも恐怖感を抱かなかった。特別な理由はない。そう信じこんでいたのだ。

船団護衛で、ライフ・ジャケットなしで海上を飛んでも平気だったし、下が海であるという恐怖感は少しもなかった。

サラモア制空戦

東部ニューギニアの陸軍前線基地ブナが、米軍の手に陥ちたのは昭和十七年の末である。陸軍地上部隊は、サラモアとラエまで後退し、戦線の縮小と立て直しをはかった。ところが、昭和十八年七月、米軍はナッソウ湾に上陸してサラモアを突き、七月半ばから激しい地上戦が展開された。

第四航空軍は、その地上戦闘の援護を要請され、隷下の第六飛行師団に、サラモア上空に来襲する米軍機に対し、攻撃を命じた。

このため、ラバウル西飛行場にいた第十二飛行団の第一戦隊の一式戦闘機と、第十四飛行団の第六十八、第七十八戦隊の三式戦闘機、それに私たちの第一〇三中隊が、この任につくことになった。この時点で、ニューブリテン島の陸軍戦闘機の総数は、六〇機を超えていた。

ただ、ラバウル〜サラモアの距離は約六〇〇キロあり、一式戦闘機にも三式戦闘機にも、ぎりぎりの戦闘行動半径だった。案の定、七月半ばの第一回の攻撃では、三式戦二機がツルブに降りて給油する羽目になった。

そこで第二回以降は、十二飛行団と十四飛行団はウエワクから出撃し、私たちの中隊はツルブから出撃することになった。ウエワク～サラモア間は約五五〇キロ、ツルブ～サラモアは約二七〇キロで、第一〇三中隊にとっては、非常にらくに飛べるようになった。

第一回の出撃から三日後に、第二回の出撃があった。

この日の午前十一時半ごろ、私たちはツルブを発進し、サラモア上空を目指して飛んだ。むしむしする、いやな天候だった。

発進直前に、二機が不調で飛べなくなり、小沢隊長はなぜか予備機を出さず、一〇機で出撃した。不調機は第二小隊の二機で、このため第二小隊の残る一機を第一小隊に組み入れ、四機とした。いつもとは違う編成になったのである。

はじめに指示されたのは、離陸後いったんラエに針をたて、ラエ上空でウエワクからの第十四飛行団と第十二飛行団に合流してから、サラモア上空に入るというものであった。

ところが、何の手違いか連絡ミスか、ラエ上空で二十分間待ったが合流できず、そのうえ、なんの連絡もないので、一〇機だけでサラモア上空に向かった。

サラモア上空は静かだった。敵の機影は見えず、地上戦闘も確認できなかった。高

サラモアを攻撃するB24爆撃機——上陸戦に先だつ徹底的な爆撃によって、日本軍はいっそう苦境に立たされていった。

度三〇〇〇メートルで制空をし、ウエワクからの編隊を待った。五分ほどして、思いもかけぬ北の方から、五〇機ほどのウエワクからの大編隊が姿を現わした。

敵機の迎撃を考えていただけに、いささか拍子ぬけの感じもしたが、ほっと安堵して、みごとな大編隊に見惚れながら合流した。

約三十分間、サラモア上空の制空をつづけたが、予想していた敵機は現われず、第十四飛行団の指令で、私たち第一〇三中隊は、ツルブへ帰投することになった。あとはウエワクからの五〇機が、サラモア上空の制空をつづけるのである。

大編隊と別れ、サラモアから北東に針路をとり、フィンシュハーフェン上空を通り、一路ツルブへのコースで時速四〇〇キロの巡航速度で、海上三〇〇〇メートルを飛びはじめたのは、午後一時過ぎであった。

四〇〇〇メートルから八〇〇〇メートルの上空に点々と浮く雲量は三、西風も穏やかで、発進時の蒸し暑さは嘘みたいである。まるで秋のような青い空は、目にしみるようである。紺碧の海はうねりもなく、はるか遠く東部ニューギニアの大地が霞み、多少の揺れはあったが、淡々とした飛行だった。

「聞け！」

隊長の声が響いた。無線の雑音が少なく、聞きとりやすい。

「第一小隊前方！　第三、第四小隊後方警戒！　……ウエワクからの連中が、サラモア南東でP－38と遭遇したそうだ。数は不明……。たいしたことはネェだろう。……ということは、この空域にも敵サンが飛んでいる公算が大きいということだ。モサッとしネェで、キッチリ見張れ！　以上だ」

やっぱり敵機は飛来していたのだ。しかし、こちらの大編隊を事前に察知して、かわしているのだろう。とすれば、敵機はそんなに多くない。しかし、こんなとき米軍機は小編隊に分散し、ゲリラ的な攻撃を仕掛けてくるのが常だ。大編隊から別れて飛ぶこの一〇機編隊は、案外狙われているかも知れない。私はそんな思いのなかで、機を操っていた。

快速の強敵

　フィンシュハーフェンは目前だった。編隊はサラワケット山脈の山なみを、はっきりと目にとらえるところまで来ていた。やがて海上から陸地にかかろうとしたとき、忽然と敵機が現われた。

「敵戦闘機！　一二機、七時、三五〇〇……、同高度で向かってきます……、P－38！」

　発見したのは、誰だかわからない。かん高い声だ。

「了解！　各機増槽を捨てろ、戦闘用意。……東へ回れ、あわてるな」

　隊長の声が、対照的に低く響いた。

　全速で東へと回りこみながら振り返ると、一二機の敵機の姿がはっきりと目に飛びこんできた。まぎれもないP－38である。どきりとした。噂に聞いた双胴の強敵と、初めて相まみえたのだ。

「離れるな！　かわせ！」

　隊長の声がいつになく鋭い。

　敵編隊を七時の方角に発見したとき、私は一〇機編隊の左端後方を飛んでいた。そのまま一斉に東の方、すなわち右へ機首を振ったので、今度は一転して右端後方を飛ぶ形になった。突っこんでくる敵機に最も近く、しかも後ろを見せる形である。真っ先に狙われる位置だ。

敵は速い。いままで私が出合ったどんな戦闘機よりも早い。通常、戦闘機の時速差が三〇キロあると、飛んでいて速度の違いがはっきりわかる。ところが、時速差は三〇キロを上回っている。四〇キロ、いやそれ以上ありそうだ。とにかく速い。

敵との距離は三五〇〇メートル。時速差が五〇キロだとすれば、四分あまり後には追いぬかれる計算だ。四分という時間は、かなり長い。四分間になんらかの処置をし、臨戦態勢がとれるはずなのに、それができなかった。なぜだろう⁉

これは後になって考えたことだが、

一、突然の襲撃で、しかもそれがP－38であったことから、各機が動揺し、うわずった。

二、それを平静にもどそうと、隊長は右に向いてからしばらく何の指示もせず、まっすぐに飛んだ。

三、しかし、思ったより以上に、敵機の速度が速かった。

四、各機は戦うことよりも、かわして逃げることを考えた。

だから、臨戦態勢がとれなかったのだ。

私は五秒おきぐらいに、振り向いて敵を見た。振り向くたびに、敵機群は近づいてくる。距離が五〇〇メートルほどになったとき、隊長の指示がきた。

「聞け！　やんわりかわせ……かわしたら上だ……、上へ吊り上げろ！」

やはり上か――。やんわりかわせとは、どういうことなんだ？　あまりムキになるなと注意しているのか……。私は大きく息を吸い込み、速度計を見た。針は時速六〇〇キロ近くを指している。それなのにP－38はぐんぐん迫ってくる。

「凄い！」と思った。緊張はその極に達していたが、「もうそろそろ射ってくるな」と、敵の第一撃を待つ心の余裕もあった。

　敵の第一撃は、機の右側を後方からゆっくり黄色い煙の尾を引き、何かを引き伸ばしたように、薪束みたいな感じで、すーっと通りぬけていった。

　ずいぶん遠くから射ってくる。まずは当たるまい。すぐまた、新しい薪束が通りぬけてゆく。うかうかしてはいられない。

　ちらりと追撃機を確認し、力一杯の右垂直旋回に移った。

〈これでかわせるだろう。つぎは一気に二、三〇〇メートル昇ってやれ〉

　視線を上に向けると、

〈いけない！〉

追ってくるのとは別の二機が、五〇〇メートルばかり上で、左右五、六〇〇メートルの間隔をとり、手ぐすねひいて待ち受けている。モソモソ上がっていったら、一撃でやられてしまう。

追撃機に目をやると、これは信じられない小さな半径で旋回しながら、一五〇メートル後方をついてくる。もちろん二機がペアを組んでいる。

戦況はと周囲を見渡すが、大きく広がった空戦域は、彼我の区別はできても、だれの機であるかは識別できない。編隊のなかで私が最初に攻撃されたのだろう。だが、他の機もほとんど同時に突っこまれ、四散したのだ。このままでは収拾がつかなくなる。どう動くのか隊長の指示はない。ただいわれたことは、

「やんわりかわし、上へ！」

それだけだ。であれば、指示通りに飛ぶ以外にないと私は思った。

右垂直旋回で逃げながら、約一周した私の視野に、僚機が一機入ってきた。七、八〇〇メートル前方だった。急角度で降下しているP－38の正面から、刺し違えるようにぐいと上向きになった。

「危ない！　馬鹿！」

私は自分の置かれている状況を忘れ、叫びそうになった。つぎの瞬間、そのキ六一・三式戦は、P－38の一撃でのけぞるように仰向けになり、くるりと機首を落とすと、

火も噴かず煙も曳かず、まっすぐに墜ちていった。パイロットが被弾したのだろう。第四小隊山村文一少尉の機だった。

抜群の上昇力

呆然としている暇はない。

二機のP－38にぴったりと喰いつかれた私は、なんとか上へ抜け出そうと、右へ左へ機を流しながら逃げ回った。必死だった。

追いつ追われつの空戦のなかで、まるで空戦に無関係な静寂な空間が、突然生じることがある。いつどんな時に現われるのか、予測などはできない。

千変万化している空戦の一瞬一瞬を、映画のフィルムを停止させ、一駒ずつ眺めることができたら、空戦域のどこかに戦闘と無関係な空洞のような空間を、発見できるに違いない。しかし、猛烈なスピードで間断なく変化し推移する戦況のなかで、それを見つけることは、はなはだ困難だ。気づかずに見過ごしてしまうのだろう。

だから、冷静に注意深く絶えず戦況全般を見つめ、自分の置かれている状態を正確に把握していれば、それを見つけるチャンスは必ずあるはずだ。じっとりと汗ばむような恐怖のなかで、私はそんなことを思いながら飛んでいた。

それは僥倖だったのか、私が強運だったのか、それとも戦闘の流れのなかの、ふとした巡り合わせだったのか、私の飛んでいる前上方に、彼我の各機がまったく見落としている空間があった。

これを私が見つけた時点では、私とそれを追うP－38二機だけが、そこに到達できる位置と姿勢を保っているだけで、他のどの機も手の届かない空間だった。

間髪をいれず、なんの躊躇もなく私はステッキ一杯で上昇に移り、その空間に突っこんでいった。三式戦の上昇力は抜群である。ほとんど垂直に上昇する。

しかし、追いすがる二機のP－38も、驚くべき上昇力を持っていた。機体を捻りもせず、ほとんど垂直に一気に昇りながら、じわじわと距離を縮めてくるではないか。

私の全身を冷たいものが流れた。いままで、こんな経験はない。P－40ウォーホークにしても、P－39エアラコブラも、F4Fワイルドキャットも、あのF4Uでさえも、三式戦の急上昇には追いつけなかった。それなのに、この双胴のP－38は、いとも簡単に突き上げてくる。

〈下手をすると喰われる……。逃げ回っていては、いつか喰われる。よしそれなら反撃だ！〉

そんな思いが脳裏をよぎった。

二〇〇メートル上昇した。六〇メートルか七〇メートル下に、追尾機が見える。私はくるりと機を背面にし、同時に左翼を九〇度下向きに捻ると、そのまま斜め下方へ墜ちるように機を落とした。突き上げてくる二機が、どんなコントロールで、どんな形をとるか見たかったのだ。

P－38二機は勢いあまって私が機を返した位置より約一〇〇メートルも高いところで、揃って裏返しになり、機首を下に向けて追いこんできた。

大きな図体である。操縦席のある中央の胴と、二基のエンジンがやけに大きく、主翼は幅広で厚く、その周縁の曲線はまるで楕円を思わせるもので、優美にさえ見える。それとは別に、後方にのびた二本の胴は、薄く細く短い。

その特異な機体が反転するとき、まるで団扇(うちわ)でも動かしたように、がばあっとした感じで背面になった。主翼のアスペクト比は小さいように思われた。であれば、横転などの運動は得意かも知れない。私はひと捻りの間に、P－38をこのように観察した。

この他にも、不思議なものが目に映った。エンジンの中央上部に、カバーのない平たい円形の大きなものがついているのだ。たぶん高空でつかう過給器だろうと判断し、帰投したら日野軍曹に聞いてみようと思った。

私の頬に苦笑が浮かんだ。

〈俺はこの空戦で死ぬとは考えていないんだ〉
と、追いかけられ必死で逃げているのに、そんなことを無意識に思っている自分がおかしかったのだ。

予測と決断の勝負

機を真っ逆さまにして、フルスピードの降下は、隕石のように落ちる。一〇〇メートルほど落としたところで引き起こすと同時に、そのまま、また右垂直旋回に入った。敵はとにかく速い。なんとか優位にたつ形になりたいと、左右に流したり旋回に移ったりしていた私は、逃げながら、P－38の飛び方に一つの癖があるのに気づいた。

P－38は急旋回の直前で、ほんの少し機速を落とすことだ。注意して見ると、P－38は二種類の回り方をした。全速で回るときは、自分の重量に引きずられるのか、慣性が働いて大回りするが、機速を下げたと思われるときは、井桁を思わせる平面投影の独特な機体を、一瞬ちらりと見せてがばっと回るのである。

そして回った直後、一呼吸おいてから持ち味の快速に移る。

「松本！　後方は二機だ……、喰われるな！」
隊長の励ましの声に、

「はい、松本！　大丈夫ですっ！」

と答えた。

このとき、P－38は強敵だが、何もせずに墜とされる気はしていなかった。P－38が私の思ったように、急速旋回のときに少しでも減速するのであれば、追われているいまの立場を逆転できると考え、それをこれから試そうと思ったとき、隊長の励ましの声が響いたのだ。

私は、空戦域の死角とでもいえるのか、他機が見逃している安全で静寂な空間で、姿勢を変えて急降下に移り、引き起こして右旋回に入った。

かなり気持が落ちついてきた。左右へのスリップをさも苦しそうにぎこちなくやってみせることから、欺瞞飛行をはじめた。

私の考えはこうである。

このまま少し飛び、いよいよ追いつめられ切羽つまったところで、右回りでも左回りでもいいから、そのときの態勢でやりやすい形で、少し大きい、すなわち揺れの大きい緩ロールをやる。

横の動きに自信のあるP－38は、私のロールに同調して回るに違いない。双方が同一方向に飛びながらロールしつづけたとき、飛行姿勢が相反するときがきっとあるはずだ。つまり、回りながらお互いの機体の上面と上面、または下面と下面で向き合った形になることだ。

この形になったとき、思いきって垂直旋回に近い急旋回に入る。これで、快速の敵機の急追をまずかわして、すかさず大きい上昇旋回に移る。この動作で、彼我の距離は少なくとも二〇〇メートルから三〇〇メートルは離れる。離れた時点で、つぎの形を考える。それだけの距離的な余裕がつくれるからだ。

これは訓練飛行でやる、いたって簡単な飛び方である。もし敵の技量が私より数段上で、こんな考えを先刻見通していたら、これは失敗に終わる。また、追尾の二機が一瞬の判断で、一機が私の思惑どおりに飛び、もう一機が私の上昇旋回を事前に察知したときも失敗に終わる。それともう一つ、スリップで逃げるとき、かなり遠方から射ってくる敵弾が命中したら、一巻の終わりである。

しかし、そんなことを危惧していては、何もできない。反撃に移るつもりなら、いま私ができるたった一つの飛び方をしなければならないのだ。

戦闘機同士の空戦とは、前後の状況から判断した予測と決断の勝負である。判断を誤ると劣勢に追いこまれ、ときには撃墜されてしまう。決断の時期を失しても同様である。

生きるためには、正しい判断と予測、それにグッド・タイミングの決断が必要だ。そしてまた、決断して踏みきったとき、もしそれが誤った判断からの予測であったと気づいたら、できるだけ速く対処しなければならない。

要は一瞬、一瞬、刹那、刹那が連続する戦況を、見誤らないことだ。もちろん完全無欠に戦況を正しく見つめることなど、望むのは無理である。となれば、彼我相対したとき、見誤りの少ない方が優位にたてるのだ。

前面の計器板をパッと一瞥して、すべての計器が正常に動き、まったく不安なく飛んでいることを確認した私は、

〈さあやってみろ！　思いきり追いこんでこい！　一泡吹かしてやる〉

強気になり、全速で水平にまっすぐ飛んだ。海上に出た機は、高度三〇〇〇メートルで西に向いている。この高度は敵の高度である。だが、あえて敵の好む高度で、時速六〇〇キロの機速を得てまっしぐらに飛んだ。

軽爆のような機首のP－38が二機、重なり合うようになって喰いついてくる。私の予測どおりだ。機の右側を前へ抜けてゆく敵機の弾道は、黄色い煙の痕跡を残している。しかし、高く低く、かなり遠い。この分ならまだ当たらないと、そのまま飛ぶ。

だが、それもほんの数秒で、二度、三度と右主翼すれすれに抜けていくようになっ

た。敵機はより接近したのだろう。

さっきから敵機の弾道は、右側ばかりを通っている。これは敵パイロットの照準の癖か、あるいは銃の癖であろう。

それならばと、いきなり機を左に滑らせて、後方を見た。すると、敵機も見事なスリップで追ってくる。つぎに右だ。また振り返ると、やはり見事に追ってくる。私は右、左のスリップを繰り返しながら、南へ南へと機首を振っていった。左へ左へと回避していったのである。

機を右にスリップさせた。いままでの敵機の射ち方を思うと、あまり長く右へスリップするのは危険だ。敵機の弾道の中に飛びこむことになる。しかし、辛抱してできる限りぎりぎりまで右に滑らせた。敵機の弾道が右翼下に潜りこんできた。

〈今がチャンスだ！〉

後方を振り返る余裕はない。機を立て直すやいなやそのまま大きく左の緩ロールに入った。ここまでは思い通りに進んだ。

理想的な緩ロールとは、樽の内面を螺旋状に擦りながら、一方から入り、一方へ抜ける飛び方をいう。つまり、横転の捻りを大きくして飛ぶのである。樽の入口ではロールの直径を小さく、中ほどで大きく、出口でまた小さくする。そして、進行方向への機速を、直進と同じに保つのである。

大きく螺旋を画きながら、直進と同じ速度を保つのは、ちょっと難しいように思うが、そうではない。遠心力に振り回されぬよう、求心力をつかんで回ると、うまくいくのだ。

この場合、飛行機の軸線は、この樽の内面に張りついたような飛び方のどの位置でも、正確に進行方向に向かっていなければならない。そうすることが、つぎの姿勢の変化への移行が、よりスムーズにコントロールできる。往々にして、この軸線を狂わせて失敗するものだ。

回りながら、敵機はどんな形かと後方を見た。私はこのとき、ロール軌道の上方で、背面姿勢になっていた。目に入ったのは、約一五〇メートル後方で二機のP－38が同じ高度で一〇〇メートルほど開き、揃って左主翼を下にロールに入り、私を狙って追尾している姿だった。

私はためらうことなく、そのまま左回りのロールをつづけ、左主翼が下を向く直前に、左主翼を掬い上げるようにひるがえし、むりやり右上昇旋回に持ちこんだ。

この形までは、先刻逃げながら考えた。だが、このあとは、全然考えていなかった。

「うまいぞ松本！　上等だ！」

どこで見ているのか、隊長の声に勇気が湧いた。だが答えようとして、声が出ない。一機のP－38が、まるで正面衝突を狙っているように、左回りのすさまじいスピードで突っこんでくるのに気づいたからだ。一瞬、全身が総毛だち、声を呑んでしまったのだ。

私はこの一機の存在に、全く気がつかなかった。

〈危ない。あの七基の一二・七ミリを射ちこまれたら、一撃で火達磨にされる！〉

燃えさかり、コントロールを失って墜ちる自分を想像した。

でも、人間はこんなときでも、とっさの判断をするものである。左回りで突っこんでくる敵機と、右回りで昇る自分の機では、わずかだが自分のほうが小さい旋回半径を持っていることに気づいた。

〈正面衝突はしない。一瞬すれ違いざま交叉する形になる……。敵機は軸線が合わず、命中弾は射てない。大丈夫だ！〉

ここで私がほんの少し飛び方を変えれば、あるタイミングで敵機を上面から射つ形になれる。デカいエンジンが二つもあり、真ん中に操縦席があるP－38は、目標としてはじつに狙いやすい。弾丸がエンジン部か操縦席をはずれ、胴体部分か尾翼部分に命中しても、この双胴の戦闘機はたちまちバランスを失うだろう。

〈よし、一撃喰わしてやる！〉

そんな不敵な、大それた考えがパッと浮かんだ。

その大それた考えの是非を検討する余裕もなく、私の手足も神経も、すでにこの一撃を喰わすために動きだしていた。

左回りで突っこんでくる敵機は、眼前一〇〇メートルに迫っている。彼をフォローする敵機は見当たらない。単機で私に挑んできたのである。

いま、彼我の戦闘機は同一の中心点を持ち、大小それぞれの円周上を逆回りしている。私は機の軸線をわずかに変えるだけで、敵機を確実に照準器にとらえることができる。肝心なのは軸線を変えるタイミングだけだ。

私は二〇ミリ砲の三連射をつづけ、心持ちステッキをもどした。二機は三〇メートルの空間を隔て、稲妻のようにすれ違って飛び去った。

燃え上がるP－38

機をそのまま右上昇垂直旋回に移して見やると、敵機の右エンジンの前の方から、細い白煙を曳いて飛ぶのが見えた。右下方五〇〇メートルあたりだった。

〈よし、もう一撃！〉

と思ったとき、

「松本、追うな！　上がれ。もっと上だ！」

隊長が怒鳴るように指示してきた。こんな怒声は珍しい。きっと思いどおりの戦闘ができていないのだろう。

「各機とも上だ！　モタモタするな！　上だ！」

つづけて怒鳴っている。

「了解、松本！　上がります！」

こんなときはきちんと返答し、指揮官にこちらの存在を明らかにし、指揮官の意図をはっきり理解して行動に移るべきだ。そうすれば、指揮官の負担が軽くなるし、各機の連携もとれる。

いつの間にか空戦域は広がり移動して、海上四〇〇〇メートルまで上がり、彼我の戦闘機はここかしこで入り乱れて戦っていた。

三式戦は苦戦を強いられている。きらきらと輝き、もがき、のたうち回り、必死になってかわしている姿が目に入る。しかし、どれが誰の機か、どう渡りあっているかは判らない。

私はさらに昇った。最初に追いすがってきた二機が一五〇メートルほど下で大きく左回りしながら上昇をつづけている。まだ追ってくる気だ。

〈しぶとい――〉

はるか南東の空を、二機のP－38が離脱してゆく。一機は私が一撃した敵機で、白煙は黒煙に変わっている。それに寄り添うように、一機がぴたりとついている。

〈戦線離脱……〉

なんとも淋しい言葉が、私の胸をよぎった。あれが「撃破」なんだろう。致命傷ではなかった。だが二機が、この戦場から消えようとしている。

私は、僚機に寄り添われて去ってゆくP－38を見ながら、どこかに不時着できればいいがと思った。精一杯戦って被弾したのだ。戦うことが不可能になったのだから、戦場を去ればいい。幸い命を失わずに不時着できれば、その命は大切にすべきだ。いまは必死に生きる努力をすべきだ。なんとか陸地にたどりつき、着陸してほしい。

黒煙を曳きながら去ってゆくP－38を見つめ、そんな思いが湧いてくるのだった。

四〇〇〇メートルまで上がると、頭上にはすぐ雲の塊りが点在していた。だが、雲の下はどこまでも透明で、遮るものもなく、この戦場は敵味方双方にきわめて公平だ。

私がこの時点で知り得た状況は、味方は山村機が撃墜されて九機になり、敵は二機が戦場から離脱して一〇機になっていた。九機対一〇機の戦いであれば、まずは五分の空戦ができると考えられる。

私より高い位置どりをしているのは、隊長機だけだった。敵も味方も三〇〇メートル下を飛んでいる。一時、私に振り切られたP－38二機が、執拗に突き上げてくる。

P38ライトニング戦闘機——双発双胴、長い航続距離と優れた高高度性能を誇り、急降下、急上昇で日本機を苦しめた。

しかし、この高度差では、私が有利だ。

〈よし、今度は俺が喰いつく番だ！〉

スピードが欲しくなり、急上昇に移った。さらに高度を稼ぎ、降下速度を得ようと思ったのだ。

「松本！　左下の二機！　後に回れ……。追いこんでくれ！」

隊長もこの二機に狙いをつけたのだ。

「了解！　後ろに回ります！」

一気に三〇〇メートル上昇し、くるりと背面になって周囲を見た。北の方八〇〇メートルから、隊長機が快速で私に向かって突っこんでくる。かなり上からの降下であろう。

追ってきた二機は、互いに反対方向の垂直旋回に移った。二機が別れ別れになった辺りを、隊長機がやや機体を傾け、高速ですり抜けるのが見えた。

両翼の日の丸を浮きたたせ、かすかに排気煙を曳いた隊長機は、美しい銀色の機体を大きく右に捻ると、右回りのP－38に的をしぼって、ぐーんと昇っていった。

私はすかさずその敵機めがけて、逆落としに突っこんでいった。距離は約八〇〇メートル、喰いつくには三秒、いや四秒はいる。勝負どころである。

後上方から見るP－38は、尾翼付近が弱々しく見える。それほど、頭でっかちな姿をしていた。そのP－38が、すーっと浮かび上がるように、眼前一五〇メートルのところへ来た。私の機が思いどおりに急降下して、思いどおりの位置に喰いついて水平になったのである。このまま追いつめて射てそうな気がした。

追われているのに気がついたのか、敵機は左旋回した。よほど旋回に自信があるらしい。まだ降下速にのっている私は、敵の左旋回に簡単についていけた。それどころか、旋回半径の小さい三式戦は、距離を縮めることさえできる。

しかし、その気になって突っこみすぎると、つぎに敵機が右の旋回に変わったとき、少しばかり取りのこされる。だからこんな形になったときは、急がずあわてず、ぴたりと後につき、じわじわと追えばいい。

逃げる敵機は、どこかで必ず操作ミスをおかす。それはミスとは思えないほどの小さいミスかも知れないが、それ以後の飛行姿勢や動きに、はっきり現われてくる。それを待つのである。この待つことは、かなり勇気と辛抱がいるものである。

振り返ると、二〇〇メートル後方にP－38が一機、追尾してくる。いま私が追っている一機の片割れである。二〇〇メートルという距離は、四～五秒余裕があるから、危険はない。この間に隊長機が前方の敵を一撃するだろうから、私は追尾機をかわす行動に移ればいい。

そんな思いで隊長機を探すと、五〇〇メートル右上方にまるで停止したように浮いている。私と同方向に同じ速度で飛んでいるから、浮いているように見えるのだ。敵のお株を奪って、一撃離脱するのに絶好の位置だ。

〈うまい！〉

私は隊長の位置どりに感心し、さっきの隊長の指示を思い返してみた。指示は「追いこめ」だった。「追え」ではない。ということは、隊長が射ちやすい形に私が持ちこまなければならないのだ。追いこむ方法や手段はなんの指示もないから、私が考えてやらなくてはならない。

左へ左へと回る敵機の頭を押さえるように、私は機を左に滑らせた。それを見た敵機は、得たりとばかり私を振り切るように、右旋回に移り、心持ち機首を下げた。距離は一〇〇メートルだ。

追う私が右回りに入ったとき、眼前を飛ぶP－38がいきなりぐるっと横転し、何かが砕け散るように小さな黒片をぱっとばら撒き、機首を下向きにぐるぐると横転しながら墜ちていった。

私はその上を飛び抜けながら目で追うと、敵は墜ちながらバッと一気に燃えあがり、火と煙の塊りになるのが網膜に焼きついた。どこから射ったのか、たった一撃で強敵P－38を葬り去った隊長の見事さに舌を巻いた。

「松本、後方敵機！　左上に逃げろ！」

隊長の声に、

「了解、松本！　左上に出ます！」

私は右に弧を画いていたが、追尾機は私が到達するであろう遙か前方に機首を向け、右斜め後方一五〇メートルを飛んでいる。隊長機はその敵の真上二〇〇メートルに位置していた。

もう心配はない。敵は執拗、勇敢に私を追いつづけたが、深入りしすぎた。その結果、最も恐ろしい隊長機に押さえられ、私からも逆襲される形にはまってしまった。

彼が私たちをかわす手段はただ一つ、海面に向かって真一文字に突っこむ以外にはない。

私は追尾機から遠く離れる形になるため、左旋回と見せかけ、急上昇に移った。キーンと唸るエンジンは快調で、機は軽々と吹き上がるように舞い上がった。その真下をかすめ、機体を真横にした隊長機が突っこんでいった。

つぎの瞬間、隊長機の軸線前方にあったP－38が、いきなり火達磨になった。真っ向唐竹割りを見るような、壮絶な撃墜シーンだ。

〈この人に失敗はないのか……〉

あっという間に、P－38二機をまるで何の造作もないように墜としてしまった。

〈恐ろしい人だ！〉

味方である隊長に、いい知れぬ恐怖を感じ、ステッキを握る手がふるえた。

僚機未帰還

「追うな！　戦闘止めー……戦闘中止、追うのを止めろ！　……北へ向き四〇〇〇で集合！　……聞こえるか……、一〇三……、戦闘止め！　北へ向き、四〇〇〇……、集合しろ！」

終わった……。ほっとした。約十五分の戦闘は終わり、幸い私は生きていた。体中がぼーっと熱くなる。

四〇〇〇メートルでゆっくり北向きに飛ぶ隊長機を中心に、各機がつぎつぎと寄ってくる。ぴったりと編隊を組む。

だが、私の位置がない。いくら見まわしても、私の入る小隊がないのだ。私の第四小隊の二機が欠けている。小隊長の菅原中尉と僚機の山村少尉である

〈信じられない……。あんなベテランが――〉

私は混乱し、捨て犬のように編隊の後を、ウロウロ右に左にと飛んだ。

「ただちにツルブへ帰る。松本！　残燃料、針路、すみやかに報告しろ！」

まったくいつもと変わらぬ隊長の声だ。

「了解、松本！　ただいまー！」

「何だオメエ、声がふるえとる。落ちつけ！」

「はい、松本！」

第四小隊の二人が墜とされ、私だけが残った。もう少し戦闘がつづいていたら、私も墜とされたかも知れない。そう思うと、新たな恐怖が襲い、胸は早鐘を打った。

「松本！　まだか……」

「はい、松本！　只今……。報告します。燃料残四九〇リットル、時速四〇〇キロで七三〇キロ飛べます。ツルブまで二〇〇キロ、北々東二二度です」

「了解！　聞け、北二二度東で飛ぶ。機速を下げろ！各機ごとに異状の有無を報告しろ！」

異状なしの声が、各機から流れる。

「聞け！」

ふたたび隊長の声がした。

「二機喰われた。菅原と山村だ……。墜ちたのを見た者はいるか……」

「……………」

返答がない。

「よう－し！　二機は海へ墜ちた……。このまま帰る。第一小隊前方、第三小隊後方警戒！　松本！　ツルブに先行し、四〇〇〇で警戒飛行、中隊の到着を待て！」

「はい、松本」

「復唱せんか、このヤロ－！」

「はい、松本！　ツルブへ先行し、四〇〇〇で警戒飛行に入ります！」

「よう－し、行け！」

私はスロットル一杯で、全速になった。つんのめるように飛び出し、たちまち五〇〇メートルばかり前方に出た。隊長がたったいま終わったばかりの戦闘の結果を、淡々と各機に知らせる声が耳に入った。

「P－38三機撃墜、一機撃破。わが方二機……、喰われたのは二機だ……。よくやった。強敵を相手に、互角以上の戦闘をした。……ご苦労――」

その声を聞きながら、ところどころ浮いている雲の塊りを突っ切り、私はツルブに向かって飛んだ。

涙を堪えて

中隊八機がツルブ基地へ着陸を終えたのは、午後二時三十分ごろだった。

燃料車と整備トラックが走り回り、整備員が滑走路わきのあちこちで、着陸したばかりの機体にとりついて点検している。二十分後にはまた飛ぶのである。米軍得意の送り狼作戦で、戦い終わって帰投し、やれやれと気を抜いたところを急襲してくるのを警戒するのである。

パイロットたちは小用をすませ、煙草一服でまた乗りこむのだ。食事の時間もない。私は干瓢の海苔巻を二個手づかみにし、食べながら飛行機まで歩いた。整備の中根上

等兵が、

「ご苦労さまでした。これを……」

水筒を振ってみせた。細かく気をつかってくれるこの男が、私は好きだった。

主翼の上に私を引き上げてくれた日野軍曹が、両手でメガホンをつくり、

「調子はどうでした？」

大声で聞いた。

「快調！　よく飛ぶよ」

私も大声で答える。

「燃料と弾丸(たま)の補給に手間どり、どこも点検してません……。大丈夫と思います。飛んで下さい」

私が頷くと、

「このまま飛んでくれますね」

念を押す。

「了解！　調子はいいんだ。南極までだって飛べる」

笑顔で答え、いつものように右脚からコックピットに入った。

幸い敵の襲来はなく、午後五時を過ぎて、交替に飛び上がった二機の予備機を残し、

八機は着陸。この日の「戦争」は終わった。

夕食のとき、だれもが無言だった。私の席の横には今朝と同じように、二名分の食事が並べられ、菅原中尉と山村少尉の箸箱が置かれていた。

二人の当番兵が、泣きだしそうな顔で、壁を背にして立っている。今朝の出撃まえ、山村少尉は何か冗談をいって、当番兵を笑わせていたし、菅原中尉は目を細めながら、紫煙をくゆらせていた。その二人が今はいない。嘘のような、不思議な思いがして、私は悲しかった。

食事のあと——。

この日の戦闘で生き残った七名の搭乗員たちは、指揮所に集まるように指示された。そして、小沢隊長から簡単な注意があった。

それは、初めて出合ったP－38に関するものであった。要旨はつぎの通りである。

「P－38の水平速度は、とてつもなく速い。おそらく三式戦より、時速で五〇キロは上回っているだろう。しかしそれは、高度三〇〇〇メートルあたりでのことだ。五〇〇〇以上では、どうだか判らないが、たぶん三式戦と五分であろう。

旋回性能も素晴らしい。いままでの米軍戦闘機にはない軽快さである。ただし旋回半径は、三式戦が小さい。それと急速反転は、くるりと返って絶妙に見えるが、全速での反転では大きく流れているのがはっきりわかる。急速反転のとき、その寸前で減速しているからだ。だから一呼吸置いて増速する形になる。

今日の戦闘で、松本が急速回転と急速反転で、Ｐ－38をコケにして遊んでおった。かわすにしても、追うにしても、今後の一つのメドにはなると思う。上昇力も抜群で、一気にセリ上がってくる。これは覚えておけ。

つぎにＰ－38からの銃撃は、かなり遠くから射ってくる。一二〇～一五〇メートルも後方からだ。まだ射たんと油断していると、一気に射ってくる。これは注意しろ。本日のところはこれだけだ。まあそのうち、いろいろ判ってくるだろう」

このような内容であった。ついで、

「楽にして聞け！」

と言葉をつづけた。「楽にして――」といわれたときは、私語は駄目だが、喫煙しても頬杖をついても、腕組みをしてもかまわない。隊長と言葉をかわすときだけ、姿勢を正せばよい。疲労回復食の飴を口に入れる者もいたが、一向にかまわない。要するに話をちゃんと聞き取ればいいのだ。

「本日はご苦労だった。おい、オメェラ、うまかったナ。一〇〇点はやれる飛び方だった。安心したゾ。ところで松本！　オメェは違う。一〇〇点はヤレネェ。五〇点だ。

……わかるか?……。菅原も山村も死んだじゃネェか……。よく考えろ……。もしだ、もしオメェが菅原にくっついていたら、あるいは菅原は喰われなかったかも知れネェ……。菅原が喰われなかったら、山村も死なずにすんだかも知れネェ……。だがナ……、戦さにもしもはない。仕方がネェンだ。——これは俺の愚痴だ。気にするんじゃネェ……。だがナ、オメェに一〇〇点はやらん。五〇点だ！　文句あるか！」

「ありません！」

「なければよろしい……。解散だ。敬礼はよし！」

私に向かって、「五〇点だ！　文句あるか！」といったとき、隊長の目が涙で濡れていたように見えた。きっと泣くのを必死で堪えていたのだろう。

命ある限りカモ番を

「松本、宿舎にこい！」

「はい、松本。今ですか」

「おう、今だ。……こい」

大股で歩く隊長について、私は無言で歩いた。

隊長宿舎といっても、私たちと同じ半地下壕、広さも同じ一坪半。手造りの粗末な木の机と椅子に、本棚と雑物入れを一緒にした三段の棚と引き出し、それに寝台があるだけである。

「まあ、かけろ」

指さされた寝台に、私は腰を下ろした。

「疲れたろう。俺も疲れた。これからいうことは、大切なことだ。よく聞け。ただし疲れてオックウだろうから、オメェは喋らんでもいい。〝うん〟とか〝すん〟とか、合の手だけ入れろ」

「はい、わかりました」

いつもは隊長が何をいうつもりか、だいたい見当がつくのだが、このときは全くわからなかった。

「おい！　今日は終わり頃になって、たてつづけに二機墜としたな。あれはオメェのおかげだ。あそこまで追いつめてくれたら、後は誰がやっても、目をつむっても墜とせる。それにしてもうまかった。相手が小回りがきかないのを、真っ先に見つけたナ。……そうだろう」

「…………」

「なんだ、〝うん〟とか〝すん〟とかいえ！」

「はい！　……よくわかりません。飛んでるうちに気づいたんです」

「馬鹿いえ。ハナからわかった飛び方をしていたじゃネェカ。P－38なんかチャンチャラオカシイってェ飛び方だったぞ」

「そんなことはありません」

「まあ、そう遠慮するナ。大威張りできることじゃネェカ。……なあオイ、ついオメェに文句をいうけど、オメェは俺の子飼いのパイロットだ。みんなの前でチヤホヤするわけにはイカネェンだ。面白カネェだろうが、諦めてがまんしてくれ」

「はい！」

「おう、素直でいい返事だ。いつもそうだといいんだがナ……。この話は終わりだ。つぎにだ。第四小隊はオメェ一人になったナ。それで、中隊は予備員も入れて、新しい小隊の編成をする。オメェはそのまま第四小隊だ。第四小隊長は、現在、第三小隊にいる岡田にして、予備員とオメェで組ませる。……不服そうなツラするナ。各小隊とも弱くなるんだ……。おい！　ひょっとするとオメェ、小隊長になれると思ったんじゃネェのか……」

「いえ……、そんなことは思いません」

「本当かヨ……。まあいいさ。あのナ、オメエは小隊長にはせん。今後もずうっとだ。

俺の中隊にいる限り、オメェはいつになっても小隊長にはせん。第四小隊の最末端を飛ばす。覚悟をキメロ！」

「はい！」

「なあ松本、オメェが一番ケツにいてくれなくちゃあ困るんだ。オメェがケツを飛んでると思うとナ、俺は安心してハナを飛べるんだ。一番危なくて、一番イヤな位置だ。それをオメェに頼む以外ネエんだ。他のヤツだと、カモ番三回でビビっちゃって、腹が痛いとか目まいがするとかいって休まれたんじゃ、そのたんびにカモ番が変わる。これじゃ困るんだ。ナア、諦めてケツを飛んでくれるナ、松本！」

「はい、わかりました」

「そうか、飛んでくれるか」

「はい、飛びます」

「ようーし、きまりだ。……だがナァ、恩にはキネエぞ。オメェのようなペエペエのヒヨッ子に、一番喰われやすい、一番眺めのいい位置を持たせてやるんだ。有難いと思え！」

「…………」

「こら、返事をせんか！」

「はい、有難くあります」

「よし、それでいい」

私は小隊長になれないのを、口惜しいとも不服とも思わなかった。そしてカモ番、それも永久カモ番をいい渡されたことが、誇らしく嬉しかった。人間としても飛行機乗りとしても、心から心服している小沢隊長から、「カモ番をやってくれ」といわれ、「これでやっと本当の仕事がもらえた」と、胸が熱くなった。

疲れているのにすまなかった。帰ってゆっくり休めと隊長にいわれ、私は隊長室を出ようとした。半地下壕の階段に足をかけたとき、

「おい、松本よ！」

後ろから隊長の声がした。

「はい、松本」

振り返ると、椅子から立ち上がった小沢隊長がまっすぐ私を見ていた。そして低い声で、

「有難う！」

といった。それは私にとって、どんな言葉にもまさる一言だった。体中が熱くなり、声も出なかった。

「帰れ。ゆっくり休め……」
私は一礼して隊長宿舎を出た。私は心のなかで、
〈有難うございます!〉
と叫んでいた。そして、命ある限りカモ番を飛ぼうと決心した。

防空迎撃戦

ウエワク炎上
松本良男のツルブ基地での手記を読むと、彼はこの時期、三式戦の搭乗員として、次第に空戦にも馴れ、三式戦の性能も呑みこみ、戦闘機乗りとして生長期にあったことがうかがえる。
同時に、中隊長の小沢郁夫大尉との心のつながりがいっそう強くなっていったことも、正直に語られている。
この時期、ソロモン、ニューギニア方面の戦況はしだいに緊迫の度を加え、日本軍は守勢にたたされていた。ニューギニア方面の陸軍航空部隊の状況を、『大東亜戦争全史』の記述に見てみよう。

——第七飛行師団（昭和十八年一月三十日に新設され濠北地域防衛のため東部ジャワに展開したが、ニューギニア方面の作戦、特にベナベナ、ハーゲン方面に対する新作戦準備に即応するため、六月、南東方面に転出が決定〈編者注〉）は逐次ジャワを発して、七月下旬にはウエワク地区に進出し、ニューギニアの航空戦に参加した。同師団は特にその作戦重点をベナベナ、ハーゲン地方に指向して攻撃を敢行した。

新たに編成された第四航空軍司令部も、八月六日、ラバウルに進出して、ニューギニア方面陸軍航空二個師団を指揮した。

今やニューギニア方面航空兵力均衡恢復の曙光が見えた。しかるにこの曙光も、旬日の間に消え去る大不祥事が起こった。それは八月十七日、ウエワク地区に対して行なわれた敵の空襲による大損害であった。

八月十五日、マーカム河上流のカイナンツの東南方地区に敵の新設飛行場を発見したところの第七飛行師団は、翌十六日、この飛行場を攻撃したが、敵戦闘機の迎撃にあって破壊の目的を果たさなかった。（注—この新設飛行場は、連合軍がウエワク空襲のための戦闘機用の前進基地として、五月以来、秘かに整備していたものであった）

しかるに敵は、十七日早朝より戦爆連合の大編隊をもって、ウエワク、ブーツ地区に波状攻撃を加えてきた。従来敵の戦爆連合の攻撃はハンサ地区までに限定され、従ってウエワク地区は大規模な航空攻撃を受けておらず、この空襲は初空襲とも言い得るものであった。

当時、第六および第七飛行師団ともウエワク、ブーツ地区に位置していたが、情報網の不備と飛行場の不完全に起因して、まったく奇襲を受け、一〇〇機以上の飛行機が空しく地上において破壊された。

かくてニューギニア制空権奪回の希望は、一瞬にして消え去った。この後、戦力補充のため、あらゆる努力が払われたが、第四航空軍の実動機数が七〇機を越えたことは稀で、彼我航空勢力の懸隔は決定的なものとなってしまった。

『大東亜戦争全史』は、松本良男たちが戦っていたニューギニア方面陸軍航空部隊の状況と戦況を、このように伝えている。

この記述に書かれているウエワク大空襲のとき、松本の中隊はツルブ基地で待機したまま、出撃していない。詳しい情報が入らず、日没まで翼下待機をしながら、ウエワクの被害を心配し、宿舎にもどっても眠れぬ一夜を明かしている。

小沢隊長の判断では、敵がウエワクを中心とする東部ニューギニアの陸軍航空部隊に大空襲を敢行した以上、ツルブ基地にもかならず来襲するに違いない。それも間を置かずに、翌日やってくるだろう。しかし、ウエワクのような大編隊の襲撃はあるまい、と予測していた。

全員は午前三時に起床し、待機所で出撃命令のでるのを待った。夜が明けてきた。まだ、なんの指示もない。

午前八時半近く、小沢隊長が姿を現わした。これからあとの状況は、松本の手記によってお伝えしよう。

敵戦闘機ツルブに向かう

「そのまま聞け！　敵さんがツルブに向かってきた。それもP－40ウォーホークが、たった二四機だ。ナメラレたもんだ。存分にヤッタロウじゃないか。それにしても、ゆっくりだな……。ひょっとすると、ウチの様子が筒抜けかもシレネェ」

一息にしゃべったあと、

「只今から中隊は総力をもって出撃する。

おい先任、予備機を先に上げろ。マーカスの西へ出て、三五〇〇で警戒だ。敵はフォン半島先端から、まっすぐツルブへくる。あと約三十分たらずだ。敵を発見したら、ただちに基地へ打電し、東へ逃げろ。追わずに逃げろ。

本隊はマーカスの東へ出て四〇〇〇で待機しているから、すぐに西に向かって突っかける。本隊を見つけたら合流し、俺の指揮下に入れ。見つからんときは全速で基地上空にもどり、防空戦をやれ。地上からの弾丸（たま）に当たるんじゃャネェゾ。

先任、予備機の小隊は、オメェが指揮をとれ。復唱はいらん、すぐ上がれ。つぎに第一小隊の一機は俺につけ。本隊は一一機だナ。オメェたち、相手はＰ－40でも難儀するぞ。倍以上いるんだ。

だがナ、最終的には基地の上でやることになる。そうなれば、一五対二四だ。大したことはネェ。まあ、喰われなければの話だが……。

時計を合わせる。〇八四〇……、ただ今ッ！　離陸五分後、基地上空二五〇〇、北東に向き集合。やり方は上で指示する」

先任の一機を先頭に予備機三機は、すでに滑走路南端に向けて滑り出している。他の一一機は列線でエンジンを回し、搭乗員が駆けつけるのを待っている。搭乗員は全力疾走で、自分の乗機に向かって走った。ぴんと張りつめた一瞬だが、生死の別れ目に向かって走るのだ。

だが、胸のなかには、生とか死の考えはない。小学生のころ、運動会の徒競走で、一等になろうとか、賞品は何だろうなどと考えながら走ったことはない。ただ懸命に走ったものだ。それと同じで、ただ遅れまいとして走るだけなのだ。

私は最終の離陸だから、懸命に走りながらも、周囲の光景が目に入るくらいの余裕があった。だらりと垂れ下がった吹き流しも見えたし、すでにポツポツ雨の降りだした空の色もわかった。走る自分を見つめる整備員の姿も、ちゃんと見えた。

当番兵の金谷上等兵が私に追いつき、息をはずませながら、大声でいう。

「弁当はまた海苔巻きです。腹が空いたら食べて下さい」

「有難う!」

「水筒は……麦茶です」

「あっ!」

「煙草、持ってますか?」

「ある!」

吹き出る汗の顔で、機側にとりついた。指揮所前から走って一分足らずだが、息があがった。

「有難う、ご苦労さん!」

金谷に対する言葉は、エンジンの音にかき消され、プロペラの旋風に飛ばされた。

主翼の上から日野軍曹が手をのばし、私を引き上げた。翼の上に立つと、機体の震動が全身に伝わり、もう不安も恐怖も消し飛んでしまう。

「異状なし。よく回るッ！」

耳もとに口を寄せて日野がいう。

「了解！」

と応じ、コックピットに乗りこむ私を助け、シートに腰を落ちつけたのを見ると、日野は私の肩をポンと叩き、

「気をつけて！」

大声でいうと、私の頷くのを見てパッと地上に飛び下り、機側を離れた。

先に離陸するキ六一・三式戦が一機また一機と鋭いエンジン音を曳き、水しぶきを上げながら滑走してゆくが、増槽を二つ抱き満載状態の機体は、なかなか離陸できない。三〇〇メートル、いやもっと走り、四〇〇メートルもいってやっと浮いている。

私はスロットル全開で、滑走路を北に向かった。雨の降りだした空は灰色に暗く、風防前面にぶつかる雨滴は、一瞬お玉杓子のような形になり、後方に飛び散ってゆく。

機速がつき、ステッキを軽くにぎる程度に引くと、機は浮き上がり、ぐっと速度が

増した。

上向き三〇度くらいで上昇してゆく機は、なぜかすぐ機首を下げたがる。だからといって仰角を増すと、こんどは一気に上を向きたがる。低速時の上下のバランスが悪いことは先刻承知だが、まったく気難しい機だ。

風はまったくない。四、五〇メートル上がったところで脚を入れ、北向きのまま上昇をつづけた。海上に出て、二五〇〇メートルまで上がり、南東に変針し、時速五二〇キロで集合点を目ざした。

各機がまちまちの高度で集まってくる。それがたちまち合流し、いとも簡単に指示どおり北東に向いて、きっちりした編隊を組んだ。離陸後約四分である。

〈揃っている!〉

と私は思った。技量がある程度のレベルに揃わないと、こんな具合にはいかない。

左最後尾についた私には、いやでも前を飛ぶ飛行機が目に入る。あくまでも細く美しい線を描いている胴体、ピンと張って長過ぎるくらい長い双翼、その姿はスマートの一語に尽きる。悠々する姿のキ六一が一一機、前に横にと位置して飛んでいる。私は一瞬、戦さを忘れて、うっとりと眺めた。

「聞け!」

私はハッとし、〈そらきた――〉といつもの通りに思う。いつも変わりのない「聞け！」なのだ。この一声で緊張もするが、ほっと安堵するような気持にもなる。

「右旋回で四〇〇〇まで上がる。つづけ！　第一、第二、第三小隊前方！　第四小隊後方警戒！」

いい終わると隊長機はわずかに右へ機首を振り、同時にぐっと機速を上げた。後続機がピタリとつく。

空はますます暗くなり、頭上には密雲が覆いかぶさってくる。雨は本降りになってきた。しかし、南方には珍しく静かな雨で、絹糸のような雨脚である。鉛色に霞んだ海は、灰色の壁にかこまれた沼のように見える。

こんな日の空戦は、互いに相手の発見が困難だ。それだけに見張りに神経をつかう。

高度四〇〇〇で水平飛行になり、機速を時速四〇〇キロに下げたとき、ちょうどガスマタとマーカス岬の中間の南三〇キロの海上を、ゆっくり大きく右に旋回をつづけながら飛んでいた。

「聞け！」

こんな天候なのに、明瞭に聞こえる。

「敵編隊は十分前にフォン半島をかすめ、そのまま北上をつづけている。司偵が一機上空に張りついての報告だから確実だ。高度三〇〇〇メートルを五〇〇メートル間隔に開き、二コ編隊が時速四〇〇キロで飛んでいる。一二機、一二機の二四機は情報どおりだ！　先発隊があと少しで接触する。そろそろだ！　西へ向かう！」

なんとなく、やり方がわかってきた。先発隊が敵編隊と出合い、基地に打電して東へ逃避する。われわれ本隊に合流するためだ。敵編隊は、まっすぐツルブ基地に向かう。それをわれわれは一五機で、その横腹か後方を突く。空戦はおおむね基地上空でやることになる。

これはかなり有利な戦い方だ。こちらは、地形には慣熟しているし、地上砲火も手伝ってくれる。まさかのときは、すぐに降りられる。そんな安心感が、どれだけ展開を有利にしてくれるか、はかり知れない。

隊長が、二倍近い敵機に対して、動じる様子を見せないわけが、ようやく判ってきた。

状況急変

十分も飛んだだろうか。

「聞け、聞こえるかァ」

「聞こえます！」

　各機がいっせいに応える。

「状況が変わった。戦闘準備、増槽をすてろ。戦闘準備、増槽すてろ！」

「了解！」

　全身が引き締まる。

「各機全速、続けッ！」

「了解！」

「状況を説明する。先発隊が接触と同時にオッパジメタ。馬鹿野郎め！　かなり西寄りの海岸線上だ。発見しだい戦闘に入る……。松本、おい松本！」

「はい、松本！」

「先行して状況を報告しろ。アイツラ逆上しやがって何もいってコネェ。松本、オメエは速いんだ。ぶっ飛んでいけ！」

「はい、松本、先行して状況報告します」

「ようし、行け！」

　増槽をすて身軽になり、本来のスピードを取りもどした機は、つんのめるように前へ出た。あっという間に、たちまち一〇〇〇メートルは抜け出した。

「あと五分で敵さんに会える、気をつけろ！」

隊長の声を耳にしながら、私はぐっと前方に目をすえた。

先発隊はたった四機だ。P－40二四機が相手では、戦闘にならない。一分か二分でちりぢりばらばらにされ、必死で逃げるか墜とされるかだ。それなのに、なぜ仕掛けたのだろう。はやる気持を、押さえきれなかったのだろうか……。

私はただ一機先行し、二四機のP－40のいる空戦域に向かうことに、少しも恐怖を感じていなかった。というのは、P－40とはすでに対戦しており、その動きや性能をある程度知っていたことと、自分の操縦するキ六一の快速と二基の二〇ミリ砲に、信頼を寄せていたからである。

私はキ六一の戦闘力だけを考え、本当の空戦がどんなものかも知らず、飛んでいた。この時期の私は、まだまだ空戦の本当の恐ろしさを、肌で感じるほどの経験がなかったのである。

右手に雨にけむるニューブリテン島が迫り、見渡す海面は雨につつまれ、円形に広がっている。その暗い陰気な戦場で、四機のキ六一は、一二機のP－40に追い回されていた。

情報が伝えた二四機ではない。たぶん一コ編隊一二機は、ツルブ基地に向かったに違いない。

「一〇三！　一〇三！」

繰り返し呼んだが、応答がない。どうしたのだろうと思いながら、一二機のP－40に追いまわされ、必死に逃げている味方機をはらはら見下ろし、呼びつづけた。

「……応答しろ、松本……、応答しろ……、松本どうした。返事しろ、松本！」

隊長の声が、すごい雑音のなかに、とぎれとぎれに入ってきた。

「はい、松本。感度悪い！　はい、松本、感度非常に悪い。聞こえますか⁉」

「おう、聞こえる。どうなってるんだ！」

隊長は怒鳴っている。

私は高度三五〇〇メートルで大きく旋回しながら、一語一語ゆっくりと状況を報告した。

「松本機ただいま三五〇〇で旋回中。先発四機は全機無事。ただしP－40一二機に、二五〇〇付近で追い回されています……。他のP－40は見えません、一二機だけです。雲低く、視界不良！　海岸線まで一〇〇〇メートル、以上」

「了解、すぐ行く！　上空待機だ、突っこむんじゃネェゾ！」

「了解、到着を待ちます！」

私はそう答えたが、胸のなかでは突っこんでいきたい思いに駆られていた。あの真ん中に飛びこんで掻き回したら、四機のキ六一は随分らくになるだろう。彼らも私が上空にきているのを見つけ、一秒でも早く突っこんでほしいと願っているはずだ。

私は三度、四度と旋回を繰りかえしながら、胸のつまる思いで味方機を見下ろしていた。

本隊到着

東の方向から、待っていた一〇機の姿が現われた。たちまちグーッと大きくなる。私の五〇〇メートルの位置にきて、

「全機突っこめ！　蹴散らすんだ！」

隊長の大声の指示に、各機は急速横転すると、入り乱れて戦っている彼我一六機のなかに逆落としになって降下していった。P－40は飛び散るように、それまでの動きをやめていっせいに広がった。

散ってゆく一機に一撃をかけた私は、掬い上げるように上空に舞い上がった。

「休むんじゃァネェ！　かき回せ！」

小沢隊長が怒鳴る。

「了解！　かき回します！」

そんな声が、重なり合っている。私は二度目の急速降下に入った。

「第四小隊、南へ回れ。第四小隊、南だ！　南をふさげッ！」

その指示を聞きながら、私は機体をひと捻りして、狙ったP－40一機に一連射をあびせ、左へ急旋回して上昇し、空戦域の南にぬけて見渡した。いま私が一連射した敵機は、きれいにかわして平気で飛んでいる。どちらもまだ一機もやられていない。

敵機の退路を遮断するのであれば、第四小隊の三機だけが南に回ったのでは不足だ。これは敵の一二機を基地上空に追いやるための牽制だ。

一五機対一二機とやや不利になった敵は、思った通り北に向き、明らかにまとまる態勢をとりながら離脱しはじめた。

「追うんだ、速さじゃ負けネェ！　追うんだ！」

「いいところへ出たら射ちこめッ！」

つぎつぎに指示がとび、〝了解！〟の応答がかえる。だれの声だか区別できない。

「一〇三、二段に重なれ！　あまり寄るな。広がって二段に重なれ！」

「開くんだ、開いて包みこむんだ！」

やつぎばやの指示に、隊長機を真ん中に、一四機は整然と隊形をつくってゆく。一五機のキ六一は、網で魚を追うように横に広がり、重なり合いながら前を逃げるP－40一二機を、全速で追尾する。距離は三〇〇メートルある。

このとき双方の隊形は、逃げるP－40が密集した傘形、追う一五機はばらばらで二層になり、横二〇〇メートルに開いている。

このままでキ六一・一五機が射程にはいれば、敵は後方から五八基の一二・七ミリ銃と二基の二〇ミリ砲の標的になる。ホ一〇三／一二・七ミリの発射速度は、毎秒一三・三発だ。五八基がいっせいに撃てば、瞬発信管の弾丸七七一発あまりを最初の一秒間に浴びることになる。

〈なぜ敵は、こんな危険な飛び方を続けるんだ……〉

私には敵編隊指揮官の意図がわからなかった。

眼下に見慣れた地形がひろがってきた。ツルブが近い。

敵はこのままの隊形で、ツルブ上空に進入はしないだろう。進入前にかならず隊形を変えるはずだ。隊形を変える直前が、絶好の攻撃チャンスになる。それなのに、敵はまだ隊形を変える気配を見せない。

〈なにか企みがあるのか……。これは誘いではないのか……〉

一機撃墜！

「第四小隊、第四小隊前へ出ろ！」

隊長の声が飛んだ。敵の誘いかどうか、探りを入れる気なのだろう。

「第四小隊、喰いつけッ！　喰いついて散らせ！」

「了解！　第四小隊前へ出ます！」

飛行機が複数で同一行動をするとき（戦闘行動ではなく、移動などの飛行のとき）は、減速は最高速度の最も遅い機に合わせる。同一機種で同じ条件で飛んでいても、それぞれの機の最高速度は同じではないのだ。必ず遅速の差がある。

一五機のキ六一を小隊単位で比較すると、第四小隊が最も速いのだ。だから、「前へ出ろ！」となった。だが、第四小隊の三機全部が、ずば抜けて速いわけではない。しかし、日野軍曹が苦心の改造をしてくれた私の機は、機速にしてまだ時速五〇キロほどの余裕がある。

〈これは、俺が一機だけ抜け出すのが、隊長はわかっていて指示したんだ。ほかの二機にかまわず、出ればいいんだ！〉

この判断が正しいかどうかを考える余裕はなかった。私は全速で上昇姿勢をとり、高度をかせぎ、他の二機よりも六、七〇メートル上がったところで、敵編隊右側最後尾機に、一五〇メートルくらいに迫った。

「松本、何をしてる！　突っこめ！」

隊長の声に、

「了解！」

と応じながら、なお上昇する。

「松本、どうした……。今だ、突っこめ！」

「了解、松本！」

答えると同時に、機を思いきり右に捻ると、機首を落として突っこんでいった。

ややスライド気味に全速で降下速にのった機のエンジンは、悲鳴にも似た金属音を発し、空気を切り裂くプロペラもかん高く唸り、翼をしならせた機体は嵐の中を通り抜けるような、すさまじい音につつまれた。息をつめて追いすがる眼前には、傘形編隊の一二機の敵機が、一糸乱れず飛びつづけている。

私はその敵編隊の後方一〇〇メートルで、軸線を乱さずゆっくり左回りに一八〇度ロールすると、照準器に目を移した。

予想どおり敵編隊の右側六機が、一列になって見えた。それは、瓦屋根を軒先から見上げたように、きれいに重なりあった一列であった。

そのとき一番手前の敵機（編隊右側の最後尾機）が、右へ横転する気配をみせた。その一瞬に、私は四基の砲を連射した。二〇ミリ砲は三発、三発と区切って計六発、二基で一二発を射った。一二・七ミリ銃も同様に射ったのだが、発射速度が違うので区切りはわからなかった。

敵は最後尾機のロールが合図のように、つぎつぎとめくれるようにロールし、左側の編隊は左回りにロールして、いっせいに散って降下していった。

上空へ抜けた私は、私がねらった機が腹をみせたとき、右翼のつけ根から白いガソリンの尾を長く曳くのを、はっきりと目にした。

「一機墜ちまァす！」

私が怒鳴る。

はるか後方に滑っていった被弾機が、引火して黒煙につつまれて墜ちていった。

「ようし、一機撃墜！　一〇三追うな！　下がるな、下がるなッ！　このままだ。かぶせるんだ！　上からかぶせるんだ！」

大声で指示が飛んだ。

上からかぶせるというが、高度は一五〇〇メートルくらいになっている。私の突っこみで、散りじりになって降下する敵を、追いながら一撃した一四機は、そこまで高度を下げてしまったのだ。

私だけがその一〇〇〇メートル上空の前方五〇〇メートルあたりを、一機で飛んでいる。

「馬鹿野郎！　オメェラ何を考えている！　この先には敵さんがいるんだ。下に引っぱられたら命とりだ。わからネェのか馬鹿野郎！　そろって心中なんて、まっぴらだ。わかったか！」

隊長の口からこんな言葉がでるのは、思いどおりに戦況が展開しているからだ。この乱暴なベランメェ調を聞くと、搭乗員たちはほっとする。いまは隊長の思いどおりになっている。それなら安心だと思うのである。

高度四〇〇〇メートルには、灰色の雲が隙間なくどこまでもつづき、風はほとんどなく、雨はますます視界を悪くしている。その煙霧のような空間の遙か彼方で、地上攻撃をしているP－40の姿が見えはじめた。まるで演習のように急降下急上昇をつづけている。

「聞け！」

さあ、どう戦うのだと全身を耳にする。

「敵は飛行場施設に、すでに六度も反覆攻撃した。地上軍は苦戦だ。だが、敵はもういくらも弾丸を残していない。一叩きだ！　いいか、必ず前方の一二機は突っかかってくる。そのときは逃げるんだ。

いいか、低く飛んでる一一機は、合流するために上昇する。その一一機のど真ん中に逃げこむんだ。突っかけてくる一二機には構うな。逃げこんで引っかき回す！　敵がどう出るか、お手並み拝見だ。あわてるなよ」

「了解！」

いよいよ、基地上空で戦闘がはじまるのだ。

的中した疑念

敵の動きに変化が起きた。上空と低空の二コ編隊が合流し、戦闘隊形をつくるつもりらしい。

左下方の一一機が寄り合うと同時に、対地攻撃をしていた一二機が、ばらばらの態勢から全速で突っかけてきた。

「突っかけてくるのは構うな、下の一一機を叩け！」

キ六一・一五機は、左下方の一一機に降下攻撃をかけた。上昇に移ろうとしていた一一機のＰ－40は、ふたたびばらばらに散らばってしまった。

ツルブ基地上空六、七〇〇メートルから一二〇〇メートルくらいの空間は、敵味方三八機の戦闘機が入り乱れて飛び回る戦場になった。

「ようし、上がれ！　北に向いて一気に上がれ！」

小沢隊長の指示で、一五機は全速で上昇に移った。北へ向いたのは、敵の位置から離れるためである。

敵は私たちの降下攻撃で散らばった一一機が、南に向いて急上昇している。さらにその南一五〇〇メートルの高度に別の一二機が寄り合い、時計まわりの旋回をしながら、一一機が上がってくるのを待っている。

「一〇三、一五〇〇で寄れ！　一〇三、一五〇〇で寄れ！」

指示をした隊長機は、ゆっくり旋回している。たちまち各機が隊長機のそばに寄った。

「聞け！」

雑音のなかから、隊長の声が聞こえる。

「ロッテをやる。第二、第三、第四小隊はそのまま、予備機小隊は先任の指揮で四機、第一小隊は俺と二機だ！　わかったか！」

「了解！」

「離れるな、離れたら負けだ。勝手は許さん！」

「了解！」

「わかってるんだろうな、オメェたち！　下じゃ面白がって見てるんだ。恥かくなヨ！」

　面白がって見ているわけがない。火の手の上がった被服倉庫と食糧倉庫を、必死になって消火しているに違いない。だが、隊長のこんな言い方は、全員の気持を落ちつかせる。

　彼我の戦闘機隊はツルブ基地をはさんで南北に分かれ、大きく旋回しながら戦闘隊形をととのえていた。高度は低く、約一五〇〇メートル、互いの距離は約四〇〇〇メートルだ。

「隊長！　敵は変わった形になりました！」

　先任の声だ。

「おう、そうよな。何を考えてるんだアイツラ……」

　敵の二三機は、七機、八機、八機の三隊に分かれ、三機、四機と組んだ七機の隊は、一機を先頭に他の二機が後方をフォロー、さらに他の四機が全体をフォローする形になった。

八機ずつの二隊も、機数は違うが同じような形をとった。一隊の前後の長さは約一五〇メートル、幅は約一〇〇メートルである。

「大名行列じゃあるメェシ、対空射撃のお客さんじゃぁネェカ……」

隊長は少しも気にしていない口ぶりだ。

「聞け！　敵はキッチリ固めた。簡単には墜とせネェ……。無理をすると喰われるぞ。いいか、こうするんだ。三機が敵を引っぱる。それを別の三機が追う。敵が喰いつく。それをまた別の三機が追う。さらに敵が喰いつく。残るのはこっちの六機だ。わかるか……」

「了解！」

「よおーし、ハナにたって逃げるのは第四小隊だ、気をつけろ……。対空射撃小隊の真上を飛べ。滅多にないお客さんだ、存分に射たせてやれ！」

「了解、第四小隊！」

「第二、第三小隊の順につづけ！　心配ネェ。下から射たれて敵はマトモには追えネェ。散らばるさ……。そのときがツケメだ。全機でまたかき回す。南へ逃げるのは追うな……。さあ、やってみろ！」

対峙した形で旋回しながら、しだいに距離がちぢまり、約二五〇〇メートルに近づいた。いま、かりに双方が一気に正面から突っこんだら、七秒か八秒後には先頭の機がすれ違うほどの距離だ。相手の機の動きが克明にわかる近さである。

「第四小隊、前へ出ろ！」

小沢隊長の指示だ。

「先頭機、松本少尉！」

第四小隊長の指示が、すかさず飛ぶ。

「了解。松本機、先頭に出ます！」

私は、南北にのびる滑走路を斜め右前に、P－40の先頭七機を斜め左に見て直進した。

右へ右へと滑らせながら、滑走路の上空で右旋回してやろうと考えていた。だが、果たして敵はこちらの思う通りに私を追ってくるだろうか……。ふと、小さな疑念が心をかすめた。

この疑念は的中した。敵は意外な動き方をしたのだ。

まず七機の一隊は、快速で飛ぶ三機のキ六一の後ろから襲いかかった。これは予想していた通りだ。つぎの八機のP－40は、出番待ちのようにやや距離をおいて、私たち三機の様子を見守る第二小隊に迫っていった。そして残りの八機は、いったん飛行場の西側に出る形から、右に急激な垂直旋回をし、そのまま降下姿勢に入り、地上攻撃の姿勢になった。

〈これは約束が違う！　敵の全機が、俺を追いかけてこなくては……〉

これでは、最初から逃げるだけで、戦闘ではない。三機と七機の鬼ごっこだ。ある時間は逃げられるが、別の敵の一機がまったくちがう角度から私を攻撃すれば、イチコロにやられてしまう。

〈どうなってるんだ⁉〉

しかし、この敵の意外な動きにたいする隊長の指示は、まるでこの形になるのを知っていたように、冷静なものだった。

「第四小隊逃げろ！　第二、第三小隊、当面の敵に当たれ！　第一、予備機小隊、俺につづけ！」

少しもよどみなく、まるで演習訓練さながらの指示だ。

右へ右へと回りはじめた私の耳に、

「降りるヤツラを叩く。続け！」

後続機を引っぱる隊長の声が入った。

これで戦いの全容がわかり、それぞれの役割がのみこめた。敵の動きに対するこの受けとめ方は、理にかなっている。しかし、あくまでも短期決戦が前提であり、どんなに長くても約十分間の戦闘にとめなくてはならない。敵の数は、こちらを八機も上回っているからだ。

小沢隊長が短期決戦に出たのは、敵がそろそろ引き返すと判断したからだろう。P－40の航続距離は、増槽を抱いてもせいぜい一五〇〇キロである。この日の来襲機は、爆弾なしで燃料を腹一杯にしてきたと考えても、長居はできない刻限になっている。

P－40七機に追われる、私たち第四小隊の三機が、そんなに長時間逃げきれるものではないし、八機と戦う第二、第三小隊の六機は、一定時間互角に渡り合えれば上出来である。

地上攻撃に出た八機に迫る第一、予備機小隊の六機にしても、敵の八機が一転して反撃してきたら、苦戦はまぬがれない。

一五機と二三機の対戦は、どう考えても一五機が不利である。互角か少しでも優位にたてるのは、はじめの数分だけで、長びけば長びくほど形勢は悪くなり、窮地に追いこまれる。そんなことは百も承知の小沢隊長が決断したこの形は、一撃か二撃やれば終わると考えたからに違いない。

千載一遇の好機

右垂直旋回をつづけながら、私は後方を振り向く余裕が生まれた。

すぐ後、わずか三〇メートルを追尾する二機のキ六一は、右翼を下に、それこそ絵にかいたようなバランスで飛んでいる。

その後方一五〇メートルから追いあげてくるP－40七機は、三機、四機が相前後し、クリスマスツリーのように鋭角的な傘形に開き、全機が背を見せて垂直旋回にはいる。

しかし、その旋回半径は、キ六一のほうがぐっと小さいのが、一目でわかるほど差があった。私は、逃げきれると判断した。ただし、戦闘中の第二、第三小隊と八機のP－40の中へ飛びこまなければである。

私の右約二〇〇〇メートルで、第二、第三小隊の六機と八機のP－40が入り乱れて戦っている。それがなぜか横旋回でやっている。このまま飛んでも、第四小隊の三機がその中に飛びこむ心配はない
「第四小隊、上がれ。引きつけろ！」

いきなり隊長の指示がきた。旋回半径の差を、見てとったからだろう。

「了解！　第四小隊上がります！」

指示に応えた小隊長は、つづいて、

「松本、上へ。上がって回りこめ！」

「了解！　松本上がります！」

私は応えると同時に機体の傾きを少しもどし、回りながら上昇姿勢に移る動作に入りながら、

〈回りこめだと……小隊長はやる気だナ〉

と思い、それならやってやろうと思った。

ちょうど対空陣地の真上まできた。ここを先途と猛烈に射ちあげてくる。火矢の束が、まるで私を狙っているように伸びてくる。

〈俺の速度に合わせて、敵を狙う気だナ……〉

追ってきたP－40七機が、急に互いの距離間隔を大きくした。すさまじい対空砲火にたじろいだのであろう。

二旋回目の終わりころ、私たちは追尾するP－40七機の群れを四〇〇メートル近く引きはなし、約二〇〇メートル上方に位置した。この旋回戦術は、完全にキ六一の勝ちだ。

私たちはいったん機を水平にし、間髪をいれず左に急上昇、急反転二分の一（二分の一宙返り反転降下のくずれた形）で反転攻撃をかければ、追尾のため水平飛行にも

どろうとする七機の左横を、ガツンと一撃できる形がつくれる。軸線の違う彼らからの銃撃は、まったく考えなくてよい。そして一撃して飛びぬけたら、つぎは敵機の動きを見て逃げの態勢をつくればよい。千載一遇の好機だ。

「松本、回りこみます！」

「おう！」

すかさず応じたのは、小隊長も同じ考えだからだろう。

いきなり水平飛行になり、遠心力による増速をもらった私の機は、急激な上昇姿勢にうつると同時に反転し、切れこむように左へ九〇度横転すると、左翼を下にして、降下の形でいま飛んできたコースと正反対の向きになり、追尾してきたP－40に矢のように突っこんだ。

つづく二機も同様に反転すると、五、六〇メートルの距離をおいて突っこみをかけた。

やや斜め前上方から、かすめるように抜けてゆく私の一撃を受け、先頭の一機をフォローして飛ぶ二機のうち右側の一機が、白い筋をひきながら樹林すれすれまで降下し、南に向かって逃避した。それに重なるように随伴の一機が追ってゆく。この一撃で第四小隊の当面の敵は五機になった。

敵機群の上を通りぬけたキ六一・三機が、右回りで上昇し、さて次に敵はどう出るかと、ぴたりと寄って姿勢をととのえたとき、

「一機喰った。用心しろ、もう少しの辛抱だ！」

隊長の声がした。

「第四小隊、一機撃破！　南へ離脱してゆきまァす」

「上等だ、もっと上れ！」

「了解。上がります！　あっ……隊長、また一機離脱しまァす！」

「バカヤロー。見とれるんじゃネェ、随伴機だ！」

小隊長の報告に、隊長が応じている。

さっきの被弾機に、二機の随伴がついたことになる。

このとき、戦場に残る一九機のP－40が、飛んでいるその位置から急に機首を南に振り、全速退避に移った。突然、戦いの終わりが訪れたのだ。

敵味方あわせて三八機の戦闘機が、ツルブ基地上空一〇〇〇メートルの雨の中で、激しく渡り合ったかに見えた空戦も、じつは四隊に分かれたキ六一の一五機が、自分の分担した戦闘を、一回だけやったに過ぎなかった。

「一〇三、聞け！　第二、第三小隊追撃しろ。ただし五分間だ。五分でもどれ！　第

一、第四、予備機小隊二五〇〇に上がれ。上空警戒に移る！」
隊長が行動を指示する。

追い討ちをかける第二、第三小隊に「五分でもどれ」といったのは、五分以内にもどれではなく、五分間だけ追ってもどれということである。こんな隊長の言い方に慣れるまでは、かなり戸惑ったものだ。

追ったところで、敵機は海上を這うように逃げるだろうから、一撃をかけるのはむずかしい。万が一にも敵が反転して、仕掛けてくる心配はないのだから、そのまま帰してもいいのだが、「まだ余力がありますよ」と、見せつけるのである。

つぎの来襲に対する、大切な布石なのだ。


松本機、燃料流れません！

九機のキ六一が上昇をはじめた。旋回上昇に移った私は、第一翼内タンクのウォーニングランプが赤になっているのを見て、機を水平になおし、翼内の第二タンクに切り替えた。

だが、変だ。燃料が流れない。手動ポンプをついても流量計が動かない。それではと、第三タンクに切り替えた。しかし、これもダメだ。

キ六一は、コックピット前面右側パネルの下に燃料計があり、その下にある滑油切り換え装置との間に、第一、第二、第三タンクの三個の流量計がある。その中央と右端の二つが作動しないのだ。これは燃料がタンクから流出していないことを示している。

被弾した覚えはまったくない。もしなんらかの理由で、第二、第三タンクの燃料がなくなったとすれば、機体のバランスが変わるはずだ。だがバランスに変化がないのだから、タンクには燃料があるのだ。

〈どうして流れないのだろう……〉

そうこうしているうちに、バリバリ、パンパン、クシュンなどと、ガス欠特有の音がしだした。

「松本機、燃料が流れません。残量ゼロ！　松本機、燃料が流れません。残量ゼロ！」

「了解！　すぐ降りろ。念のためだが、コックを閉めろ！」

隊長の声だ。

「了解。着陸します！」

「おう。気をつけろ！」

着陸許可を出した隊長が、燃料コックのことまで心配してくれている。私は嬉しかった。

私はすべての燃料コックを閉じ、左パネル下方の点火スイッチも切った。まだ「戦闘止め」はかかっていないが、リタイアしたのだから、ほかのことは一切かまわず、自分の着陸に専念すればよい。

もうフラフラするほど機速はおちた。

私は一二〇〇メートルの高度から、いったん機を斜めに滑らせ、急角度で滑走路北側の海をめがけて降下した。高度四〇〇メートルでくるりと一八〇度回り、機を水平にして脚を出し、フラップを下ろして滑走路をにらんだ。

あまり用心して、失速したら大変だ。滑走路に入るとき、時速一五〇キロはほしい。そこからさらに機速をおとして、接地するのだ。だから、少々速すぎると思うくらいがいいのだ。

すでにプロペラもとまり、ざーっという風を切る音だけになっている。ペラピッチは零にしたから、機体の振れは感じない。滑走路北側の樹林を越えたあたりで、高度がまだ三〇メートルある。高すぎると思うが、やり直しはきかない。機速は増すが、さらに降下姿勢をとった。

P－40に基地攻撃をされたとき、どこに隠しておいたのか、救急車が滑走路を南に向かって走っている。

〈早く走れ！　ぶつかるじゃないか——〉

そんなことを思う。

遠くの掩体壕から、消火班がポンプ車を出しているのが見える。始動車に兵隊が鈴なりになって、滑走路と平行に南に向かって走っている。着陸に失敗して事故になったら、助けてくれる用意だろう。

そんな光景をチラチラと目にしながら、いよいよ接地する形になった。

機速が少し速い。しかし、これ以上のばすと、滑走路が足りなくなってしまう。速いままでどすんと機体を落とし、惰性のゆきあしなりに機体をころがした。

ペラが回っていれば、ある地点までころがし、片ブレーキでブレーキ側のフットペダルをいっぱいに踏むと同時に、エンジンを一吹かしして急回転させれば、機体はブレーキをかけた車輪を中心にぐるっと一回転半くらい回って、その場に停止する。しかし、エンジンは停止しているから、それはできない。

注意ぶかく両ブレーキをそろりそろりと平均に踏んで、滑走速度を殺してゆく。絶えず機のバランスを保たなければならない。

接地した地点から約三〇〇メートル滑走し、機は静かに停止した。無事着陸できたのだ。

搭乗員有情

怒声に秘めた温情

この日、空戦と敵の基地攻撃で、搭乗員は全員が無事であり、被弾機が二機あったが、修理可能の損害だった。しかし、対空射撃小隊で戦死者一名、軽傷者数名が出た。

地上施設の損害は、食糧倉庫と炊事場、医務室、待機所、被服倉庫などが全半焼し、無線機の一部が破壊されたが、燃料集積所や部品置場、弾火薬庫などには被害はなく、滑走路の損傷も軽微で、今後の戦闘には支障がなかった。

しかし、食糧倉庫の焼失で、たちまち食事にこと欠くことになり、さっそく調達のトラックがラバウルに向かうことになった。トラックが帰るまでは、携帯口糧や乾パンで空腹をしのがなければならなかった。

午後八時三十分、搭乗員全員と地上要員のトップクラスが、焼け残った将校集会所兼食堂に集められた。

予備をふくむ搭乗員二二名、中隊指揮班、通信暗号班、対空射撃小隊の各長、それに将校七、八名が机をはさんで向き合うと、五〇名をこえる人数になった。この顔ぶれが、独立飛行第一〇三中隊を支える骨格なのだ。

序列が最左翼、つまり末端である私は、隊長席から一番遠い壁ぎわの席に、小さくなって座った。

「本日は御苦労!」

口を開いた隊長は、被害状況と戦死者負傷者の概況を述べたあと、いきなり中隊副官でもある先任を名指しで怒鳴りつけた。

「馬鹿者!　何を聞いてやがったんだ。あんなところで、オッパジメロと誰がいった!」

飛び上がるように先任は直立した。

今日の戦闘で先発した先任以下の四機は、北上する敵機を発見したら、状況を基地に打電しながら飛び、本隊と合流して基地上空にもどり、防空戦を展開する予定であった。

そして、基地からの知らせで、本隊一一機が敵機群の横腹を突く。それが仕かけになる手はずになっていたのだ。

しかし先任は、

「北上中の敵P－40二四機と接触、ただちに戦闘に入る。ただいま基地南方海岸西寄りの上空」

と打電し、つづいて、

「P－40一二機ツルブに向かう。われ別動の一二機と交戦中」

と打電し、空戦を展開してしまったのである。

隊長の怒声はつづく。

「大馬鹿者が！　オメェのおかげでもどるのが遅れ、基地上空はからっぽだ。結果は見ての通りさんざんだ。地上要員に何と詫びればいいんだ……」

何かいおうとする先任を手で制した隊長は、静かな声になり、

「もういい、馬鹿者が……。しかしだ、戦い方は見事であった。海上では一二機を相手にして、巧みにこれらを引きつけて翻弄し、基地上空での戦闘では、その時々の戦況を的確に判断、本官の意図を正確かつすみやかに理解し、即行動に移した。ことに地上攻撃に降下する敵機に喰いつき、その一機を撃墜したのは称賛にあたいする。なお、予備三機の飛行ぶりも一糸乱れず、勇猛果敢敵の心胆を寒からしめた。本官についた一機も同様である。以上だ」

棒立ちになっている先任に、

「腰を下ろせ」

と声をかけ、隊長は笑顔になって話しかけた。

「おい、オメェは近づきすぎて、敵さんから先に仕かけられ、止むを得なかったんだろう……。一二機だけでも喰いとめれば、基地の方も少しは楽になると考えて、よんどころなくオッパジメたんだよナ。仕方がネエ、戦さってそんなもんだ。思い通りにはイカネェ。臨機応変の処置は立派なもんだ」

状況を推察し、全員の前で先任に代わって説明し、納得させる。先任の熱い眼差しが、じっと隊長にそそがれていた。

「つぎに第二、第三小隊――。本日の空戦の最大の功労者は、第二、第三小隊の六名である。中隊全機が連携して行なう空戦の何たるかを、充分に心得て、全力をもって僚機の援護に徹した。また基地上空では、敵八機を相手に少しも譲らず、その善戦は空戦全体をこの上もなく有利にした。見事というほかはない」

全員は、しわぶき一つせず、食堂は静寂そのものである。

「つぎだ……、第四小隊！　本日の戦いぶりは、いうことなしだ。特に基地上空でのひっかけで、よく七機の敵を引っぱったのは、勇敢であり、壮絶であった。そのうえ一機撃墜、一機撃破の戦果は、その活躍に錦上花をそえるものだ。この第四小隊の活躍に対し、本官秘蔵の菊正宗二本を与える」

菊正宗二本といったところで、食堂内にざわめきがおきた。

「ただし、第四小隊松本少尉！」

〈それきた〉と私は思った。いつものことである。お叱りや文句は、すべて私にもってくるのだ。

「おう……、いたか。そんな隅っこにへばりついて！　オメェ、今日の飛び方、ありゃなんだ。悪戯（ふざ）けやがって――。

先行すればしたで、こっちが呼び出すまでは、うんもすうもネェ。追いこんでからは、お膳立てして前に出してやれば、一機ぶち墜として有頂天になり、いつまでたっても前の方を一機で飛んでやがる。何様になった気なんだ。お遊びじゃネェンだ！」

食堂の中は、ふたたび静かになった。搭乗員たちは自分が松本であったらと考えながら、隊長の言葉を噛みしめる。

もちろん、だれも私が叱られているなどとは思っていない。隊長の声は大きく、言葉は乱暴だが、目が穏やかなのだ。

隊長は言葉をつづける。

「それに、サーカスじゃあるメェし、逃げの右垂直旋回からいきなり左に出て、ひっくり返っての反撃はなんだ！　自分勝手に考えやがって、もってのほかだ。反省しろ！

それからナ、一機撃墜、一機撃破は見事だった。平素の精進のたまものだ。地上要員の期待に応えて、その頭上眼前であげたこの戦果は、どれほど地上要員の意気を高揚させたか、はかり知れない。改めて本官から礼をいう。

だが松本、己れ一人の手柄だなどと夢にも思うな。のぼせ上がりは許さん。他の一四機の結集した力が、オメェの飛び方を助けたんだ。それを忘れるナ！」

戒めるべきは戒め、ほめるべきはほめる。この小沢隊長の心遣いに、私は胸が熱くなった。飛行機の飛の字も知らないときから、文字どおり手とり足とりで鍛えてくれたのが、この小沢大尉であり、心服する小沢隊長のもとで戦えることに、私は大きな喜びを感じていたのだ。

「返事はどうした、松本！」

「はい、松本！」

「わかったのか！」

「はい、わかりました！」

「ようし、それでいい」

隊長は静かな口調になり、

「ついては第四小隊長、あの松本の反転攻撃を、とっさに可能と判断し、決断実行したのは驚嘆にあたいする。激戦中にもかかわらず、冷静沈着、しかも豪胆に実行したその勇気は、他の範となるものである。また僚機とともに自らも反転し、攻撃に移った動作はみごとであった。よくやった」

この第四小隊長への賛辞は、私にたいするものである。しかし、小隊長を表面に立て、

「松本よ、お前はあくまでも小隊長の指揮下にあるのだぞ」

と教えているのである。

このあと隊長は地上要員の戦い方に言及し、各小隊や各班、一般兵の奮闘を讃え、焼失した建物をすみやかに復旧するように言い渡し、約三十分にわたる話を終わった。

私はこのあと一年二ヵ月あまり、隊長と起居を共にしたが、関係者を集めてこのような話は二度としなかった。

それは多分、この日の戦闘で配下の隊に被害が少なく、敵に損害を与えたからであり、その後このように優位な戦闘が、皆無だったからではなかろうか。

信頼の絆

解散となり、序列や階級に関係なく、ばらばらに食堂を出た。最末端にいた私は、食堂を出るのも最後になった。一歩戸外に出ると、夜の闇のなかに隊長が立っていた。

「どうだ、ちょっと俺の宿舎に寄らんか」

「はい、寄らせて頂きます」

即座に返事をした。こんなとき、きっと何かいい話があるのだ。

いい話とは、飛行機に関する話で、体験を交えての飛び方は、得がたいものばかりだった。

狭い半地下壕の宿舎のなかで、寝台に腰かけた隊長と、椅子に座った私は向きあい、天窓をはね上げ、煙草を吸いながらの話になった。隊長の当番がサイダーを出してくれたが、ぬるくて一口飲んでコップを置いた。

「松本、今日の燃料ぎれはどうしたんだ」

何気ない口調でいった。

「いいえ、燃料ぎれではありません。第二、第三タンクともに満タンでしたが、流れなかったんです」

「ふーん……故障か？」

「わかりません。いま調べています。……それが、自分の操作ミスかも知れないのです」

「馬鹿いえ、オメェが操作ミスなんかするかヨ」

「いえ、あるいはです。なにせ、かなり上ずっていましたから」

「そうか。……まあいい。基地の上でよかったなァ。おい、日野を叱るんじゃネェぞ」

「はい」

これでこの件は落着である。

小沢隊長は、こうして宿舎で二人だけで話したことは、公式のものではなく雑談だという。だから処罰につながるような話でも、うんうんと聞き、そのうえ弁解やら言いわけも聞き、何とかならぬかと考えてくれる。こんなときは、決して頭ごなしに怒鳴りつけて、やっつけることはしない。

この日の燃料ぎれも、「基地上空でよかったナ」事故にならなかったのだから、「日野を叱るな」お前の操作ミスにしておけといっているのである。

私はほっとし、肩がすうっと軽くなった。整備ミスにさえならなければ、自分が処罰されてもいいと思っていたからである。

「おい、二〇ミリ砲の手応えはどうだ?」

話題が変わった。

「はい。どうも弾丸の出が遅いようで……、もどかしいです」

「そうか――。で、今日は初めの一機に何発射った」

「三発、三発の六発です。ですから二基で十二発射ちました」

「じゃあ、間に合ってるじゃネェか。当たったんだから」

「はい、そういうことになります」

私にこんな話をさせて、隊長は心のなかですばやく計算をしているのだ。この二〇ミリ砲の弾丸初速と発射弾数を念頭に、戦う彼我戦闘機の機速や距離間隔などを想定し、確実に命中させるにはどうすればよいかを考えるのである。だから、他人のやったことでも、貴重な参考になるのだ。

特に私は、隊長が育ててくれ、現在も一緒に飛んでいるので、私の攻撃のやり方、すなわち「癖」を自分のことのように知っているから、大いに参考になるらしいのだ。

「松本よ、基地上空でオメェたち三機が右垂直旋回で逃げたナ」

「はい」

「あれは二旋回目だったかな、いきなり急上昇で二分の一返して、左へ捻って変わったのは」

「あれッ、隊長見てたんですか⁉」

「見てるわけネェだろう。俺だって戦いくさしてるんだ。だがナ、みんなの動きはチヨクチョク見てる。あのときあの形になるには、上がって半分返して捻る以外に、手はネェ。オメェの飛び方なんて、片目つぶってもわかるよ」

「そうですか」

「あれはうまかった。タイミングがドンピシャリでないと、ああはならネェ。予定の飛び方か」

「いいえ違います」

「じゃあ、いつ考えた。説明しろ」

「はい。回りはじめてすぐ、自分たちの旋回半径が段違いに小さいと気づきました。それで回りながら、少しずつ上がったんです。そうしましたら、一旋回で一〇〇メートル以上も高度差がついたんです」

「それで……」

「小隊長からは『回りこめ』の指示が出ていました。だから、逃げ一辺倒ではなく、小隊長はやる気でいるのが、最初からわかっていました。二回り目の終わりころ、後に回りこむよりは、いい形で攻撃できる状況になったものですから、ついやったように思います」

「独断専行か」

「いいえ、そんな大ゲサなものではありません。あっと思ったら、反対を向いていました。そうなんです」

「とぼけるな、このヤロー。オメェがヨ、無我夢中なんてオカシイよ。わかりませんでしたなんて、言いわけが通るかヨ。一から十まで、何から何まできっちり覚えているのがオメェだ。空中意識抜群だけが、オメェの取柄だ。とぼけるナ。

まあいいサ、第四小隊長本人はそのへんのこと、わかっているんだろうが、俺は知らん顔するヨ。多分オメェは小隊長の指示を受けてやったんだろうヨ。食堂でもそれらしく話したつもりだ。第四小隊長がやった——それでオメェ文句はネェな」

「はい、ありません」

「よし、きまりだ。だがナ、小隊長に一つ貸したなんて思うんじゃネェぞ」

「はい、決して思いません」

やはり、「ちょっと寄れ」に応じてよかったと思った。これで整備ミスの件も落着したし、第四小隊長の面子も立った。

　隊長の話は終わった。今度は自分が聞きたいことを喋る番だ。

「隊長、お聞きしたいことがあります」

「ほう、嬉しいこと言うじゃネェか。何でもわかってますって面しやがって、オメェはニクタラシイんだよナア。そのオメェが、珍しいじゃネェか、何だ？」

「はあ、今日、基地上空での戦闘の前に、隊長は中隊を四分しました。そして、逃げ、追わせる、追う、追わせるという形に展開させるといいました。しかし、実際には、そうなりませんでした。あれは隊長の見込み違いだったのですか」

「馬鹿野郎！　そんな演習みたいなこと、考えるわけネェだろう。ありゃナア、第四小隊を前に出すのに、うしろは知らネェとはいえネェから、こうなるんだとオメェたちを騙したのサ。だから予測したのは、実際にはじまったときの形だ。対応が早かっただろう」

「いわれてみれば、そうです。……ではあのとき、第四小隊は見殺しですか」

「ヒデェことをいう。まあ追いつかれたら仕方ネェとは考えた。だがナ、追いつかれはシネェと確信していた。小隊長は必ずオメェを先頭機にすると思っていたし、もしそうしなかったら、俺が指示しようと思っていた。オメェが前を飛べば、うしろの二機は何もかんがえなくてもいい。ついてゆきさえすれば間違うことはないからナ。オメェならあの形で、三分間は逃げると考えたんだ」

「じゃあ三分過ぎたときは、どうなります。見殺しですか」

「きまってるサ、俺が四機を連れてかき回しにいったサ」

「遠過ぎて届かなかったら……」

「何だ、いやにカラムじゃネェか、この野郎。おい、オメェはナ、俺の子飼いだ。脳味噌の中の中までわかってるんだ。三機離れて遠くへゆくわけがネェ。オメェはナ、死もの狂いで俺の近くを飛んでいるサ。そんなこと、わかりきってる。……違うか、おい！」

　私は胸がぐっと熱くなり、涙があふれそうになるのを懸命にこらえた。

　隊長のいう通りなのだ。あのときは、どんなに苦しい状況になっても、必死になって隊長のまわりを飛ぼうと思っていた。そして、自分たちが窮地に陥ったなら、かならず隊長以下が救援にきてくれると思っていた。

　この胸のうちを、隊長がちゃんと読みとっていてくれたことが、無性に嬉しかった。

〈どんなときでも、この隊長の指示どおり飛べば、間違いない！〉

　私の胸の底に、隊長にたいする本当の信頼がこの時期に芽生え、以後、指示どおり飛ぶようになったのである。

終生機付整備班長を命ず

小沢隊長の宿舎を出て自分の宿舎にもどると、日野軍曹と金谷上等兵が待っていた。私の顔を見ると、日野はいきなり立ち上がり、上体を一五度折って頭を下げ、

「申しわけありませんでした」

低い声でいった。

「えっ！　何のこと？」

私は、わざと驚いたように問い返した。

「はい、第二、第三タンク不良の件です」

「ああそのこと。もう済んだ」

「済んだとは、どういうことですか」

「うん……、隊長に聞かれたから、俺がコックの開閉を間違えたと説明して済んだ」

「………」

「どうした？　それでいいだろう」

「ですが、あれは、メインコックの開け忘れです。明らかな点検ミスです」

「どうしてそうだとわかる？　現在コックはどうなっているんだ」

「はい、すべてが全閉になっています」

「じゃあわからない。格納時は全閉にするだろう。現在の状態から、飛行中しまっていたなんて、どうしてわかる」

「………」

「だから、俺の操作ミスでいいじゃないか」

「しかし、これは処罰もんです。始末書ぐらいで済むものではありません。整備班の大きな事故です。うやむやにはできません」

「日野さんらしくないな。始末書なんてなしさ。俺が譴責ということで済んだんだ。ここは軍隊だ。それでいいじゃないか。まあ最終点検者にネ、穏やかに注意してやればいいだろう」

「………」

「不服なのか？」

「いいえ……。それで許して頂いて、いいのでしょうか」

「いいともサ。気にしてないよ俺は。ぴんぴんしてるんだ。さあこれで終わりにしよう」

そう言って、私は煙草に火をつけた。金谷もほっとしたらしく、煙草を吸いはじめた。

しかし、日野軍曹はじっと唇を嚙み、下を見たままだ。豪放で強気な男だが、その反面、細かい神経の持ち主である。それだけに、燃料タンクのメインコックの開け忘れは、考えられないミスなのだろう。自分で最後の確認をしなかったことに、ものすごく責任を感じているに違いない。

燃料が流れなくなったのが、戦闘が終わった直後であり、基地上空だったので、緊急着陸ができたが、もし空戦中に起きたらと思うと、体中の血が凍るような恐怖を覚える。

日野軍曹もそのことを考え、寛大な処置を喜べない思いなのだろう。このまま「有難うございます」では済まされない気持だが、どうしてよいかもわからず、じっと下を向いて立ちつくしているに違いない。

〈納得のいく解決をしなくてはならない……〉

私は煙草を吸いながら考えつづけた。そして一つの考えが頭をよぎった。煙草を灰皿にもみ消すと立ち上がり、

「日野軍曹！」

彼を階級をつけて呼んだ。

「はい、日野！」

彼は直立不動の姿勢をとった。私が日野を階級をつけて呼んだことはない。いつもは「日野さん」である。それだけに、私がなにかを決意したことが、日野にはたちまち通じたのだろう。まっすぐに私の目を見つめ、つぎの言葉を待っている。

「機付整備班長である日野軍曹は、機体各部の最終点検責任者か」

「はい、そうであります」

「相違ないか？」

「はい、相違ありません！」

「ならば聞け！」

頬に血が上るのを意識した。金谷の目が、不安そうに私に向けられている。

「日野軍曹は、機体整備調整後の最終点検責任者であるにもかかわらず、本日、松本機の第二、第三タンクメインコックの開き忘れを発見できず、松本機の緊急着陸の原因になったことは遺憾である。いかなる理由があろうとも、許されざることだ。その行為は、己れの任務に対する誠意に欠け、怠慢の謗り（そし）をまぬがれるものではない。今後、二度とないよう、厳重に注意する。

なお、その報いとして、罰ではない報いだ。間違うな……、その報いとして、終生、松本機の機付整備班長を務めることを申しつける。いいな、約束しろ。同席の金谷上等兵が証人だ！」

「はい！」

「おい、日野軍曹。このメインコックのことは、あんたも忘れんだろうが、俺も忘れない。俺が死ぬまで、俺とあんたは面をつき合わすんだ。辛いよナ。始末書のほうがずっと楽だ。だがナ、楽はさせん。どうだ、思い知ったか！」

「有難うございます。日野、骨身にこたえました。生涯、決して忘れません！」

直立不動のまま、日野は涙をはらはらと落とした。「思い知ったか」といった私自身も、涙がこみ上げてきた。

終生、機付をやってほしいというのは、私の日頃からの願望であって、言葉では「申しつける」などといったが、本心は「お願いします」なのだ。そんな胸のうちを、日野はわかってくれるはずだ。

そしてまた、私の言いなりになって、「整備ミスなし」とし、私の譴責だけで済ましてくれた小沢隊長の気持も、日野は充分に理解し、感謝しているに違いない。

メインコックの開け忘れなどという初歩的ミスは、整備員にとってはまったく恥ずかしいことだが、このちょっとしたミスが大事故につながることを思うと、ぞっとする。

それだけに、公になった場合の処置は、決して軽いものではない。しかるべき処罰を受けたうえで、即日、機付からはずされ、整備小隊付の一下士官として「長」という位置にはつけず、遊軍のように手の足りないところへ回され、移動があれば他部隊に転属されてしまう。

こんな例は少なくないのだ。

私が自分の操作ミスとしたのは、いま日野に離れられたら、とても満足に飛べないと思っていたし、精神的にも機体に対する信頼感を失って、参ってしまうと思ったからである。小沢隊長もそれがわかっていて、操作ミスをいったとき、「そんなはずはない」といいながら、私の意見を認めてくれたのである。私ばかりではなく、日野はこの中隊にとって絶対に欠かせない存在なのである。

金谷上等兵は、終始、沈黙して私たちを見守っていたが、私が言葉をきると、そっと体を回して後向きになり、右手を顔のあたりに上げた。涙を拭くのを見られまいとしたのだろう。

マウザー二〇ミリ砲を装備

松本良男の搭乗機に、ドイツ製のマウザー二〇ミリ砲が搭載されたのは昭和十八年十一月半ば、ニューブリテン島ツルブ基地でだった。

マウザー砲というのは、陸軍がドイツから八〇〇門輸入し、昭和十八年九月から十九年七月にかけて、現地での改修機を含めて三八八機に装備した。

その現地改修機の一機が、松本の搭乗機だったのである。

松本はマウザー砲について、つぎのように書いている。

＊

マウザー砲は優秀な航空機用機関砲（陸軍では口径一三ミリ以上を砲と呼んだ）で、全長一・七七メートル、重量約四〇キロ、発射速度は一分間六三〇～七三〇発であった。

これまでの日本製の二〇ミリ砲との違いは、弾丸が瞬発信管ではなく、時限信管つきの曳火榴弾であり、弾丸の装塡と送弾は電気式で、不発弾も電気式で自動的に排出することができた。

破壊力は強烈で、B－25なら一撃、B－24でも翼のつけ根に三撃もすれば、空中分解させられるほどの威力を持っていた。

昭和十八年十一月半ばころのことである。何の前ぶれもなく突然、陸軍航空本部から派遣された一団が、ツルブ基地にやってきた。マウザー砲二門と曳火榴弾二六〇〇発を持ってきたのである。

マウザー砲を装備した三式戦闘機——18年11月半ば頃、武装強化のため、著者機にマウザー20ミリ砲が装備された。

三式戦闘機の武装改修団であった。ニューギニアに展開している六十八戦隊と七十八戦隊の改修にきたのだが、特別のはからいで、わが隊にも装備することになったという。

特別のはからいというのは口実で、両戦隊の三式戦の数が少なく、一機分あまったので持ちこんだというのが実状だろう。

当時、三式戦に最も精通していたのが日野軍曹だったので、小沢隊長の指示で私の機に取りつけることになった。

主翼前縁から砲身が突きだすのは、いままでの九九式一号銃と変わりないのだが、送弾装置その他の関係で、取りつけ箇所の翼面下部に、幅四〇センチ、高さ一五センチ、長さ一メートルほどの流線型のカバーがかぶせられた。

このため、空気抵抗が増して、上昇力が五〇〇メートルまで、今までより二十秒遅くなって五分四十秒かかり、水平速度も高度五〇〇〇メートルで時速六〇〇キロと一〇キロ遅くなった。

この年の十二月、連合軍がツルブ基地の南東マーカス岬に上陸したため、わが中隊はニューギニアのウエワクに移動した。

翌十九年三月、六十八戦隊と七十八戦隊が、ホーランジアで敵戦爆連合の空襲により潰滅状態になった。このとき、両戦隊の地上勤務員約五〇名が、残務整理などでウエワクに残っていたが、四月に入ってこの残留員が弾薬、器材、糧秣とともに、わが隊に吸収された。

この弾薬、器材のなかに、マウザー砲二門と曳火榴弾二〇〇〇発があり、小沢隊長機に装備された。これでわが隊にマウザー砲装備機が、二機になったのである。

隊長機にマウザー砲が装備されたのは、忘れもしない昭和十九年六月十五日であった。なぜ正確に記憶しているかというと、改修を終わった隊長機のコックピットに、私が手持ちのお守を下げたのだが、それが現在の北海道神宮、当時の札幌神社のお守で、隊長に、

「これは私の故郷札幌神社のお守で、今日は年に一度の本祭りの日なんです」

と、説明したのを覚えているからである。

「これで、やっとオメェと五分になったぜ」

小沢隊長は笑顔でいった。しかし、

「マウザーに関しては、お前が先輩だから……」

といって、弾道はどうだ、どのくらい先でお辞儀をするか、連発したとき翼に感じる反動はどうだ、不発弾自動処理にどのくらいの時間がかかるかなど、砲の癖をしつこいほどに聞かれた。

さすが傑出した戦闘機乗りは違うものだと感心し、逆に教えられるところが多かった。

発射速度はマウザー砲が一分間に六三〇～七三〇発で、九九式一号銃の四八〇発をはるか上回ることを知ると、

「これは凄い！　アメリカさんとも五分だ」

真面目な顔でいった。

＊

松本の手記によれば、小沢機にマウザー砲が装備されたのは、昭和十九年六月十五

日であるから、小沢中隊がニューギニアのウエワク基地に移動して七ヵ月近く経過している。

では、ウエワク基地での手記に移らなければならない。

第四章　人の子なるが故に

闘志のみなもと

生死紙一重なれば

松本良男が陸軍独立飛行一〇三中隊の一員として、ニューブリテン島ツルブ基地で第一線の戦闘に参加したのが、昭和十八年二月中旬であった。編者がラバウルの海軍第一五一航空隊に着任する八ヵ月あまり前のことである。

編者がラバウルに着いた十八年十月当時、ラバウルには慰安所があり、いわゆる戦場慰安婦が多数いたことは、まぎれもない事実である。

ラバウルから航空兵力がトラック島に移動した昭和十九年二月、彼女たちは病院船氷川丸（現在、横浜港に観光用として係留されている）でラバウルを去った。敵の上陸する危険のあるラバウルから、後方の安全な場所へ移動させられたのだろう。

搭乗員が戦いの空に飛びたてば、生と死の紙一重の狭間で、身も心も磨りへらす極度の緊張のなかに、身を置かなくてはならない。

編者が一五一空に着任した当時、飛行隊長で偵察員の時枝（重良）大尉という人がいた。ガダルカナルやポートモレスビー、さらに遠く濠州本土のポートダーウィンの写真偵察に幾度も成功し、連合艦隊司令長官から感状を与えられたほどの名偵察員だった。

写真偵察機は、機銃をすべて取りはずして重量を軽くしていた。身をまもる唯一の手段は、全速で逃げることであり、少しでも速度を増すために、戦う武器を取り去り、垂直撮影用の固定カメラを積み、敵の飛行場や港湾泊地などの真上を飛び、写真を撮る。あとは全速で退避するだけである。

時枝大尉は偵察飛行を終えた夜、きまって若い士官搭乗員を誘い、慰安所に出かけた。歌舞伎役者を思わせる顔立ちで、さっぱりした豪放な気性だったので、女達にもてた。

酒を飲み、適当に酔うと、インチ（インチメイトの略で、馴染みの女を意味する海軍士官の隠語）と一緒に消えていった。一夜を慰安所で過ごすと、翌朝は早々に帰隊し、飛行隊長としての任務についていた。

時枝大尉の誘いで、慰安所の味を知った者も少なくないが、なかには誘いをかたくなに断わり、その時刻になると、士官室から姿を消すものもいた。芹沢中尉という若い海兵出の搭乗員は、マラリアで寝ている私のベッドのかげに隠れ、

「時さんが探しにきたら、散歩に出たといってくれ」

と頼むのだった。芹沢中尉は、着任後一ヵ月もしないうちに、未帰還になった。

搭乗員のだれもが、時枝大尉と同じであったとはいわないし、芹沢中尉のような搭乗員もいたのだが、つねに単機で行動した偵察隊の搭乗員と、松本良男のような戦闘機の搭乗員との間に、共通した心情があるように思えてならない。

それは死との対峙によるギリギリの孤独感であり、生きて帰ったときに抱く人恋しい想いであったと、編者は推測するのである。

茜燃え今し暮れゆく夕空に
　生き永らえし命いとしむ

ラバウルにいた若い搭乗員の詠んだ歌だが、時枝大尉や松本良男の心の一端を、こ

の歌からうかがい知ることができるのではないだろうか。

支えてくれた八人の一人

松本良男が、旧友の宮本郷三や編者に書き送ってきた手紙や手記のなかに、慰安婦に関するものが多く見られる。ことに由紀子という名の女性については、かなりの紙数を費やしており、原稿用紙になおせば四百字づめで二百枚は超えると思われる。

松本には由紀子のことを書きのこさずにはいられない理由があるのだ。

「私を支えつづけてくれた八人の人がいる。日野を班長とする六人の機付整備員、当番兵の金谷上等兵、そしてもう一人が由紀子である」

と、繰り返し書いている。

慰安婦由紀子とはどんな女性であり、松本とどのような関わりをもったのか。

——松本良男が、由紀子を知ったのは、彼の部隊がハルピンへ移動した頃である。昭和十六年十二月から翌年の一月にかけてのことである。

休日に外出し、ハルピンの陸軍慰安所に遊びにいったとき、彼女と出合った。

「——どこにでもある軍人と慰安婦の関係で、特別な感情はなかった。しかし、由紀子は気性がさっぱりしており、ネチネチしたところがなく、まだ一等兵だった私を軽く見たり馬鹿にしたりせず、なにかと親切で思いやりがあった。そんな彼女が好ましく、外出のたびに訪ねるようになり、親しくなった。だが、昭和十七年二月なかば、明野の飛行学校で飛行訓練を受けるためハルピンを去り、彼女とはそれきりになってしまった――」

松本はこのように書いている。彼は明野から由紀子に一度ハガキを出しているが、その後、文通もせず、ほとんど彼女のことは忘れていた。

だが、戦場にきて、故郷のことや両親のことなどを思い浮かべるとき、ふっと彼女を思い出すことがあった。

「――やはり、かなり強く心に残っていたからであろう――」

このようにも書いている。そして、予期しない彼女との再会について、

「彼女と再会したのは、昭和十九年一月だった。当時、戦隊本部があったウエワクに飛来した私は、この地で三日間を過ごした――」

と記している。

松本良男の軍歴（戦歴）を見ると、昭和十八年十二月に、彼の飛行中隊はウエワクに移動している。というのは、それまで基地にしていたニューブリテン島ツルブの南東マーカス岬に、連合軍が十二月十五日に上陸し、陸軍部隊が敗走したため、ツルブ

基地の維持が不可能になり、ウエワクへ転進したのである。

したがって、松本が書いているように、〝十九年一月にウエワクに飛来し、三日間を過ごした〟というのは、戦歴に符合しない。おそらく昭和十八年十一月から十二月の間のことであったと思われる。

松本にこのことを質したところ、不確かな記憶をもとに書いたので、おそらく編者の推測どおりであろうという返事だった。

とにかく、松本は満州のハルピンで知り合った彼女と、南半球の赤道に近いウエワクで、思いもかけぬ再会をした。

前線から飛来した松本を慰労するという名目で、戦隊本部の若い将校たちが、酒席をもうけた将校クラブで、松本は顔を合わせたのであった。

「将校クラブとは聞こえがいいが、何のことはない売春宿である。ただ建物が日本内地の料亭風の造りで、飲食や宴会ができるのが、慰安所とは違うところで、芸者と称する女を大勢かかえ、将校を相手に女を抱かせる娼家なのである」

松本はこのように説明している。

松本の中隊は、昭和十八年の六月末に、一時ウエワク基地に移動した。七月にふたたびツルブ基地にもどり、十二月までツルブにとどまっていた。そして、敵のマーカス岬上陸によりツルブを放棄し、ウエワクに転進する。

この七月から十二月の間に、七月上旬のレンドバ島攻撃、七月中旬のサラモア、ベナベナ攻撃、下旬のマダン、ファブア攻撃、八月のグンビ攻撃、九月上旬のナザブ攻撃、下旬のフィンシュハーフェン攻撃と、敵拠点への攻撃作戦に松本は飛びつづける。

攻撃のための出撃ばかりではなく、基地上空の警戒飛行、迎撃のための出撃をはじめ、食糧投下の友軍機の直掩や、船団護衛の任務にもついている。天候不良で飛行が不可能なときと夜間以外は、飛びつづける日日であった。

思いもかけぬ再会をした松本は、中隊がウエワクに移動してからは、暇ができると彼女のところへ入りびたっていた。

彼女と再会したとき、

「よくもこんな南の島まで来たものだという驚きとは別に、こんなときにこんな所で会えるということは、どういうことなのだ。日本軍の占領地は、ウエワクだけではない。このニューギニアだけでも、慰安所のある後方基地は、数えきれぬほどある。

フィリピンにも、セレベスにも、スマトラ、ボルネオ、仏印、タイ、マレー半島にも、慰安所は点在している。彼女が、数多い慰安所のどこへやって来てもおかしくない。シンガポールの慰安所にいたら、私と再会する機会などはない。選りに選って、ウエワクの慰安所にやって来たから、私と会えたのである。

この偶然、それも、まったく確率の低い偶然の再会は、なにを意味するのだろう。異国の辺境にまで流れてきた、一人の娼婦なんだときめつける気には、とてもなれない。それどころか、彼女はとても大切な女性に思えてくるのであった」

松本がこのように感じたと書き、彼女も同じような思いだったらしく、いわゆる男と女の仲を二人は超越したという。

「私が彼女のもとへ行くのは、戦闘でずたずたになった神経を休める、憩いの場として行くのであった。だから私にとって由紀子は、母親であり、姉であり、恋人であり、友人であった。

彼女には、いつでもどんなときでも、遠慮なく物が言えた。なんでも頼めたし、なんの警戒も必要なかった。母から届いた手紙を、基地のなかで読むときは、平然と構えている私だったが、由紀子の許へ持ちこんで読むときは、誰はばかることなくポロポロ涙を流した。何もいわず、黙って泣くだけ泣かしてくれるのも彼女だった」

このような松本良男の告白は、非情な戦いを忘れ、軍人の衣裳をぬぎすて、裸の人間として過ごせる時間と場所を、彼女の部屋に見出し、彼女自身慰安婦という立場を忘れ、一人の女性として松本良男に接していた様子が、伝わってくるのである。

明日しれぬ身

その彼女が、ウエワクの街なかに松本と二人だけの家を持とうと言いだした。

昭和十九年六月半ばごろのある日、松本はめずらしく休暇をもらえたので、機付整備員の日野と一緒に街へ出た。

日野は街に艶子という女と部屋を借りていたので、松本と別れて艶子のところへゆき、松本は料亭の由紀子の部屋へ足を運んだのである。

彼女が家を持とうと言いだしたときのことを、松本はつぎのように書いている。

＊

――彼女はしばらく口を噤(つぐ)んでいたが、思い切ったように喋りだした。

「あのネ、松ちゃん。一生なんていわないから、ここにいる間だけでも、日野さんみたいに、私と一緒に暮らさない？　私は借金もないし、その気なら、今日からでもそれができるの。どう、そんな気なァい」

一息にいった。

「それはできない。駄目だよ」

私は狼狽し、おうむ返しに答えた。

「どうしてヨ、どうしてなの?」

「とにかく、それは駄目だ!」

彼女は、駄目な理由をはっきり聞かせろと、気色ばんで迫ってきた。

彼女のいうような言を、心の片隅で望んだこともあった私は、突然いいだされて返答に困った。

「それは駄目だ」

と言ったその瞬間でさえ、そうしようかという気持が動いていた。そうしたからといって、だれも咎めはしない。

そう思う半面、そんなことになったら、俺はこの女にしがみついて、泣きたいほど恐ろしい戦闘から、なにかと理由をつけて逃げだす算段をするに違いない。いまのままが限度だと思った。

私はそんな気持をさとられまいと、勝手な理屈をしゃべった。

「俺はネ、一人の男だ。だから、当然、女が好きになる。由紀ちゃんが好きなのは本当だ。でも俺は、一人の軍人でもある。そして現在は、その軍人が主体の俺だ。何事も自分が軍人であることを念頭に置かなくてはならない。軍人としては、その……、一緒に暮らすということはできないんだよ。駄目なんだ」

「じゃあなによ！　日野さんだって軍人でしょう。あれはどうなのよ？」

「そうだネ、日野さんも軍人だ。でも日野さんは、地上勤務者だ。生きて帰れる望みは、俺よりもある。艶子さんと仲よく帰れるかもしれないんだ。だから、今のやり方を許してやってもいいと、俺は思う。

しかし、飛行機乗りの俺は、必ず死ぬ。それが、今日か明日かわからない。そんな俺が、人並みの考えを持っちゃあいけないんだヨ。悲しいことだけどネ。

俺は由紀ちゃんとサヨナラと別れるときは、いつもこれが今生の別れだと、胸の中で思っている。そんな俺は、人並みの考え方をしてはいけない軍人なんだ。だから駄目なんだ。わかってくれよ」

「うん……」

彼女は気のない返事をした。

「わかったんだな」

「うん。わかったようで、わかんないワ」

どうしてわかってくれないんだというと、彼女は声を荒げて突っかかってきた。

「理屈じゃあないの！　女は理屈じゃないの……。松ちゃんは飛行機乗りだから、何でも理屈で片づけてしまうけど、人の心なんて、そんなもんじゃないワ。まして女は、理詰めでは納得できないの」

彼女の剣幕に、私は黙って見つめるばかりだった。

「そうでしょう。自分の心だから、自分で押さえられるって、いいたいんでしょうけれど、自分の心を自分でどうしようもない時だってあるのヨ」

それにも私は無言でいた。

「何さ、都合が悪くなると返事しないんだから。いつもそうでしょ。バカ！　ケチ！　女がネ、心を騒がせているときは、それをそっと包みこんでくれるのが男でしょ、何よ、知らん顔して」

ポンポンいう彼女の頬は上気している。

「怒るなよ。なんて返事していいかわからないんだ。由紀ちゃんのことになると、俺はオロオロしちゃってさ。あんまり苛(いじ)めるなよ」

未練残さず

しどろもどろの私に、彼女はこれから日野さんのところへいって、じぶんの考えを聞いてもらうといい、私を引っぱるようにして外へ出た。

日野が借りているのは、華僑の離れで、狭いけれども二間続きの独立した石造りの家だった。

上半身裸で、アンペラの上に横になっていた日野は起き上がると、

「どうした……」

と彼女に声をかけた。

横座りになった彼女は、私と言い争ってここにきた経緯を、一部始終語った。そして、

「ねえ日野さん、私にわかるように、この人の気持を話してヨ」

と真剣な目つきで訴えた。

日野は、由紀子の話を、うなずきながら聞いていたが、

「そりゃ駄目だよ。この人はうんというわけがない」

そう前置きしてから、ゆっくりと喋りはじめた。

「俺はネ、生え抜きの地上勤務者だから、でたらめばかりしている。でもこの人は違う。一見、身勝手で、でたらめそうに思えるけど、そうじゃない。一日一日をきちんと生きている。君と一緒に暮らすのが、でたらめだというんじゃないヨ。それがこの人の負担になるということなんだ。

こんな戦場で、軍人として一日一日をきちんと大切に生きるというのは、とても難

しいんだ。それをこの人はやっている。自分の周囲から余分なものを、一つ一つ取り除いて整理なんていうのかなあ……。俺にはそんな風に見えるんだ……」
していうるとでもいうのかな。俺にはそんな風に見えるんだ……」

「この人は出撃のたびに、ちゃんと死ぬことを考えている。さよならとか、遺言めいたことは一切いわないけれど、俺にはそれがわかるんだ。いやなに……目を見ればわかるんだ。とても悲しそうな目をするんだ。迎撃戦でなくても、警戒飛行にでるときでも、そんな目をしてるんだ。

あんまり気になるんで、あるとき訊いたんだ。どうしてそんな目をするんだとネ。この人はネ、『もしそんな目をするとしたら、山ほど未練があるからさ』って笑うんだ。

この世の中に数え切れない未練があるんだという。そして、その未練を一つでも少なくしたい、楽になりたい、あまり未練を残さずに死にたいと、真面目な顔でいうんだ。だからネェ、この人はいま以上、未練の残ることをするわけがない――」

彼女は一言も口をはさまず、日野の言葉に耳を傾けている。

「君は、俺がこの人のことを何も知らないっていったことがあるが、君だって、何もかも全部この人を知っているわけじゃないよ。ほんの少しだけ教えてやろうか――。

この人は出撃前の食事は、半分しか食べない。たくさん食べると、腹に被弾したとき、苦しむからだという。

被弾ってわかるかい。弾丸(たま)が当たることだ。飛ぶまえに、弾丸が当たったときのことを考えてるんだ。そして、その時は苦しみたくないと、強がりをいわずに人間の弱さを、ちゃんと見せるんだ。

それとネ、気圧の低い上空に上がるのに、食べ過ぎは健康によくないっていうんだ。飛ぶ前に死ぬことを考えてる男が、その時の健康を気にするなんて、おかしいよネ。

でも、この人らしいと思うんだ。こんな酷い戦争をしながら、ちっとも自棄になったり、乱暴になったりしない。そして、命のやりとりをしている切羽つまった毎日なのに、読みたい本があるといって、本の名を口にし、少年のように目を輝かすんだ。不思議な人だよ。名誉とか栄光なんてものは無縁で、自分の誇りにだけ命がけなんだ

——」

「俺もネ、一度だけ訊いてみた。ハルピンで知りあった君と、思いもかけずこんな南の戦場で、偶然、再会した。気心もわかっているし、君も満更でもないらしい。どこかに家でも借りて一緒に暮らしたらどうかとね。なんと返事したと思う……？

『そんな楽しそうな、ほっと心が和むようなことをいってくれるな。そんなことをし

てみたいと思ったことが、ないワケではない。でも、それは駄目だ。今日か明日かわからない命の自分に、これ以上、心の重荷を背負って苛立たせたくない。男と女が一緒に暮らすということは、平和なことなんだ。今の俺に平和なんかないじゃないか』っていうんだヨ。

俺はね、そんなに思いつめるな、今日か明日かわからない命だなんて、とんでもない。あんたは滅多なことで死ぬようなタマではないって、変な励ましみたいな、お座なりをいったんだが、この人は笑いながら、『これは戦争だよ。いま生きていることが間違いなんだ』っていいやがる。

駄目だよネ、松っあんは……。やっぱり駄目だよ。これ以上、背負いこんだら、この人潰れてしまうよネェ……」

「君には悪いし失礼だけれど、いまのままならあんたに余り責任を感じないですむだろう。そっとしておいてやりたいんだよ。

毎日、毎日ネ、酷い戦いをしている。警戒飛行と迎撃戦の二役で、一日に二度も三度も飛ぶんだ。でも、文句も愚痴も言わない。

満州以来の戦闘員はつぎつぎと喰われて、とうとうこの人一人になってしまった。そんな中で、もう一年以上も戦(いく)さをしている。これはもう化物だよ。でもネェ。その化物も、そんなに先は長くない。もう限界だ。それが俺にはわかるんだ。

戦闘して帰ってくるだろう。この頃は、この人の弾丸の残りが多いんだ。撃たれてばかりで、撃つチャンスが少ないんだろうナア。何もいわなくても、それが俺にはよくわかるんだ――」

「この人は愚痴をいわない。なぜかというとネ。空戦をするのはこの人で、地上勤務の俺たちや、民間人の、しかも女の君には何の関係もないんだそうだ。水臭いといいたくなるが、無関係だっていわれると、なるほどそうだなあと思う。その無関係の者に、愚痴ったり同意を求めたり、同情してもらったりはしないというんだ。

でもネ、飛行機の整備や修理については、冷酷で厳しいんだ。こんなに仲がよくて兄弟みたいにしている俺とも、絶対に妥協しない。どんなに損傷がひどくても、きちんと飛べるようにしろという。待ったなしなんだ。無理だろうとか、大変だろうとか決していわない。修理整備できないのなら、潰してしまえ、しかし可能なら完全にやれという。

傍からなにをいっても、通じないところがあるんだよ……。長くない戦闘機乗りなんだ。思い通り、好き勝手にさせてやろうよ、ネ！」

日野はこれだけいうと、悪いけど俺は寝る、なんだか悲しくなってきたと、隣室に入ってしまった。

彼女も、私も、艶子も、黙って日野のいうことを聞いた。彼女は、自分が聞いて納得しないことを、日野がいってくれたのかどうかもわからない様子だった。

ただ、私という一人の男が、誰の手にも届かないところにおり、突然ぱっとこの世から消え去るのは、時間の問題なのだと、おぼろげながらわかったような顔つきだった。

*

松本と一緒に住もうといいだしたときの彼女との話は、ここで終わっている。

考えてみると、戦記類のなかに描かれていた戦闘機乗りの姿は、闘魂溢れ、勇猛果敢で、空戦技術抜群のパイロットではなかっただろうか。喜怒哀楽の感情をもち、血の通っている生身の人間とはちがったような気がするのだ。

また慰安婦についても、悲劇的な側面だけが強調されて伝えられ、人間的な心情が語られる場合も、虐げられた心情に焦点がしぼられてきたように思えてならない。

遠い異国の戦場に、数多くの慰安婦がいたことは事実であり、彼女たちの多くが非人間的な境遇にあったことも事実に違いないが、それだけが彼女たちのすべてであったと、だれが断定できるのだろう。

戦って生きてゆくこと、戦って生き残ってゆくことの難しい条件のなかで、人間が抱く心の内側を、松本の手記のなかに見ないわけにはいかない。

　そして、松本が苛酷な戦いをつづけていったエネルギーの源泉として、彼女の存在は否定できない。

戦う男の素顔

ある予感

　本書をまとめるための整理作業をしている最中に、松本良男から分厚い封書が届いた。手記である。

　手記に同封された手紙に、松本はつぎのように書いている。

「――昭和五十五年の大阪での戦友会のあと、日野と金谷哲夫と三人で修善寺温泉に泊まったとき、昔話に花が咲いた。そして、雨の中を、日野が私の宿舎に饅頭(まんじゅう)を持ってきたことに話が及んだとき、当時二人が考え思っていた私に対する人物評を、本人の私を前にしながら、第三者的存在として語ってくれました。

　饅頭の話が出るまでは断片的だったのですが、これが二人に共通の話題になって話がはずみ、金谷は由紀子から聞いた話もつけくわえ、日野は小沢隊長と語り合ったことなどもまじえて喋ってくれました。

そんなことから、この夜の話が妙に心に残り、またその頃の自分の姿を思い出したりして、帰宅後すぐ忘れないうちに書きとめたのがこの手記です――」

手記は第三者が綴ったような、客観的な記述になっているが、当時、ウエワクが孤立してゆくなかでの松本の姿が如実に語られているように思われるので、つぎに紹介しておきたい。

*

――昭和十八年十月に第七飛行師団がウエワクから撤退したのにつづいて、昭和十九年の三月末、残っていた第六飛行師団と第四航空軍が、ウエワクからホーランジアに退いた。

置きざりにされたのは、独立飛行一〇三中隊と、西飛行場の一隅に一式戦の独立中隊が一コ中隊だけで、総数合わせて三十余機の戦闘機が、この空域でいつまで続くかわからない防空戦をやることになったのである。ハンサには少数の一式戦が残存していたが、頼りにはならない。

しかし、ウエワクの街は賑やかであった。東ニューギニアの玄関口であるだけに、地上部隊の各兵科が、かなり駐屯していたし、軍需廠や兵器廠、修理廠などの施設が、依然として存在していた。

だから、第四航空軍がいなくなっても、街の賑わいがなくなることはない。ただ、夜な夜な大騒ぎをしている将校クラブには、これまでとは違い、航空胸章をつけた将校の姿はほとんど見当たらず、航空隊がいなくなったことを、はっきりと物語っていた。

19年2月、B25の爆撃下のウエワク西方ダグア飛行場。3月には四航軍もウエワクを撤退、陸軍航空の敗退が始まった。

海軍に代わり、南東空域を制圧する目的で進出してきた陸軍航空隊が、ウエワクに一大航空基地を設置して、わずか一年足らずで退却しはじめたのである。これは、事実上の負け戦さの第一歩であった。

この時期を境にし、第四航空軍はさらにメナドへ後退し、四ヵ月後には第六飛行師団は潰滅してしまう。先年、アンボンへ後退した第七飛行師団が、辛うじて命脈を保っていたに過ぎなかった。

こんな情勢のなかで、ウエワクの防空任務につくことに決まった松本は、「俺の命も、もう長くはない」とはっきり予感するのだった。

湧き上がる恐怖

昨日から降り出した雨は、夕刻になってもやまず、飛行中止が二日間もつづいた。この日の午後、遠くに爆音が聞こえたが、機影は発見できなかった。米軍の偵察機だろうということだけで、出撃準備もしなかった。もっともこの大降りでは、視界は極めて悪く、たとえ出撃しても敵機の発見は困難なのだから、何もせず手をこまねいていたのは当然であった。

終日ごろごろしていたのであまり食欲がなく、どしゃ降りのなかを合羽(カッパ)をかぶって食堂にゆくものも大儀だったので、当番の金谷上等兵に、「夕食はいらぬ」と告げてあった。

その金谷が、飯盒を二つ合羽の下にぶらさげ、びしょ濡れになって宿舎に入ってきた。

「別鍋(べつなべ)なんですが、食べませんか」

頬につたわる雫をふこうともせず、笑顔でいう。

「あまり腹はへっていないが、別鍋とは何だネ」

　金谷は黙って飯盒の蓋をとった。ぷーんと醤油の香ばしい匂いがした。ほかほかと湯気のたつ炊き込みご飯であった。

「ほう！　いい匂いだ。何の炊き込みだ」

「貝です。近くの海で獲れるんです。名前は知りませんが、案外うまいんです。それに醤油は本物です。食べましょう」

「そうか。ご馳走になろう。どこで作ったんだ」

「はい、整備班特製です。別鍋はときどきやっています」

　松本は、日野が持たせてよこしたのだと思い、その心遣いが嬉しかった。

　それはともかく、雨がつづき出撃がないと、

「今日も雨か……。飛べぬとは残念だな。しかし、お天道様が相手じゃ、どうもならん。まあ敵さんを、少し長生きさせてやろう」

　などと豪語しているのもいるが、決して本心ではない。現在自分の命が、戦場にさらされないことに、大きな安心を覚えているのだ。

　松本はその安心感とは別に、何かに追いかけられているような、不安や恐怖が胸のなかにひろがるのを、どうすることもできなかった。

暇があるというのは、心や体の休養になるのは確かだが、それと同時に、考える時間もたっぷりあるわけだ。人間にとって考えることは大切には違いないが、時間があると考え過ぎになるのも否定できない。

降る雨の音を聞きながら、この二日間、松本は今までの空戦を順に追って思い出していた。そのときどきの戦闘場面を、克明に頭のなかに描く。空の色から雲の流れ具合まで、はっきりと浮かび上がってくる。いま、こうして生きているのだから、別段怖がることはないはずなのに、一つ一つの空戦に、頬がこわばるほどの恐怖感が湧き上がってくるのだ。

〈あのとき、あの形で一瞬早く射たれていたら、確実に墜とされていた……〉

〈あのとき、どうしてもう少し小さく回らなかったのか……。あの隙を突かれたら、完全にやられていた。あの回りが大き過ぎたため、最後まで追いまくられてしまったのだ〉

思い出すのは、そんな悪い形のことばかりだった。

〈でも俺は生きている。あの時は、あれでよかったんだ〉

無理に自分を納得させ、恐ろしさを打ち消そうとする。すると今度は、先のことを考えはじめる。

〈ようし、二度とあんな飛び方はしないぞ。もう少し楽に飛んでやる……〉

思いはやはり空戦のことになってしまう。

雨がやんだら、飛ばなければならない。どんな空戦が待っているのだろう……。決してたやすい、気軽に戦える戦闘などはない。夢中で、必死になって戦わなければならないだろう。

現実にあったのとは違う「未知の恐怖」である。

——もしエンジンが不調になったら……。

——もし三舵のバランスが崩れたら……。

——もし弾丸が出なかったら……。

——もしたった一機になり、取り残されたら……。

そんな「もしや！」が、つぎからつぎへと浮かんできて、大声で叫びたいような、泣き出したいような不安と、強迫観念につつまれてしまう。

松本は疲れているのだ。

あまりにも繊細

搭乗員としての松本を、一番よく知っていたのは小沢隊長だった。自分の手もとで育ったこの搭乗員の長所も短所も、小沢隊長は把握していた。

しかし、それは、三式戦を操って飛んでいるときの松本であり、飛行機をおりてからの松本については、整備の日野軍曹と、当番兵の金谷上等兵が、小沢隊長よりも知っていた。

基地のなかで、松本の一番身近にいるのは金谷である。金谷は、松本が出撃のとき、一人の男からしだいに飛行機乗りに変身し、一人の戦闘員になりきるまでを、何度もその目で見てきた。だから金谷は、平素の松本のことをよく知っていたし、とりわけ彼の「弱さの部分」を知っていた。

さらに、たびたび連絡に行く将校クラブで、由紀子から金谷の知らない松本の姿を聞いていた。彼女は基地を離れて一人になったときの松本は、泣き虫だという。松本は彼女の部屋で故郷からの便りを読むとき、いつもぽろぽろと涙を流し、ついには両手で顔をおおい、声を出すまいと堪えているという。

基地の半地下壕の宿舎や食堂で、その便りを読んでいるときの松本は、平然としており、無表情であった。

また松本は、彼女の部屋でじっと身動きもせずに泣いていることがあったという。それは誰かが戦死したときで、しょんぼりとして傍目にも痛々しい姿だという。

軍人らしくない松本が、基地のなかでは泣きたいときにも泣かず、感情を押し殺し、虚勢を張って過ごしている。

「軍隊とは、そんな偽善者の集まりなのであろうか……」

と、金谷は寒々とした気持になるのだった。

日野は誰よりも多く松本と話をしてきた。話は公私にわたっていた。それだけに、松本の心のうちがよく解ったし、パイロットとしての松本を、日野なりに分析していた。

帝国陸軍がいう「鍛えぬかれた軍人」とは、勇敢で困苦欠乏に耐え、いかなる状況下でも、つねに冷静沈着、つねに敢闘精神を失わぬ「戦う男」でなければならない。だが松本は、およそそのような軍人とは程遠い男だと、日野は思っていた。

松本にいわせると、「戦闘は辛抱することだ」という。空戦は我慢に我慢をかさね、いい形になるのを待つ。その辛抱ができない者は、必ず敗ける。多勢に無勢、衆寡敵せずという状況のときは、いちはやく逃げるのだという。

彼は対戦闘機戦について、次のようにいっている。

「一対一ならば、パイロットの技量で勝敗が決まる。一対二であれば、一が敗れる。ただし一のパイロットの技量が、二のそれよりも上のときは逃げることができる。一対三では問題なく一が敗れる。だから一対三のときは、戦闘に入るべきではない。たまたま相手の間違いで一が優位にたてることがあっても、それはフロックで、それを望むことは無謀というべきだ」

松本は、勝ち目のないときは戦わず、逃避すべきだというのである。

松本には戦うことに対するふてぶてしさがない。線が細いのだ。もちろん普通の者にくらべれば、強い神経は持っているが、人並みはずれて図太い神経の持ち主ではない。

よくも今日まで、この激戦に耐えてこれたものだ。いつかどこかで、自分を支えきれなくなって、潰れてしまいそうに思えてならない。

この男が出撃して空戦をするということは、限界ぎりぎりのところでやっているのであって、耐えきれなくなって自分を投げ出してしまうときが、必ず来ると思われる。それも近い将来ではないだろうか。

冷静かつ記憶力抜群

日野は松本をこのように見ていたが、彼が今日まで耐えてこれたのは、彼の冷静さによるものだとも思っていた。

この男はどんなときでも、物ごとを順を追って理詰めで計算し、考えようとする。戦いのなかで、冷静さを保っているから「計算」できるのだ。

このことは、空戦のときの彼の飛び方によく現われている。たとえば、彼は時速八〇〇キロを超える高速で、平然と急降下をやる。これはあるとき突然やったのではなく、機会があるごとに、時速六〇〇キロ、六五〇キロと徐々に速度を増して急降下を試み、この時速までは大丈夫という確信をえているから、やれるのである。

空戦で、はっとするような彼の動きも、過去の体験や実験の裏づけによるもので、彼自身は少しも危険を感じていない。

彼の乗機のコックピットに入ると、前面や側面のパネルに、ところ狭しとチョークで数字が書きつけられている。まるで悪戯書きのような数字である。初めて見る者はもちろんのこと、日野が見ても、一つ一つ説明を聞かなければ、何を意味する数字なのかわからない。

これらの数字は、松本が飛行中に気づいたり、わかったことのメモなのである。残燃料と飛行距離の関係や、目標（敵機）との距離による二〇ミリ砲発射弾の着弾数、エンジン変調の回転限界、その他彼にとっては非常に大切な数字なのである。

なぜ、チョークで書くかというと、これはあくまで自分だけの数字であって、まったく正確だとはいえない。変更することがあるだろうから、消せるチョークで書く。消せるということは、間違って消えてしまう危険性もある。そのために覚えておこうという気持になる。ペンキなどで書けば、いつでもその数字がそこにあって、見ればわかるのだと考えて、覚えようとしなくなる。だからチョークで書くのだ、と彼はいう。

このように松本という男は、飛ぶことについて異常なまでに神経を使っているのだ。松本が戦闘中に冷静であることを物語るものに、彼の記憶の確かさを挙げることができる。彼は戦闘の流れを、逐一、正確に覚えている。いまやってきた戦闘についてだけではなく、過去の空戦についても、じつに正確に記憶している。

面白いことに、彼が戦闘状況を語るとき、だれの機がどうしたとパイロットの名をいわず、何番機がどうしたという。これは過去の戦闘の記憶を、混乱させないためだという。戦闘の流れを味方の隊形と各機の動きによって、記憶にとどめようとしているのである。

それぞれの空戦で発射した二〇ミリ砲の弾数も、ちゃんと覚えている。

戦闘が終わったとき、自分の位置、つまり基地からどの方位の何キロの地点にいるかを、いつも正確に判断している。これは地上を歩くのと同じで、別に難しいことではないと、事もなげにいう。

日野は、松本がこれらのことを頭のなかで処理できなくなったとき、つまり松本が冷静さを失ったとき、砂の城が崩れるように簡単に墜とされるに違いないと思っていた。敵に敗れるまえに、自分自身がどうにもできなくなって、敵の銃弾を浴びて墜ちるだろうと思うのであった。

小沢隊長が日野に、

「敵のパイロットで、松本と同じ考え方をし、同じ飛び方をする者が現われたら、彼は戸惑いのなかで、なす術もなく墜とされるだろう」

といった言葉を、忘れることができなかった。戦闘機の搭乗員としての松本を、小沢隊長は知り尽くしていたのだ。

燃料と弾丸を半分に
日野は、松本が戦闘のことを忘れようとしているのを、よく知っていた。この二日続きの雨で、考える時間があり過ぎて、松本が戦闘のことを思いだし、心を痛めているのであろうことを、よくわかっていた。
だから、炊き込みご飯は、ひとときでも厭なことを忘れさせてやりたいと思って、金谷に届けさせたのであった。二つの飯盒は、金谷と二人で楽しく食べるようにという日野の心遣いだった。

名前のわからない貝の炊き込みご飯は、意外にうまかった。それに味つけの醤油の加減はほどほどで、いま戦場にいることを忘れ、心が和むのだった。

「うまいじゃないか。だれが味をつけたんだ」

「さあ、誰でしょう……。案外、日野さんでは……」

「なぜ日野だと思う?」

「あの人、エンジンの調整が抜群ですから、味の調整も上手でしょう」

言ってしまって、金谷は〝しまった〟と思った。せっかく戦争のことを忘れて食べているのに、エンジン調整などと戦闘につながることを口にしたのが悔やまれた。

松本は金谷の表情から、すぐに彼の胸のうちを読みとった。

「金谷、気にしてないよ。……戦争を忘れることなんか、しょせん、できないんだから」

金谷は黙って頷いた。

食べている最中に、日野が現われた。

「おや、食事中……。遅いね」

「ああ、どうも御馳走さま。うまいよ、これ」

「そりゃあよかった。金谷、土産だ」

日野は濡れた合羽の下から、バナナの葉にくるんだ包みを、どさりと机の上においた。

「何ですか」

金谷が聞くと、

「饅頭（まんじゅう）だ。徹夜作業の小夜食サ。スエがくれた」

スエというのは、炊事班長の定末淳吉軍曹のことである。定末は炊事班長としては腕ききで、糧秣受領のときはかなりの員数外を稼いでくるし、食糧の現地購入もうまかった。こんな前線でも、美味いものを食べさせるので、人気のある男だった。

日野が持ってきた饅頭は、隊内食としては珍しく薄い皮であんを包んだ、なかなか上等なものだった。

日野は寝台に腰を下ろした。松本は彼の顔色が、なんとなく蒼白いように思えた。

著者・松本良男。写真は16年9月、満州で撮影したもの。

「日野さん、顔色よくないよ。どうしたの」

松本が声をかけると、日野はちょっと顔をほころばせて、

「いや別に……。休みが続いたんで、疲れがどっと出たんでしょう」

「それならいいけれど……。どう、ヤブでも軍医に診てもらったら」

「心配いらんです。……反対だよこれは、逆だよ。搭乗員に気を遣ってもらうなんて、逆だよネ」

日野は白い歯を見せて笑った。

疲れたのだというが、どこか悪いのではないかと、松本は心配だった。いつも無理をしている日野は、一八〇センチ近い長身で逞しい男なのだが、この二、三ヵ月でげっそりと痩せた。精悍な顔つきがますます厳しくなり、恐いようにさえ思えた。

「相談があるんですがネ」

日野は真面目な顔になっていった。

「うん、何だい」

「いよいよ防空戦ですね。頭の上でやるわけだけど、大変ですネ」

「ああ……」

日野は何をいいたいのだろうと、つぎの言葉を待った。

「どうでしょうね、燃料と弾丸……、半分にして飛んだらと思うんですが……」

「………」

「防空戦なら、そんなに長くは飛ばないでしょう。それに松っあんは射つ方じゃあない。いつも半分以上、弾丸を残す。二〇ミリも一二・七ミリも、一基六〇発でいいでしょう」

「弾丸は半分でもいいさ。でも燃料はネ。もし、いきなり迎撃になったらどうするネ」

「心配いりません。つねに満タンにしておきます。防空戦のときは、出る前に抜くんです。松っあんはビリから飛ぶでしょう。充分に間にあいます」

「そうか、そうすりゃ九七戦みたいに軽くなるよネ。そうしよう」

「えっ！」

「そうしてよ。軽い方がいい」

「本当にいいですか⁉」

「いいよ。……本当にいいかって、日野さん、あんたがいい出したんだヨ」

「はい、そうです。……でも、あんまり簡単に決めるんで……」

「そうかナ……。でも考える必要ないでしょう、飛ぶのは俺なんだから」

日野は松本の顔を見つめた。

戦闘に出てゆくとき、一リットルでも多くの燃料を一発でも多くの弾丸をと願うのが、搭乗員の気持だ。それを半分にするというのだから、慎重に考え、かなり抵抗があるだろうと思っていた。

それなのに、あまりにも簡単に、「そうしよう」と決めてしまった。ひょっとすると、松本は、

「もうどうでもいい」

と、自棄になっているのではと日野は思った。

松本は自棄になって、日野の申し出を承知したのではなかった。だが、日野の案を即決したことに、一抹の不安を感じていないわけではなかった。頭のなかで過去の出撃のことを、つぎつぎと思い出し、帰投したときの燃料と弾丸の残量がどうであったか、猛烈なスピードで検討していた。

「そうしてくれ」

と返答してしまってから、過去のことを検討するのは馬鹿げているが、やはり、相当以上に心配だったのである。

ガス欠、つまり燃料切れのあとの飛行は、それが飛行場の真上であっても、緊張と

不安と恐怖のなかで、狼狽するものである。

グライダーと違い、滑空比の大きい戦闘機では、失速を防ぐために必要なスピードを保たなければならない。しかし、三舵が効くだけの最低のスピードを保つことができても、推進力のない機を操るのは、とても難しい。

たとえば滑走路の着地点を狙っても、なかなか思い通りに機は動いてくれない。不安はたちまち恐怖になる。だから、一度でもプロペラが停止した経験のある者は、ガス欠がどんなに大変なことかを、身にしみて覚えているものだ。

松本は幾度かガス欠の経験がある。幸いなことに、その都度、無事に降りることができたが、思い出すだけでも鼓動が速くなるほどいやなものなのだ。

そのガス欠を防ごうとするのではなく、ガス欠を招きかねないことをしようとしているのだから、不安に思うのは当然である。

だが松本は、出撃しての帰途、第一タンク、第二タンクの燃料を使いはたし、第三タンクを使って飛ぶときの軽快さを思い出していた。弾丸も燃料も半分にしたときの動きが、どんなものかはすぐ想像できた。だから、日野のいうようにやってみる必要はあると考えた。

それに、日野は口に出していう前に、綿密な計算をした上で、提案したに違いない。

思いつきでいうような、いい加減な提案ではないと思ったのである。

それ以後、松本は、半装備で飛ぶようになった。ただし警戒飛行のときは、燃料だけは満タンにした。

「飛びやすそうだナ」

と小沢隊長にいわれ、

「まるで素足になったようです」

と答えた。しかし、ガス欠にたいする不安と恐怖は四六時中、頭の隅に渦巻いていた。何度か満タンで飛ぼうかと思ったこともあった。しかし、軽快に飛べることの魅力が、不安や恐怖を押しのけた。軽快な動きが空戦で自分を護る大きな武器であることを、松本はよく知っていたからである。

彼は不安を心の隅に抱きながら、半分の燃料で戦い続けたのである。

B-24を屠れ

臨機応変が肝要

さて、話は孤立してゆくウエワク基地である。昭和十九年六月十六日、B-24の編隊が来襲したときのことを、松本の手記によって辿ってゆきたい。

＊

その日、私は払暁警戒飛行で、早朝から二時間半ほど飛んだ。帰投して、なまぬるい味噌汁と焼のりで軽く食事をとり、宿舎でベッドに寝ころんでいた。当番兵の金谷が入ってきて、

「九時からの割が出ました」

いつもと同じ調子で知らせた。

「何だ？　誰とだ？」

「港湾の警戒飛行です。隊長と加藤少尉の三機です」

「ほう！　豪勢な顔ぶれだ」

金谷は、九時からだから発進までまだ一時間以上あると告げ、出ていった。

小沢隊長がマウザー砲を装備して最初の飛行がこのときだから、六月十六日のことである。

定刻に離陸した三機は、高度五〇〇〇でウエワク上空をゆっくり旋回していた。風もなく、雲ひとつない快晴である。約一時間ほど飛んだとき、突然、隊長から指示が飛びこんだ。

「聞け！　下からの緊急連絡だ。Ｂ－24六機、Ｐ－38六機、北からまっすぐ入ってくる。七五〇〇だ。真っ昼間からナメてやがる……。このまま迎撃する。戦闘用意だ！」

〈おや、たった三機でやるつもりか……〉

ちらっと不安が頭をかすめたが、難攻不落といわれる鋼鉄の鎧を着たようなＢ－24と、これまた運動性に優れ、弾丸を束にして射ってくるＰ－38の編隊と、マウザー砲を装備して初めての隊長機が、どんな戦いをするだろうと興味が湧いてきた。

「八〇〇〇まで上がる！」

「了解。八〇〇〇に上がります」

復唱したとたんに、

「おい、松本！　酸素は大丈夫か……」

と訊いてきた。

「はい、まだまだ大丈夫です。なくなったら息をしません！」

「この野郎、味なことをいいやがる！」

小沢隊長は、カラカラと笑った。

地上には、五機の三式戦が残っている。先任が指揮して、もう離陸しているはずだ。

これと合流してやるのかなと、考えていると、

「あと五分でくる。いいか、よく聞け！」

あと五分では、下からの五機と合流はできない。三機でやるのだとわかり、全身を耳にして、雑音とともに一語、一語、区切るように指示する隊長の声を、聞きもらすまいとした。

「敵は七〇〇〇メートルで入ってくる。七五〇〇ではない、七〇〇〇だ。P－38がどんな形で飛んでいるか不明だ。だが、下からシャニムニ上がってくるウチの五機に、カブさるのは間違いない。これは、やらせておけ。オレたちはデカイのをやる……。いったん東に回りこんでかわす。敵編隊からP－38が離れるのを待って、下から攻める。下からだ。全速で敵さんの前下方……、前の下だ。前下方に出て突き上げるんだ。たいしたことはない、いつもの通りだ……。一番が松本、二番がオレ……、三番が加藤の順だ……。質問はあるか」

「了解！　松本」

同時に、「了解！　加藤」の声も入った。

「よう―し。攻撃の時期は指示を待て」

状況説明は簡単で、雲をつかむようだった。それでも仕方ないのだ。偵察機からの連絡を本部が受信し、これをさらに独戦隊の通信班が受け、それを隊長機に送ってくる。通信は暗号文で送られてくるから、暗号班が解読しなくてはならない。手間がかかり、時間がかかる。

そのうえ情報が転送されるたびに、少しずつ変わるのが常だ。だいたい偵察機がどの程度正確に敵編隊の様子をとらえているかも、考慮に入れなくてはならない。だから、情報のなかで不確かな点やアイマイな部分はカットされてしまう。

となると、隊長の状況説明のように、敵の機種、機数、位置、高度、侵入経路、方向に限られてしまう。飛行速度の報告は、大部分が当てにならない。これは機種とその場の状況で推測することになる。

小沢隊長の状況説明から、隊長の指示を私はこんなふうに理解した。

われわれ三機は、敵編隊に発見されないように東側に退避し、掩護のP－38が、上がってくる味方三式戦五機にからむのを待ち、裸になったB－24を攻撃するというのが、隊長の意図だろう。

だが、果たしてP－38が全機で味方機に向かってゆくか、それとも何機かが掩護に残るかは不明である。また、この空域をテリトリー（受持区域）とする一式戦隊が、迎撃のためすでに飛び上がっているはずだが、それが何機で、いつ、どこに現われるか不明である。

しかも、突発的な遭遇戦に似た今日のような迎撃戦では、予想される状況によって一つの形を考え、攻撃方法をきめる。それがB－24攻撃についての隊長からの指示である。

もし、状況が違ったり変化した場合は、そのつど指示が出されるはずだ。ああだこうだと思い巡らしていたらキリがないし、戦機を失してしまう。どうせ空中戦は互いの予想のぶつかりあいで、いざやってみると思い違いだらけのものだ。

結果として間違いの少ない方が、勝つといっても過言ではない。だから、指揮官の能力、力量が、絶対に必要になってくるし、その指揮官の思い通りに動き、状況変化にすばやく冷静に対応できる戦闘員が必要なのだ。

つぎに攻撃方法だが、攻撃開始のとき、敵との高度差が一〇〇〇メートルと予想している。だから降下加速を利用して、一気に敵編隊の前下方に回りこみ、敵を前上方に捕捉するというのが、隊長の描いた青写真だ。

下からアップアップしながら上昇し、突き上げるのとはちがい、上から一気に突っこんで下に回りこみ、高速で突き上げようというのだ。

搭乗員は高速にのれることで、安心感と余裕がうまれ、より的確な機のコントロールが可能になり、判断力も向上することになる。

私は小沢隊長の指示をこのように理解し、予想どおりに敵に発見されず、仕掛けることができれば、第一撃は成功するに違いないと思った。

堂々の傘型編隊

三機はやや北寄りに東に向かい、上昇しながら少し飛んだ。高度八〇〇〇で機首を西に向けると、厳重に見張れと指示が入った。

三機はピタリと寄り添い、ゆっくりと飛んでいる。敵編隊を、いまや遅しと待ちうけているのだが、こんなときが最も緊張する。

それに、こんな雲ひとつない大空は、なんとなく恐ろしい。きっと隠れ場所がないように思え、本能的に恐怖感を抱くのだろう。酸素の呼気弁の音が、規則正しく耳に入ってくる。

〈大丈夫だ。上ずっていない……〉

遭遇戦の恐ろしさは、まだ空戦に慣れない頃はまったく感じなかった。それがいつの頃からか、次第に怖さを感じだし、この頃は震えがくるほどに怖い。だがそれもほんの少しの間で、空戦になってしまえば吹き飛んでしまう。

かなり東にきたと思ったが、ウエワク港が真下に見える。投錨している輸送船がはっきりとわかる。これが敵の目標だ。突然の来襲なので、錨を上げて退避行動をとれないだろうから、今日はやられっぱなしになるだろう。

〈なんとかしてやりたい……〉

そんな思いが走る。

すでに離陸しているはずの味方の五機が、どこを飛んでいるのか目を凝らして探すが、見当たらない。一式戦隊の姿も見えない。それどころか、敵編隊がまだ見つからないのだ。一秒でも早く見つけ、優位な位置どりをしなくてはと思う。胸を締めつけられるようなひとときである。

突然、西南西の方向、五、六〇〇〇メートルの高さに、薄赤と黄色の爆煙が見えた。高射砲の弾幕だ。それから右へ目を移すと、

〈来た、来た！〉

思ったよりはるかにデカいB－24が六機、傘型に編隊を組み、堂々と飛んでいる。その上に重なって、双胴のP－38が三機ずつ前後に別れて飛んでいる。高度は六〇〇〇メートル。われわれより二〇〇〇メートルも下ではないか。

隊長機がバンクを振った。私も加藤もバンクをし、わかったと応じる。三人はほとんど同時に敵編隊を発見したのだ。

〈足並みがそろっているゾ……〉

心強い感じだ。

侵入してきた編隊から目を離さず、流すように同方向に飛ぶ。敵は私たちに気づいていない。

ここで私は、マウザー砲の装弾スイッチを入れた。隊長もきっと、はじめてのマウザー砲の発射準備をしているだろう、と瞬間考えた。〝ジ――、カシャン〟と電磁モーターの音がして装弾が終わり、つづいて照準器のスイッチを入れ、ウォーニングランプを確認する。

OKである。もう攻撃開始の指示を待つだけだ。

敵編隊発見から二分間も飛んだと思うとき、護衛のP－38がいっせいにB－24と違う行動をはじめた。各機ばらばらだが、編隊の右前方に猛然と滑り出してゆき、機を捻った。

後方に白い排気煙を残しているのは、急速に加速したことを示している。迎撃態勢の味方機を発見したからに違いない。

煙と真っ赤な炎

「今だ、ゆくぞっ！」

間髪を入れず、隊長の声が響いた。

増槽を捨て、ぱっと隊長機を見ると、もう反転して腹を上に向け、降下姿勢に入っている。私は全速でいったん機体を浮かせ、思いきり捻って突っこんだ。隊長機の前に出なければならないのだ。

敵編隊との高度差は二〇〇〇、距離六〇〇〇。直距離にすれば、単純計算で六三二五メートルだ。速度計はすでに時速七〇〇キロを指している。編隊への到達時には、時速八〇〇キロになるだろう。

とすれば、反転してから到着までの平均時速は七三〇キロ。要する時間は三十一秒弱だ。

〈うまくいきそうだぞ……〉

そう思った。

六機のB‐24が、前後左右の距離間隔を縮め、寄り合うのが望見できた。われわれを発見したのだ。きっと護衛機に連絡しただろう。

〈護衛機が、どんな行動に出るか……〉

だが、いまの我々には無関係だ。予定通りに眼下の六機を攻撃するだけだ。こんな高速で突っこんでいるのだから、後もどりはできっこないのだ。

「先頭を攻める、先頭機を攻める！　左翼に入れ！」

ギリギリまで待って、目標の機を指示してきた。決して混乱させない指揮ぶりはさすがだ。私は、

「了解！」

と答え、ぐんぐん大きくなる敵編隊の後方から、ぐっと外側に回りこんで前方下に出た。

三式戦の機体がきしみ、キンキンと音をたてる。ちらっと目をやると、両翼端が小刻みに震え、翼全体が羽ばたくようにゆれている。かなりな速度だ。

しかし、こんなとき、私は速度計を見ない。いま仕掛ける直前に、これだけの高速を出してしまったのだから、止めるわけにはいかない。いまさら速度を確認しても、どうにもならないのだ。

ひょっとすると、機体がバラバラになるかも知れない。だが、安全速度で鳶みたいに飛んでいたら、間違いなくB－24の防御砲火の餌食になるだろう。それなら、

「高速でバラバラになったほうが、本望だ」

ということになる。これはヤケッパチのようだが、決して、そうではない。生きる

確率がずっと高いことを、経験が教えてくれているのだ。

私が敵を左前方の上に見て攻撃態勢に入ったとき、ニヤリと笑いたくなるような、またとない好位置にあった。

よくもうまい具合にもぐりこめたものだ。もう何も考える必要はない。照準器に敵の大きな影をとらえ、その正面前方一五〇メートル、そして一〇〇メートル下から約三〇度の上昇角度で、全速真一文字に突き上げていった。

大きな機体の左翼のつけ根を照準器に入れ、息をとめて発射ボタンを押した。敵の五色の弾道が雨でも降るように周囲を過ぎてゆく。照準器に浮かび上がっている敵機の翼のつけ根に、マウザー砲の曳火榴弾が糸を引いたように吸いこまれてゆく。瞬きほどの短い時間のなかで、すべての動きがひとつひとつはっきりと目に映る。

くるりとロールしながら、敵機の水平尾翼をかすめて、後上方にすりぬけた。ヒヤリとするほどすれすれのところだった。六機全部が私に向かって射ってくるが、これはそんなに怖くない。

反航する旋回銃からの弾丸は、なかなか命中するものではない。振り向くと、私の弾丸がガソリンタンクに当たったのか、はっきりと白い蒸気のような筋をひいている。

二番目の隊長機が機体を斜めにし、三〇度くらいの上昇角度で、いままさに射つばかりの態勢でピタリと喰いつき、それよりやや浅い射角で加藤機がつづくのが見えた。白い筋をひいたその一機は、右前方に機体を滑らせている。敵編隊の三〇〇メートル上方で背面になって見つめる私の視野から、隊長機がすっと消えた。巨大なB－24の陰になったのだ。

その隊長機が、はじき出されるように上方に飛び出したのと同時に、敵機のひく白い筋が赤黒い色に変わった。火がついたのだ。

隊長機と同じあたりから加藤機が飛び出し、ぐんと上方に駆け上がった。三機は花を開くように三方に分かれて上昇し、それぞれ機を傾けて敵編隊を注視する形になった。

私が第一撃で、射撃有効空間を敵に向かって飛んだ距離は、大体八〇メートルくらいだったであろう。この時の速度が時速六五〇キロメートル（降下加速の惰性があるから）として秒速一八〇メートルになるから、八〇メートルを約〇・四四秒で飛んだ計算になる。

マウザー砲は主翼に装備されているので、発射速度はエンジンの回転とは無関係であるから、発射速度を最高の毎分七三〇発と考えると、〇・四四秒間に一門から五・三五発、二連装だから一〇・七発射ち出せる計算になる。命中確率を三〇パーセントとしても、三発は命中したことになる。それなのに白い筋をひいただけとは、なんと頑丈な機体なのだろう。

数秒もたたぬうち、火を噴きはじめたB－24は、左翼のつけ根から物凄い火炎を噴き出し、つんのめるようにガクンと速度が落ち、他の五機に取り残された。

つぎの瞬間、黒煙と真っ赤な炎は、とてつもない大きな塊りを大空につくり出し、大爆発を起こした。炎と煙の塊りはゆっくりと揺れて回りながら、落下していった。壮絶な光景である。

五機になったB－24は、左側に位置していた三機がそのますーっと前方にせり出し、正しい傘形の編隊になり、ピッタリと寄り添った。よく訓練された、見事な飛行ぶりである。

敵編隊の前方三〇〇〇メートル、約一〇〇〇メートル下方で、味方の五機が戦っているのが見えた。その空戦のなかからぬけ出したP－38三機が、われわれ目がけて必死に上昇してくるのが見えた。

「P－38三機！　上がってきます！」

私は怒鳴った。

「了解！　かまうな、大原（先任）が喰いついている。前へ出ろ！　真上から突っこむ。先頭機だ！」

隊長の声は普段と変わらない。下の状況をちゃんと見ている。それに、われわれに挑みかかるには、まだ一分はかかる。その距離も計算している。

私は隊長の指示で大きく旋回した。隊長の意図はわかっている。後方からの攻撃は、互いの速度が同調するので、目標は捕捉しやすいが、反面、敵にも捕捉されやすい。その点、前上方からの攻撃は、彼我が交叉する形になるので、有効弾を射つのは困難になるが、安全度は高い。

隊長が安全な攻撃方法をとったのは、われわれの驕りに対する戒めだと思う。〝一過一撃〟で難攻不落といわれているB－24を葬り去った。これはたまたま好条件に恵まれたからだが、戦果に有頂天になると、始まったばかりでまだ続く戦闘を甘く見てしまい、軽率な行動をとりやすい。それが命とりになってしまう。だから隊長は、敵の前方に出る時間を与えてくれたのだ。

いつもなら「うまいゾ！」とか「よくやった」などと声をかけてくる隊長が、この戦果にはひと言も触れず、つぎの攻撃の指示を出した。

気の緩みを持たせないためだ。そして、まだ私と加藤に緊張と集中力を持続する気力があると、隊長は見てとったのだ。

敵編隊五機の前方に飛び、攻撃の位置どりをしたときの形は、われわれは敵の五〇〇メートル前方、高度差はわずか一〇〇メートルであった。一瞬、低すぎるのでは……と思ったが、やり直しはできない。

「松本、突っこみます!」

そう叫ぶと機をロールさせ、裏返しになって先頭機に襲いかかった。裏返しになったのには理由がある。反航する目標を上からとらえて降下するとき、通常の下向きの姿勢のまま高速で突っこむと、機体は浮力を増して頭を持ち上げようとする。

この浮き上がりを押さえきれず、目標の後部に射角が向いてしまいがちである。それを防ぐため、背面になって突っこんだのだ。

B-24の大きな、それこそ巨鯨のような機体を、射ちながら機首から尾翼に斜めに切る形で下に抜けた。命中したかどうかは判らない。照準器のなかを大きな影がちらりとかすめたとしか感じなかった。接触するかと思ったときは、もうすれ違った目標から三〇〇メートルも離れたところで、急上昇に移っていた。あッという間もない流れであった。

互角以上の空戦

「松本、加藤、寄れ！　下からくる」

隊長の声にぐるりと見回すと、われわれ三機はバラバラになって空中に浮いていた。

〈これはいけない！〉

私は隊長機に向かって、全速で一直線に飛んだ。五機のB－24編隊は、何事もなかったように南に向かって飛びつづけている。高度はわれわれと同じだ。

五〇〇〇メートル下方の彼我戦闘機の空戦に目を向ける。五機の味方戦闘機は、うまく戦っている。援護のため上昇しようとするP－38三機をとらえ、ぴったりと追尾している。敵機は一気に上昇できないでいる。

〈まだ安心だ……〉

ほっとし、余裕がうまれる。

B－24とわれわれ三機の距離が、ちょっと開いた。約二〇〇〇メートルになった。その編隊のちょうど真下あたりで、敵味方一一機の戦闘機がもつれ合っている。高度五〇〇〇から六〇〇〇メートルの空間である。

突然、南進していた爆撃機編隊が、いっせいに東へ回頭しはじめ、高度を上げはじめた。われわれ三機が二〇〇〇メートルも離れたので、攻撃を中止したと思ったのかも知れない。

このときの状況では、われわれが下の空戦域に殴りこむには、絶好の態勢になっていた。しかし、小沢隊長はそれをしなかった。はじめの考え通り、執念ぶかくB－24を狙っているのだ。

こんな快晴の日でも、七〇〇〇から八〇〇〇メートルの上空になると、あまり強くはないが一定方向に風が吹いている。上空で大きく方向を変えるとき、この風の流れをうまく利用しないと、思わぬ軌跡を描いて回ってしまう。

編隊で回頭する場合、各機が同じ操作をしたのでは、編隊が乱れてしまうことがよくあるのだ。だから、基準となる一機を見ながら、各機がそれぞれ修整して追従しなければならない。だが、技量がともなわないと、なかなか思うようにはゆかないものなのだ。

小沢隊長は私と加藤の二機を手もとに引き寄せ、下からの攻撃に備えた。それはさっきの「下から来る！」という注意の呼びかけが物語っている。と同時に、回頭する敵編隊に乱れが生じたときは、もう一撃と考えたに違いない。そして、もし攻撃の機会がなければ、下の味方五機の応援に向かおうと、両様の構えをしていたのだ。

隊長機が敵編隊に機首を向けた。なんの指示もなかったが、われわれ二機もつづいた。下の空戦域から遠ざかることになる。

先任の率いる味方五機は、互角に渡り合っている。渡り合いながら、次第に昇ってくるのがわかる。

P－38という戦闘機は、まれに見る高性能の優秀な戦闘機である。高度四〇〇〇メートルでの水平速度は、時速六三〇キロという快速であり、旋回性能も一級品である。それに、兵装が凄い。前面の固定銃が束になっている。七基装備している機もある。これが二機ペアになって一撃離脱戦法で仕掛けてくると、恐怖を覚える。

だが高度が六〇〇〇メートル以上になると、急激に性能が落ちる。過給器を持ち高速は保つのだが、舵の効きが急に悪くなるのだ。

だから、いま展開している戦闘のように、五〇〇〇から五五〇〇、そして六〇〇〇へと吊り上げてきたら大丈夫だ。高空戦なら三式戦闘機は、互角以上の空戦ができる。徐々に吊り上げて無理をせず、高空戦に持ちこんできているのは見事だ。P－38が上空の爆撃機群が気がかりで、上にゆきたいという心理を見ぬき、それをうまく利用しての戦いぶりである。

B－24を追うわれわれから、空戦の模様を見下ろす形なので、実によくわかる。まるで鳶と烏の喧嘩みたいに、すうっと接近し、あわや接触と思うところで、ぱっと離れる。互いの旋回性能のよさが、そうさせているのだ。まるでそれぞれ勝手に動いているようで、そんなに壮絶には見えない。

六機のP－38は、B－24の編隊が裸になり、われわれ三機の攻撃を受け、一機が空中爆発したことは、とっくに承知のはずだ。

高空で待機していたわれわれに気づかず、下からの五機に気をとられて高度を下げ、五機に空戦を挑んだ結果、最大の任務である編隊護衛をおろそかにしたのは、軽率であり怠慢であり、われわれの攻撃でB－24を失ったのは、大失態である。そしてB－24がやられても、ただちに援護に上がってこれなかったのは、論外というほかはない。

味方の三式戦五機は、気がらくである。戦場が己れの庭先だから、燃料の心配もなければ、万一の場合、不時着も心配ない。そのうえ、いつでも上空の味方三機が、応援にきてくれる状況である。

それに、今まではいつも多勢に無勢で、われわれに倍する敵と戦わなければならなかったが、いまは六機対五機の戦いで、五分の態勢である。そして少し前には、B－24の空中爆発の閃光と、とてつもなく大きなあの黒煙と真っ赤な炎の塊りが落ちてゆくのを目撃している。勇気を奮いたたせる原動力になったに違いない。

さらに一撃

私は計器盤に目をやった。冷静に計器の目盛を読む余裕がうまれていたのだ。

上から二段目、左端の速度計は、正確に時速五九〇キロを示している。その右端の高度計は七〇〇〇メートル。第一撃を加えたとき、すなわち敵編隊が侵入してきた高度より一〇〇〇メートル高い。小沢隊長は、下の五機を応援しないときめてから、B－24の編隊を追いながら、ちゃんと高度を稼いでいる。

これに対して、敵編隊が高空に出ようとしているのはなぜだろう。上昇姿勢をとれば速度が落ち、われわれに追いつかれるのは、わかりきったことだ……。

計器盤右下の水温計、滑温計、油圧計、油温計すべてが正常だ。

右側パネルにも種々さまざまな指示メーターがあるが、そのなかで大きくて目につきやすい燃料計は、残が二〇〇リットル（ドラム缶一本分）になっている。すでに三五〇リットルの燃料を消費している。だが、まだ全速で二十五分間は飛べる。

左側パネルのエンジン回転計は、二六〇〇回転を示し、指針は微動だにしていない。エンジン快調のしるしだ。

スロットルレバーは、全開まで余裕がある。

戦況は刻々変化してゆく。彼我一一機の戦闘機が戦っている空戦は、一〇〇〇メートル下方、三〇〇〇メートル彼方に離れてしまった。

B－24の編隊は東に回頭し、南々東に向いたあたりでさらに高度を上げ、直進している。陸地に向かっている格好だ。

私は一息いれて興奮を静め、つぎの指示を待った。

B24爆撃機——B29が登場するまで、B17と共に長距離爆撃や哨戒任務についた。重武装により日本戦闘機を苦しめた。

「加藤、大丈夫か！」

隊長が加藤（幸蔵）少尉に呼びかけた。彼は平静な声で答える。

「はい、加藤、異状なく快調！」

「ようし加藤。六対六でなければ、敵さんに失礼だ。オメェ、下の連中を手伝え！　急いで降りろ」

隊長は下の味方五機の応援に、加藤機の降下を指示した。下では五機が善戦している。それにB－24は反転態勢だ。そろそろ引き揚げる頃合いだ。それなのにこの指示はなぜなのだ……。

「了解！」

加藤少尉は応えた。私の右一〇メートルを並んで飛んでいたのだが、ちらりとこちらを向き軽く手を挙げると、機体を捻って隕石のように降下していった。飛行帽にゴーグル、酸素マスクをした顔が、鞍馬山の烏天狗みたいで、わけもなくおかしかった。

隊長機と私の二機になった。

「松本よ、見ろ！　ガソリンを引っぱっている！」

先ほど攻撃をかけたB－24のことだ。私は敵編隊を凝視したが、どうしても確認できない。

「松本には見えません！」

正直に答えた。

「なに、見えネェだと……オメェ、夜遊びが過ぎるんだ」

「はあ……」

「何がはあだ、この野郎！　……おい酸素はどうだ、知らせろ！」

私が酸素ボンベ二本であることを考え、注意をうながしてくれた。これは、もう一度、何かをやろうとするときの、隊長の動きの一つだ。私は酸素ゲージを読んで、

「まだあります。六分は大丈夫！」

「ようし。燃料はどうだ」

「残一五〇、十八分飛べます」

「よし、もう一度やる。気の毒だがヤツを墜とす。オメェは下からガソリンタンクを射て。最初と同じ要領だ。オレは上からやる」

「了解！」

「位置どりしたら、ヨーイ・ドンはオメェがかけろ。おい！　抜けるときオメェは外側、オレは内側だ。間違うなヨ、ガチンコはごめんだ。ゆけ！」

「了解！」

ただちに、やや左前方を飛ぶＢ－24編隊の追尾に移った。気のせいか、編隊は真東に向いているように見える。

距離約三〇〇〇メートル。編隊と私の速度差は時速一〇〇キロ、一秒間に約二八メートルずつ差がつまるから、二分後には編隊の正面に回れる。

隊長の指示は、私が敵機の前方下に位置どりして準備が完了したら、攻撃開始の合図を私が出し、ガソリンタンクを射って敵機をすり抜けてかわすとき、私はその機の外側を通り、内側を下にすり抜ける隊長機との衝突を避けるということだ。私はともかく、編隊の内側をすり抜ける隊長機は、危険この上もない。いい度胸だ。

回りこんでＢ－24編隊の前方五〇〇メートルに出た私は、編隊に先行する形で飛びながら、同じ高度で上空に来た隊長機との攻撃のタイミングをはかった。B－24編隊の前方二〇〇メートル、上方三〇〇メートルをキラキラ輝きながら飛ぶ隊長機は、右に左にと軽快に機体を滑らせ、虎視眈々と狙いをつけている。

ふわりと機をひるがえした隊長機は、ほとんど垂直になり、降下姿勢になった。それと同時に私は編隊の下にもぐりこむため、力いっぱい右足を踏み、ステッキをこれも一杯に右に倒して、ぐいと前に押した。真正面やや上方に迫ってくる。

「松本、突っこみます！」

精いっぱい怒鳴った。

「了解、気をつけろ！」

隊長の声が返ってくる。私はヘッドレストに後頭部をぴったりとくっつけ、全速力で突っこんでいった。

機をしゃくり上げ、敵の腹に射ちこむとき、ほんの一瞬であるが、大きな影のなかにすっぽりと入り、視界が暗くなる。それほどB－24の図体は大きい。

胴体下部中央のあたりから、ガソリンが一筋尾をひいているように見えた。とっさの判断でその位置の少し前方を狙い、確実に射ちこんだ。三発ずつ左右六発が、間違いなく命中した。

斜め後ろ上方に飛び抜けながら、隊長機がど真ん中の内側へ矢のように突っこむのを見た。ものすごい迫力だ。

私は二〇〇メートルほど上がり、つぎの攻撃への態勢をとり、射ちながら全速で逃げる編隊を見た。命中させたはずなのに、火が見えない。

〈どうしたのだ……〉

そう思った瞬間、

「へたくそメ！　どこを射った……もう一度やる。上から攻めろ、オレは下からだ！」

敵編隊の前方に横に流れるように飛ぶ隊長機は、指示を出すやいなやぐっと突っこむ姿勢をとった。遅れてはならない。タイミングを失ったら失敗する。

「了解！」

と答えると同時に、

「いくぞ！」

隊長の声がした。

敵編隊の前上方に出ていた私は、先ほどと同じようにくるりと背面になり、ガソリンの尾をひく先頭機に狙いをつけた。

直距離にして一〇〇メートルある。

何本、いや何百本もの銃弾の曳光が、花火のように美しい色の筋となって、私に集中してくる。ぴったりと寄り添った五機が、すべて狙って射ってくるのだ。

〈これはひどい！　隙間がない！〉

それなのに、どうして当たらないのだろう。

私が発射ボタンに指を当てたとき、一瞬早く仕掛けた隊長機が、先頭の右主翼の直後から、猛烈な速度でとび出し、上へ抜けていった。

入れ違いに突っこんだが、私の照準は主翼部分を過ぎ、やや後ろになっていた。降下角度がほんの少し浅かったのだ。

明らかに水平尾翼とわかるところに、カンカンと射ちこみ、隊長機とは逆に下へすり抜けた。大きく旋回して振り向くと、いま攻撃した敵先頭機が引いていた白い筋が、黒煙に変わるのが見えた。あれは隊長のマウザー砲の一連射によるものだ。

機体を思いきり振り回して、一気に上昇した。

〈さて、つぎの攻撃はどうするのだ……〉

敵編隊の前方高く舞い上がった隊長機から声が入った。

「松本よ、終わりだ。引き揚げる！」

〈えッ……〉

と驚く私の耳に、つづいて声が入った。

「見ろ、一式戦隊のお出ましだ。露払いはここまで、お後と交替よ！」

まったく気づかなかったが、遁走するB－24編隊の進路を遮るように、一二機の一式戦闘機が三手に分かれ、仕掛けを待っているではないか。高度差は五〇〇メートル以上ある絶対優位の位置だ。うまい戦闘をやってくれそうだ。

「下を手伝いますか？」

私は訊いた。

「いらネエ。加藤が一機喰ったヨ。気持よくやってるんだ、邪魔するナ。それにナ、下のドンパチももう終わりだ」

私に応えた隊長は、フラフラするほど目一杯機速を落とした。どんどん沈んでゆく。顔が見える位置まで近づくと、こちらを向き人差し指で下をさし、二、三度突く素振りをしてから、

「急いで降りる。三〇〇〇で見張れ。先に着陸する」

声を残してくるりとロールすると、逆落としになって、たちまち小さくなっていく。

「了解！」

と応えた私は、エアブレーキを出し、ゆっくりと隊長機の後を追って降りていった。

高度三〇〇〇で水平旋回しながら警戒し、隊長機の着陸を待った。

すこし離れた上空では、六対五と逆に優勢になった味方機が戦いつづけ、すでに黒点になって遠ざかるB－24の編隊には、キラリキラリと光りながら一式戦隊がからんでいるのが望見された。

私は酸素マスクをはずし、美味しい空気を胸一杯に二度も三度も吸った。眼前の計器盤は、何事もなかったように作動し、時計の針は十時三十分を少し回っていた。

指揮所そして隊長室

旋回をつづける私の目に、双胴のP－38五機が、B－24の編隊を追って飛び去るのが見えた。大原先任中尉の指揮する三式戦六機の執拗なからみからようやく逃れ、全速で東に向かって飛んでゆく。

味方機は、ゆっくり大きく旋回する指揮官機に、バンクを振りながら集まってくる。いい眺めだ。

私は一足お先に、三〇〇〇メートルから一気に降下し、着陸した。

日野が笑顔で近寄ってきた。私は回しっぱなしの飛行機を、これまた笑顔の中根上等兵に渡し、地上に跳び下りた。

「どうでした？」

日野が飛行状況や状態を聞いた。

「上々の文句なし！」

答えた私に、

「すぐ飛べるようにしておきます」という。

迎えにきた当番兵の金谷上等兵と並んで、指揮所に向かって歩いた。歩きながら金谷は、私からパラシュートバッグ、飛行帽、手套をつぎつぎと剝ぎとり、抱えてくれる。

「おい、昼飯はなんだ……、腹が空いたヨ」

金谷はニコニコしながら、

「はい、切り干と豆腐豆の油いためです。お祝いの赤飯を炊く暇がありませんでした」

珍しく冗談を口にした。気分がいいのだ。地上勤務員の見守る空域で、B－24一機を空中爆発、一機を炎上させ、さらに護衛のP－38一機を撃墜し、味方は全機無事なのだから、笑いがこみ上げてこなければおかしい。

狭い指揮所は、地上勤務の者で溢れていた。興奮のざわめきと熱気と汗でむんむんしていた。小沢隊長が、生々しい戦況を話している最中だった。

「ヒデェ野郎だヨ松本は……。あのデカイのを二機も喰いやがって。今夜あたり腹いたを起こすぞ！」

指揮所内に笑いが湧く。

「おかげでオレと加藤は、刺身のツマだ。ワキ役で、さっぱり見栄えがシネェ」

もちろん、これは嘘だ。聞いている者も、それはわかっている。

私が指揮所に入ってゆくと、みなが体を押し合って通路をあけてくれた。飛行帽を金谷に渡してしまったので、そばにいた一人の戦闘帽をちょっと拝借してかぶり、姿勢を正した。

いっせいに笑いがわいたが、私が挙手の礼をすると、さっと静かになった。隊長は、報告しようとする私を手で制し、

「おう、報告はいらん。じっくりと見せてもらった。見事なもんだ。ご苦労！」

そういって、答礼してくれた。そして、すぐ笑顔にもどり、

「この野郎はナ、ボンベ（酸素）を二本きり積んでネエンだ。息をシネェでやるんだから、化物ヨ！」

と、また笑わせる。

そのあと、間もなく帰ってくる加藤機が、P－38を一撃で墜としたと褒め、つづいて、

「今日の戦果は地上勤務員のおかげだ。だから主役はお前たちで、われわれ搭乗員は、みんなの思いを代行したんだから、手柄は公平に半分わけにしよう」

と、地上勤務員の努力を大きく認めたが、通信班には、あらゆる情報を正確に入手し、迅速に連絡せよと、真顔で指示した。

「本当に有難う。心から礼をいう」

言葉を結んだ小沢隊長の顔は、すがすがしい表情だった。

その日の夕食後、私と加藤少尉は隊長室に呼ばれ、午前の戦闘について説明を受けた。

最初の一機は、私がガソリンタンクを射ち抜き、さらに隊長も射ちこんだ。火をつけたのは加藤少尉。タンクの破損がひどく、大量のガソリンが噴き出して炎上し、消火もガソリン投棄もできず、一瞬のうちに空中爆発したのである。

つぎの一機は、上から第一撃をかけた私は、機首に近い操縦席あたりを射った。降下角度が深すぎたためだ。下からの隊長機は、少しはずれて左内側のエンジンを射った。カウリングが吹っ飛ぶのが見えた。つづいて加藤少尉が、確実にタンクを射抜い

て、ガソリンを曳かせた。

ここで加藤機は下の戦闘に参加した。

私と隊長機の二機になってから、まず下から私、上から隊長が攻めたが、これはどちらも失敗で、B－24の頑丈な背中と腹の致命傷にならない部分に射ちこんだ。二〇ミリ砲だから、なんらかの被害はあっただろうが、これは問題外だ。

最後の攻撃では、私の弾丸は敵の水平尾翼に集中した。炎上させたのは隊長で、私の弾丸が集中した水平尾翼の破損は相当に激しく、被弾後の飛行はかなりぐらぐらしていたから、やがてコントロールを失って墜ちただろう。

「炎上させたのは、オマケだ」

と笑った。

加藤少尉を、下の戦闘の応援にやったのは、攻撃をかけたB－24が、すでにガソリンを曳いていたので、あとは二機の攻撃で十分と判断したことと、加藤機の一二・七ミリ銃で漏洩したガソリンの量が、松本機が一機目にあたえた損害にくらべ、半分以下であったので、いささか非力であると考え、下のP－38相手の戦闘を応援させることにしたのである。

それに、下の三式戦五機は、うまい戦闘を展開し、P－38六機を押さえつけて上にやらないのが精一杯の状態で、相手を喰うのは無理であった。

戦い方が同じ形の繰り返しになり、限界に近かったので、攻撃一辺倒の戦闘をしてきた加藤機が新たに加われば、相手を喰うことも可能だと確信した。

そうなれば戦況は急変し、敵味方への心理的な影響が大きいと考えたが、これは思いどおり、加藤機が一機を撃墜してくれた。

攻撃の一番手を私にやらせたのは、自分の考えを躊躇なく行動に移すからだという。

「一見無謀に見える突っこみをやるが、敵の正面から突っこんでも敵の弾道の間隙を瞬時に見つけ、躊躇なく潜りこんでゆく。これは天性のものだ。だから一番手にした。

加藤が躊躇するというのではない。敵編隊の面前で、常識を超えるスピードで急旋回して突っこむ。そんな飛び方ができるのは、ほかにいない。長い間いっしょに飛んで、それがよくわかるのだ」

この隊長の言葉に、私は思わず顔が赤くなる思いだった。

講評として、危険な攻撃三番手として、臆することなく、再三再四の攻撃でB－24のタンクを射抜き、致命的な損傷をあたえたこと。戦域を変えて戦闘機同士の戦いのなかに入り、P－38一機をみごと撃墜したことは抜群であり、味方の士気を高揚させた功績は絶大である。B－24の撃墜撃破に尽くした功績も大きい。加藤少尉の働きは一二〇点——。

最初の一撃でB－24のガソリンタンクを射抜き、難攻不落といわれていたB－24を撃墜する直接の要因を作った松本少尉は、絶賛に値する。またその攻撃に際し、豪放機敏に飛んで一気に突っこみ、敵の心胆を縮み上がらせ、以後の攻撃を楽にさせた。その功績は大であり、一〇〇点の評価をあたえる。

大きな戦果を挙げ、味方の被害皆無は、その作戦と指揮統率、的確な状況判断の結果であり、隊長自身の働きは一〇〇点——。

P－38と戦った五機は、陽動作戦でP－38を引きつけ、血気にはやらずじっくりとからみついて、上空の爆撃機から長時間（約二十五分間）隔離したのは、素晴らしい判断であり、本日の戦果の最大の要素になった。一機も被害がなかったのは、先任大原中尉の卓越した指揮統率と、列機の正確な判断と行動によるものであり、一二〇点の働きであった——ということだった。

講評を終わってから隊長は、

「つべこべ喋ったが、本当のところは、運がよかっただけサ」

と、ニヤッと笑った。まるっきりの本音ではないが、まんざら冗談でもないという笑いだった。そして、

「おい、加藤。オメェには、雨が降る大嵐の日にナ、褒賞休暇を一日やる。敵さんのくる日に休暇はやれネェからナ」

いい終わると、今度はカラカラと笑った。

「私にはくれないのですか？」

と私がいうと、

「なに⁉　オメェは毎日休暇じゃネェか。いいかげんにしろ！」

叱りつける口調できめつけ、また笑った。

帰りぎわに、今日の戦闘で二〇ミリを何発射ったかと聞いたので、左右それぞれ一二発、合計二四発ですと答えると、

「たった二四発か。ふーん、やるじゃあネェか。それにしても、おい！　マウザーってスゴイナ。狙ったところにピシピシ入る。初速が速いんだなあ……。それからと、松本ヨ、危ネェゾ、オメェ！　もう少し早目にかわせ。すれすれじゃあネェか。ひやひやするゼ」

真顔でいった。私は別段危ないかわし方だとは思ってなかったが、素直な気持で隊長の注意に頷いた。

宿舎に帰ると、日野がきていて当番の金谷となにか話していた。私の顔を見ると、

日野は明るい声で、

「今日は全機無事。かすり傷も受けていません。整備班の正月です」

と笑顔をつくった。金谷も笑っている。

二人の笑顔を見ると、疲れが体から消えてゆく。いつも私を見守っていてくれる二人の気持が、私の大きな支えになっているのだ。

転進前夜

中隊〝壊滅〟

松本は昭和十九年七月、戦場での二回目のお盆をウエワク基地で迎える。

「戦死者名簿に連記された一〇〇名以上の故人の名前に、感慨無量であった。申し訳ないが、面影を思い出せない名前もあった。それほど戦いは熾烈であり、過酷であった。ほとんど飛ぶたびに戦死者が出て、つぎつぎと補充要員がきた。そして、飛んでは死んでいった。生き残った者も疲れ果てていた」

と手記に記している。

このような状態のとき、小沢中隊に転進の内命がとどいた。転進とは体裁のいい言葉だが、実体は退却である。行き先も転進の時期も不明だった。さがるのなら、フィリピンのルソン島だろうという噂が流れていた。

　この時期、小沢中隊で飛べる飛行機は、たった二機になっていた、と松本は書いている。戦闘員についても、先任の大原中尉は内地に帰還し、他の搭乗員も転出し、小沢隊長と加藤少尉、それに松本の三名になっていた。

　通常、陸軍では総兵力の半分を失えば全滅とみなした。また戦闘で兵力の三〇パーセントを失えば、後退しても不名誉とはされなかったという。

　このような陸軍の常識から考えると、小沢中隊の当時の状況は、壊滅したといえる状態であった。

　こうした状況について、松本はつぎのように書いている。

「このようなときは、戦力回復を名目に、部隊は内地に帰るのが通例である。しかし独戦隊には、そのような処置はとられなかった。一部の者は内地に帰り、大部分は現地で転用され、小沢隊長と加藤少尉、それに私の三人がそのままの形で、引きつづき戦う形をとらされたのであった。

　だが私は、このような形で戦うことに、なんの不満もなかった。どうせこの時期、どこへいっても戦うのだし、内地に帰ったとしてもほんのひとときで、すぐにまた戦場に出ることは、わかりきっていたからである」

戦力補充さる

転出を前にして、小沢中隊に飛行機と搭乗員が補充されることになった。戦力をととのえ、移動するというのである。

「八月に入ると、ぞくぞくと補充要員が配転になってきた。戦闘員が一二名もきた。先任中尉が一名、他の一一名は新任の少尉で、飛行時間は三〇〇時間程度だから、どのくらいの飛び方ができるか気になった。

飛行機は三回に分けて一三機が空輸されてきた。そのすべてが三式戦の一型乙だった。兵装は一二・七ミリのホ－一〇三が機首に二基、主翼に二基で、エンジンも今まで通りのハ－四〇型だった。

詳細に調べてみると、胴内タンクが製造段階で取り除かれ、重量軽減のためなのか防弾板がバックレストの上半分だけになっていた。

しかし、この一三機のうち二機だけが、形がだいぶ変わっていた。コックピットから機首先端までの長さが、二〇センチばかりのび、プロペラスピンナーが太く長くなっていた。

また、胴体後方がぐっと絞りこまれ、垂直尾翼の前縁角度がゆるやかになって、機体前方に伸びていた。一種のマイナーチェンジであり、見た目にはかなりスマートになっていた。

すべての機体の製造年月日が昭和十九年三月であり、製造番号が三〇〇番台であった。出来たてのホヤホヤなのだ。それなのに、到着直後から、あちこちに不調箇所があるのには驚いた。

これでいよいよ、局面の違う戦場にかり出されるのも、間近であると感じた。その戦場がレイテ方面であろうと予想したのも、この時期であった」

松本良男は、このように書いているが、手記をつづけて見てみよう。

戦技テストは夜戦から

新任の戦闘員が到着してからの二、三日間は忙しかった。宿舎割、当番兵の選定、搭乗機の割り当てから、装備品や必需品の支給、編隊の組み合わせなど、やることは沢山あった。

同時に、各機の秘匿場所、機付整備員の決定が行なわれた。

やっと一段落ついたあと、私は小沢隊長から新任者の「戦技テスト」をするようにいわれた。その日の昼食後、私は一一名の新任少尉を集合させた。みんな若若しい純真な顔をしている。

緊張した表情で集まった一一名に、私は初めて直接口をきくことになった。

「かたくなるな。楽にしろ。俺がお前たちの腕前のほどを見せてもらうことになった。松本少尉だ。明日からはじめるが、詳細は追って説明する。まあ煙草でも吸いながら、俺の話を聞け。別の戦闘について質問する」

私語をかわしたり、煙草に火をつける者もいた。

「どうだ、お前たち一一名のなかに、女を知らん者はおるか?」

全員は狐につままれたように、ポカンとした表情をした。

「女を抱いたことも、抱かれたこともない者がおるかと聞いているのだ」

さっと顔を赤くした者がいた。

「よし。女を知らん者は、右手を挙げろ。なにも恥ずかしいことはない。正直に手を挙げろ」

一一名全員が、さっと手を挙げた。これには私が驚いた。

「わかった。手を下ろせ」

入隊前、入隊後、任官後などに、機会がなかったのだろうか。たいてい先輩などに連れられて、経験するものなのだが、一一名全員が経験なしとは不思議な気がした。

しかし、話を聞いてみると、なるほどそうだったのかと納得できた。「銃後」といわれた日本内地では、食糧をはじめすべての物資が不足し、水商売も思うようにはやれず、花街の女までが勤労奉仕に狩り出されていた。

国民すべてが臨戦態勢で、とても女性のいるところに遊びにゆくことなど、考えられない状況だった。恋愛はもちろん、男女の交際など軟弱な行為と見なされるし、女友達をつくることもできず、結局、経験なしなのだそうだ。

「そうだったのか。じゃあ今夜、お前たちの着任祝いに、俺が女を抱かせてやる。ただし、気の向かん者は欠席しろ。いちおう隊長の許可をもらってから、具体的なことは当番兵を通じて知らせる。どうせ夜戦だ。それまで宿舎で手紙でも書け。

おい、お前たち！　あまり期待するなヨ。お嬢さんはおらん。女もナ、こんな所まできているのは、錚々たるベテランばかりだ」

そういい残し、私は隊長宿舎に向かった。

隊長に事の成りゆきを話し、今夜は将校クラブに連れてゆくから、許可してほしいというと、隊長は呆れたような顔で、

「何だと⁉　お前の最初のテストは夜戦か……」

「はい。そう長くは生きていられない連中ですから、まあ……」

「うむ、そうだな……。いいだろう。だが、無理じいはするな」

「はい、心得ています」

「ところで、金はあるか？」

隊長は軍票二〇〇円を差し出した。金は心配ないと断わったが、

「俺からの酒肴料だ」

ということであった。

＊

小沢隊長の許可を得た松本良男は、将校クラブに先行し、由紀子にわけを話して、中隊の将校に馴染みのない女性一一人を、今夜の宴席に出してほしいと頼んだ。

この夜、新任の一一名全員が、将校クラブに泊まった。夜の宴会の様子などが、松本の手記にくわしく記されているが、この夜、初めて女と同衾した一一名のうち五名は、レイテ戦を前にして戦死したことだけを書いて、その他は省略することにする。

飛行時間三〇〇時間程度で、第一線に出なければならなかった若い搭乗員では、松本が、

「どうせ長くは生きられない」

と予想したのは当然のことであり、哀れといえば哀れであった。

同時に、このような未熟な搭乗員を補充することでせめても戦力の回復をはかろうとしたことは、日本軍が末期的な状態になっていたことを、如実に物語るものであろう。

昭和十九年九月前後の戦況

松本良男の所属する独立飛行第一〇三中隊が、ウエワクで苦闘を強いられ、転進直前にあった当時の戦況を、服部卓四郎著の『大東亜戦争全史』によって見てみよう。

――西部ニューギニアおよびマリアナ地区に航空基地を整備した敵は、ホーランジア以西に約九〇〇機の航空兵力を推進し、昭和十九年八月以降、西部カロリン就中(なかんずく)パラオ群島、ハルマヘラ、メナド地区および硫黄島方面に対する空襲を激化した。

これら敵基地航空部隊の活動は、敵機動部隊の航空決戦とともに、明らかに敵の大規模な新上陸作戦の企図を示唆するものであった。

敵機動部隊の活動は、八月初旬以来見られなかったが、同月末から九月中旬にかけて活発となり、まず小笠原諸島方面のわが航空勢力を撃破し、ついでフィリピン地区

のわが航空基地を制圧しようと企図しているようであった。（略）

九月九日、ミンダナオ島、ダバオ、サランガニ地区が突如、敵艦載機の空襲を受けた。これはまったくの奇襲であった。

攻撃は、午前七時五分から午後五時二十五分にわたり、延べ機数約四〇〇機、航空および地上施設に相当の損害をこうむった。（略）

敵機動部隊の空襲はミンダナオ島に引きつづき、九月十二日から三日間、セブを中心としたビサヤ地区に行なわれた。

セブは、十二日午前九時二十分、艦載機約二〇〇機の奇襲を受け、爾後、五時三十分にわたり数次の攻撃を受け、第一航空艦隊（海軍―編者注）は飛行機の大部分を地上に捕捉され、その損害はセブのみでも、零戦約七〇機に達した。

再建途上にあった航空艦隊は、その実動約二七〇機から一九〇機に減じ、多くの搭乗員を失い、訓練は阻害された。（略）

敵の攻撃は、十三日、セブを中心とし、ミンダナオ島の各飛行場、タクロバン（レイテ）、レガスピー（ルソン島南部）に達し、十四日には、敵機動部隊はセレベス海に侵入したらしく、タウイタウイ（ボルネオ東北の島）に延べ約五〇〇機が来襲したほか、ダバオ、セブ、レガスピー、バゴロド、ザンボアンガ（ミンダナオ島西南端）

等のわが航空基地も攻撃された。

比島方面に対する敵の攻勢を、『大東亜戦争全史』は以上のように述べている。フィリピンに対する攻略作戦が切迫していることを、物語っている。

このような戦況のなかで、松本たちの中隊はウエワクを離れ、フィリピンのルソン島へ移動することになるのである。

松本の手記を辿ろう。

一人の人間として

――とうとう来るべき日が来た。

ルソン島への移動が確定したのである。大きな作戦に参加するという名目だったが、実際はウエワクを見捨てて後退するのである。戦局が大逆転しない限り、二度とこの地に帰ってくることはないだろう。

移動が決まった日の夜、私は由紀子を訪ねた。

お互いに戦争には慣れっこになっていたし、軍人と慰安婦の関係なのだから、いずれはこんな形で別れることは考えていたが、この別れが最後で、ふたたび会うこともないだろうと思うと、感傷的な気持になるのを禁じえなかった。

「松ちゃん、とうとう私を抱かなかったネ」

彼女は笑いながらいった。

ウエワクで再会して間もないころ、彼女は、

「抱かれるのは恥ずかしいから、そのときはいきなり不意に突き倒して抱いてネ」

といったことがある。

そんな乱暴を働く気などなかったので、

「まあ、そのうちにナ」

と答えたが、何もないままに過ごしてしまった。

何もなかったとはいえ、彼女の存在は私にとって何物にも代えがたい存在だった。

毎日殺し合いをして過ごす戦場にいるのだから、私は何か美しいものがほしかった。

私の心をなごませ、安息をあたえてくれる相手がほしかった。それが由紀子であった。

私は彼女を慰安婦として眺めてはこなかった。彼女も慰安婦として、私に対したことはない。一人の男として一人の女として、人間同士として過ごしてきた。だから、別れがなおさら切ないのだ。

忘れ得ぬ思い出

出発の朝、意外なことが起きた。

将校クラブの女性たち全員が、見送りにきたのだ。地上勤務員がトラックで迎えにゆき、基地に連れてきたのである。

食堂の前に、五〇人近い女性が群がっていた。いつもは殺風景な基地のなかは、これだけの女性が集まると、別世界のように艶やかに見えた。

小沢隊長が、

「やあやあ皆さん、よくきてくれた。ご苦労さん、ご苦労さん。さあ遠慮なく入ってくれ。うちのドラ息子どもが、待ちこがれている。さあさあ、入って、入って……」

案内役をやっている。

これでわかった。お膳立てをしたのは小沢隊長だ。クラブの女たちに朝の見送りを頼み、送迎役の地上勤務員にも、女たちにも口止めし、こっそり準備したに違いない。

移動のとき、女性に見送られたことは一度もない。前代未聞である。敗色濃厚なニューギニアから、熾烈な戦闘が待っているフィリピンへ後退するのだから、私たちの気持は暗く澱んでいた。それが女性軍の出現で、晴れやかな気持になった。小沢隊長らしいやり方である。

だが私は、いよいよ敗け戦さになったことを痛感した。敗け戦さになると、軍規が乱れるのが常である。基地の中に慰安婦を入れることは、軍隊の規則や規律を無視した行為である。

〈しかし……〉

ルソンへの転進という名目で、退却する。逃げ出す軍隊に、軍規などどうでもいいと、私は考えた。こんな考え方をするのも、敗け戦さのなかに身を置いているためだろう。

由紀子もきているのだろうと見回すと、白いワンピース姿の彼女が目に入った。近づいていったが、私に気づかぬ様子だった。

声をかけると、振り返って、

「あら、松ちゃん！」

と、彼女は驚いたように目をみはった。

「見送り、有難う」

礼をいう私には答えず、

「うわあ、松ちゃん……。飛行服よく似合う。やっぱり飛行機乗りだ。いきいきしている」

上から下へ視線を動かす。

「そう見えるかい」

「うん。……でもサ、私は作業衣が好き。こんなの着ると、別の人みたい」

そういえば、南方にきて以来、作業衣すなわち私だった。飛行服以外はどんなときでも、私は作業衣だった。どんなエラさんの前でも、作業衣を着ていた。

搭乗員と女性たちが、食堂に吸いこまれてゆく。食堂とは名ばかりで、低い半地下壕のバラック建ての土間に、板を削っただけの食卓が二列に並び、粗末な木製の椅子が二〇脚ばかりあるだけだ。なんの飾りもない。女性たちはさぞ驚いたことだろう。

私と由紀子は、みんなが入ってからゆっくり入ろうと表に立っていた。

そこへ機付整備員が走ってきて、私の前にぴたりと止まり、姿勢を正してパッと敬礼した。普段はこんな改まったことはしないのだが、今日はお客様がいるからだろう。

「準備終わりました。異状ありません」

と歯切れよく報告した。

「了解。ご苦労！」

私も靴の踵をカチンと合わせて、姿勢を正して答えた。駆け足でもどってゆく整備兵を目で追う彼女の顔が輝いた。

「ウァ！　松ちゃん、ホントの軍人さんらしい！」

「本物だよ、俺は」

そういって、私は苦笑した。

食堂の中は、寿司詰めになっていた。全員が座ることができず、食卓の前に立ったままである。搭乗員の横に、馴染みの女性が寄り添っている。つい先ごろ、クラブへ連れていったばかりの若者が、

「あいつ、あの女と……」

と、思いもかけない組み合わせができている。

食卓には、炊事班の心尽くしの料理が並べられている。豪華版ではないが、手持ちの材料を全部つかっての料理である。

隊長の挨拶がはじまった。

「皆さん、そのままお聞き願います。搭乗員、そのまま聞け！

本日は私の願いをお聞きとどけ下さり、朝早くからこんな遠くまでお出かけ頂き、感謝の気持で一杯であります。このウエワクの地で、ひとかたならぬお世話になりました皆さんのお見送りは、この上もない幸せであります。搭乗員ともども、心から厚くお礼申し上げます。

再会をお約束したいのですが、明日のわからないわれわれであります。本日が今生の別れになると思います。どうかお体を大切に……。皆さんに幸多からんことを……、命ある限りお祈り致します。

折角おいで下さった皆さんに、なんのおもてなしもできませんが、どうかこいつらと一緒に召し上って下さい。こいつらに、忘れ難いウエワクの思い出を残してやって下さい。

搭乗員、注目！　貴様たちは幸せ者だ。こんな大勢の方々に、しかも大輪の花のような女性の方々に見送りをうけるとは、ほんとうに幸せ者だ……。生涯忘れてはならん！　終わりだ。……皆さん、有難うございます」

隊長の言葉は、なぜか私の胸を熱くした。いや、私ばかりではない。目に涙を一杯ためている女性もいた。若い搭乗員のなかには、溢れでそうな涙をこらえているのか、目を見開いて天井の一角を凝視している者もいる。

「皆さんに幸多からんことを……、命ある限りお祈り致します」

といい、

「忘れ難いウエワクの思い出を残してやって下さい」

といった隊長の言葉は、そのままわれわれの思いでもあった。

少しの間、食堂に沈黙が流れた。しかし、誰ともなく呟きがもれると、たちまち談笑の輪がひろがっていった。

小沢隊長が、女性の一人ひとりに礼をいっている。私たちのところへもきて、

「お由紀さん、有難う」

とポンと肩を叩き、にっこり笑ってつぎへいった。

「いい方ねェ！」

彼女がしんみりという。

「ああ……」

と答えた私も、本当にいい男だなと思う。

「松ちゃん、外に出てはいけないの？」

「かまわないサ。どうした？」

「何だか人に酔いそう。外に出る」

うながされて食堂の外に出た。

無風、晴。雲高八〇〇、雲量三。絶好の飛行日和である。

食堂に隣接した指揮所の小屋で、気象班員や通信班員が忙しそうにしているのが、開け放された窓から見える。

「おーい、どんな様子だ？　何か情報はあるか！」

私は怒鳴った。

「……………」

顔を出した通信班長が、何かいっているが全然聞きとれない。食堂のなかが騒がしいのだ。

「聞こえん！　ばかもん、出てこい！」

また怒鳴ると、通信班員が一人走り出てきた。

「この騒ぎだ、聞こえるかよ！　馬鹿野郎」

「申し訳ありません。ただいま解読中であります」

「何分かかる？」

「約十分かかります」

「わかった。解読しだい報告しろ」

「はい。済みしだい報告します」

このやりとりを、由紀子はびっくりして見ていた。

「なんだ、そんな顔して？」

「ああ驚いた。松ちゃんがあんな口きくの？　まるで叱ってるみたい」

「叱っちゃいない。……軍隊ってこんなところだよ」

出発の時刻が近づいてくると、二人は次第に饒舌になった。何か喋っていないと、落ちつかないのだ。

「達者でいろよ。気をつけるワ。松ちゃんもネ」

「有難う。戦場も狭くなった。生きてりゃ、また会える」

「なにもかも有難う。世話をかけた……」

「バカネ、世話かけたなんて……。いつも優しくしてくれて、嬉しかった……。私、ルソンまで追いかけていく。本当にいくわヨ」

「バカをいうな。それより日本へ帰ったほうがいい。ウエワクも終わりだヨ。日本へ帰りなさい」

「いやだ。ルソンへいく」

「駄目だ。帰りなさい、日本へ！」

私は真顔で彼女を見つめていった。

今生の別れ

出発の時がきた。

轟々たる爆音を残し、銀色に輝く三式戦闘機が、つぎつぎと離陸していく。カモ番機の私は最後だ。キャノピーを閉めるとき、

「じゃあ、ルソンで」

短い言葉で、日野軍曹と別れた。彼は輸送機でくることになっている。

機体がふわりと浮く。ギアアップしながら右側を見る。地上勤務員たちが帽子を振って、見送っている。すぐその横に、花が咲いたような一団が手を振っている。由紀子の姿を探したが、人の群れはあっという間に後方に流れ去った。

高度を上げ、水平飛行に移ると、眼下のウエワクの街も港も飛行場も、しだいに霞んでゆく。

〈さようなら、ウエワク……〉

胸の中で呟く。二度とふたたび訪れることはないだろう。しかし、ウエワクの様々な思い出は、胸の底にいつまでも残るだろう。

ちょっぴり感傷的になりながら、私はルソン島に向かって飛んだ。

＊

ウエワクを離れた日のことを、松本良男はこのように書いている。編者は札幌に住む松本に電話をかけ、その後の彼女の消息を訊ねた。

「消息はわからないんだ」

松本が答えた。

「他の人も知らないのか？」

「うん。……彼女たちの乗った輸送船が、沈められたという噂を聞いたことがあるが、確かなことはわからない」

文字どおり「今生の別れ」になったのである。

第五章　死に急ぐなかれ

レイテ航空戦

勝算なき戦い

ウエワクからルソン島へ飛んだ小沢中隊は、二日後にミンドロ島の基地に移り、ここで戦力の増強をはかった。

ウエワクを飛びたったのは一〇機だったが、二機が途中の給油地で着陸に失敗して落伍し、ミンドロ島に着いたのは八機だった。

そこへ、予備機をふくめて七機が補充され、一五機の戦力になった。これで緒戦当時のように、一二機編隊が組めて、心強かった。

約半月間ミンドロ島で慣熟飛行に専念し、昭和十九年十月十五日、レイテ戦にそなえてネグロス島バコロド地区に展開した。その間、空戦らしい空戦もなく、疲労もかなりとれて元気を回復した。

私の記憶では、ネグロス島にはタリサイ、ファブリカ、サラビア、バコロド、ラカルロタ、マナブラの六ヵ所に飛行場があり、レイテ島まで直線距離で約二七〇キロ、陸軍の重爆で約四五分のところにあった。

はじめはミンドロ島に待機し、航空戦で消耗した戦隊に、補強配属されるはずであった。

ところが、航空戦力の絶対数が不足となったため、消耗した戦隊の補強などとはいってはおられず、急遽ネグロス島へ移動し、独戦隊単独で比島方面の航空戦に参加することになったのである。

投入を予定されていた陸軍航空隊は、戦闘機隊だけでも、第十七・第十九戦隊の三式戦闘機、第一・第十一戦隊の四式戦闘機、第三十・第三十一戦隊の一式戦闘機の六コ戦隊、総機数三四二機という一大戦力であった。

それに、ウエワクにいた私たち独立飛行一〇三中隊と、やはり独立中隊の一式戦闘機隊のあわせて三〇機が予備中隊となり、強力な布陣で臨む予定であった。

ところがいよいよ戦機熟し、いざという十月十九日になってみると、第十九戦隊の三式戦はルソンより未着、第一・第十一戦隊の四式戦六機は十月の末に到着という有様で、それに加えて九月十二日、十三日の米軍機の来襲により、第三十・第三十一戦隊の一式戦闘機が、潰滅的な打撃を受けてルソンに後退してしまった。

この結果、十七戦隊の三式戦一七機と、予備中隊の三式戦一五機（私たちの中隊）と一式戦一五機、合計四七機の戦闘機で戦うことになったのである。

当初予定の戦闘機だけでも三四二機プラス予備中隊三〇機が、わずか四七機、予定の約一割強になってしまった。苦戦などという状況を遙かに通りこし、まったく勝ち目のない戦いを、第一線部隊は強いられることになったのである。

先頭に立って戦う指揮官の心情は、どうだろう。部下をカバーして戦ってきた小沢隊長の苦悩が、私にはよくわかった。

＊

松本良男は手記のなかに、このように書いている。

この時点でのアメリカ軍の動きを、簡単に述べておくと、昭和十九年十月十七日の早朝、アメリカ艦隊はレイテ湾口のスルアン島に接近し、午前八時、同島に上陸を開始した。

十月十八日、敵艦艇多数が、レイテ湾内深く進入して、海岸の日本軍陣地に艦砲射撃を行なうと同時に、掃海を実施した。米軍は十月十九日の正午ごろ、上陸用舟艇五〇隻で、ドラッグとタクロバンに上陸を企図したが、日本軍はこれを撃退した。

翌二十日、猛烈な艦砲射撃の掩護のもと、約二百隻の舟艇が、タクロバンとドラッグに上陸を開始した。このようにして、レイテ島の攻防戦が開始されたのである。

この間、敵機動部隊の艦載機が、フィリピン各地の日本軍航空基地を攻撃し、特にマニラ地区に対しては執拗な攻撃が繰り返された。

以上がアメリカ軍の主な動きであるが、日本軍も陸海空の総力を挙げて、反撃を行なったことはいうまでもない。

このような戦況のなかで、松本たちの独立飛行第一〇三中隊は、どのように戦ったか、彼の手記で見てみよう。

初めてのペア

陸軍航空隊のレイテ島に対する本格的な攻撃は、十月十九日に開始し、十月二十四日が総攻撃の予定になっていた。

しかし、攻撃開始の十九日は、レイテ島付近が暴風雨で、小沢中隊は出撃しなかった。

十月二十日、一二機編隊で出撃したが、圧倒的な数の米軍機に追いまくられ、七機が撃墜され、ようやく五機が帰投した。事実とは冷厳なもので、飛行時間の少ない者から順に七機が喰われたのである。

そこで予備機を補充して、八機の編隊を組むことになった。

充分な訓練も受けず、実戦の経験も浅い若い搭乗員たちは、士気は旺盛で闘志に燃えていたが、この苛酷な戦いを強いられる空域では、精神力だけで勝つことは不可能であった。

十月二十一日、編隊の八機を二、三、三と分けて小隊とした。私は中隊が編成されて以来、初めて小沢隊長とペアを組むことになった。安心感と緊張が入りまじった複雑な心境だった。

「松本よ、これが初めてとはナ……」

感慨をこめて隊長がいった。

「本当ですね。自分はカモ番以外飛んだことなかったですから」

「すまんかったなあ……。オメェにはひどいところばかり持たせて」

「いいえ、すっかり慣れて、平気でした」

「何だと、この野郎！　平気だった……。オメェ、それは皮肉か。胸にズキンとこたえるぜ」

そういって小沢隊長は、久しぶりにあの澄んだ奇麗な目で明るく笑った。

苦悩する隊長

ミンドロ島で少し休養はとれたが、ニューギニアでの戦闘の疲れは癒えていなかった。中でも小沢隊長は、疲れきっているのがありありとわかった。

ここのところ、あの豪放で磊落な人が、黙りこくって考えこむことが多くなり、ときどき放心したように焦点のない視線を、宙に向けていたりしたのだ。

ウエワクを離れてから、小さな空戦を二度やった。損害はなかった。その空戦のあと、急に無口になったのである。気持を安める場所がないからだろう。

私は、よく女性の美しさ、優しさ、思いやりなどを口にする。

一般社会でもそうだが、戦場ではことに女性特有の素晴らしさが、大きな役割を果たすのである。戦闘で疲労困憊し、ずたずたになった神経は、ちょっとやそっとでは回復しない。

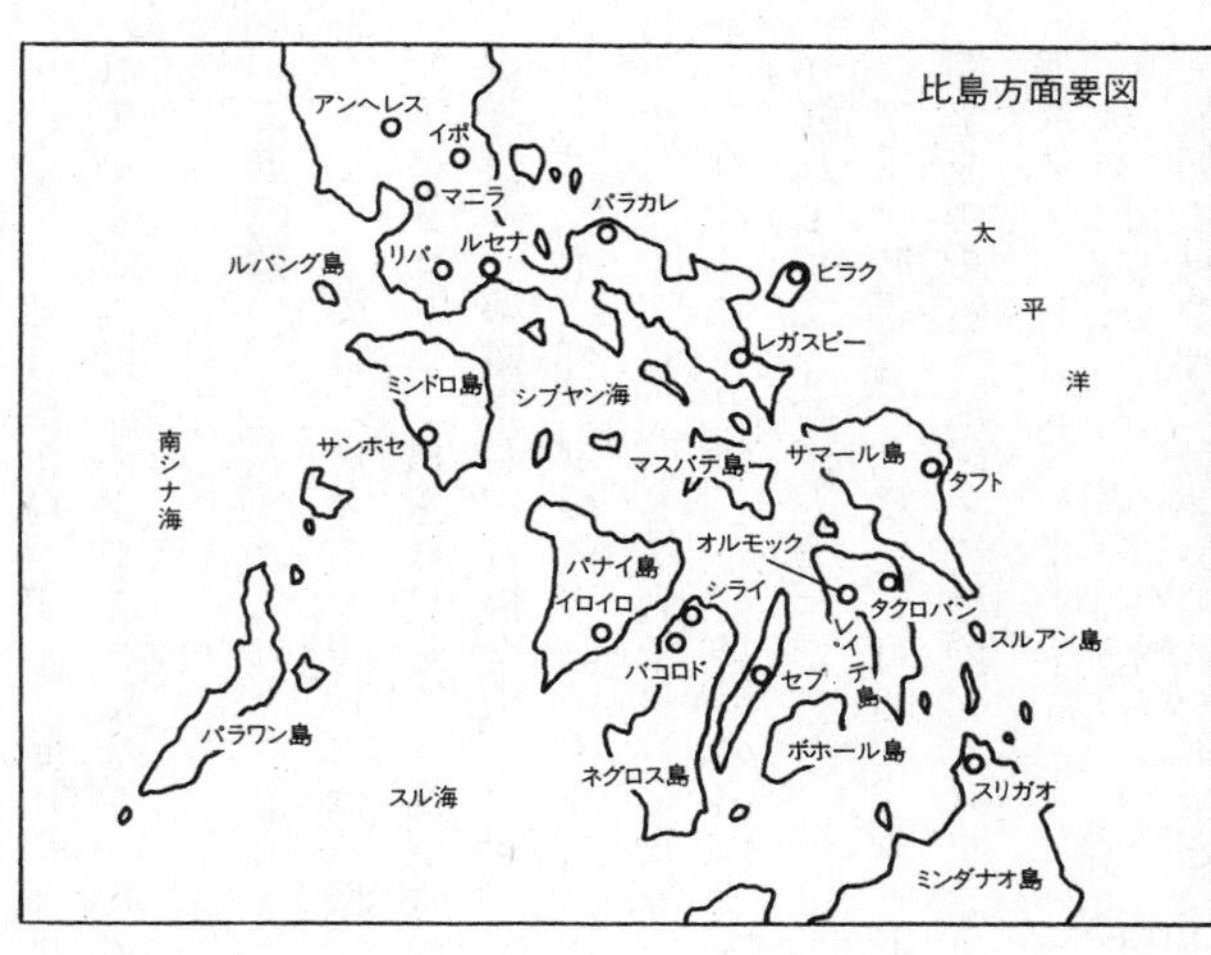

そんなとき、たとえそれが慰安婦であっても、その優しさに触れ、思いやりに包まれると、心の平静さを取りもどせるのだ。

小沢隊長はウエワクで、小さな料亭の女将と親しくしていた。この女将のところが、小沢隊長の逃げ場だった。

一、二度見かけたことがあるが、四十歳に近い年増で、どきっとするような美しい女性だった。きっとこの美しい人が、カラカラになった小沢隊長の心の渇きを、癒してくれたのだろう。

ウエワクを離れて約一ヵ月、移動を繰り返し、ネグロス島に進出してきた。戦況が日増しに逼迫するなかで、絶対に勝ち目のない作戦に突入してしまった。それも、経験の浅い未熟な部下を引き連れてである。

いかに剛毅な小沢隊長でも、重圧に堪えるのに精一杯だろう。しかも、心と体の疲れをいやす場は、ネグロスにはなかったのである。

二倍の敵

さて、この日（十月二十一日）は八機で出撃し、予定空域で敵機と遭遇せず、帰路、眼下にＦ４Ｆ一機を発見した。高度差一〇〇〇メートルである。これを攻撃し、小沢隊長が一機撃墜し、八機全機が無事に帰投した。

十月二十二日。全機無事。戦果なし。

十月二十三日。レイテ戦四日目になり、飛んでいるのは、米軍機ばかりになった。この日は二回出撃した。早朝の出撃で隊長が一機撃墜したが、味方も一機を失い、中隊は七機になってしまった。

午前十時過ぎ、七機で二度目の出撃をした。三十分くらい飛んだとき、十一時の方向を左から右へ飛ぶ一三機のＦ４Ｆを発見した。距離六〇〇〇、高度三五〇〇、同高度である。

「Ｆ４Ｆ一三、十一時、六〇〇〇！」

最初に見つけた私が怒鳴った。全速なら五十秒で到達できる距離だ。敵は気づいていない。

「了解！　左から回る。続け！」

隊長は敵が気づかぬうちに、背後に回るつもりだ。全機増槽を捨て、一分後には敵編隊の後方二〇〇〇メートルにピタリとついた。まだ気づかれていない。

十三対七である。約二倍の敵だ。まず、勝ち目はない。それどころか、下手をすると目茶目茶にやられる。

私たちに気づいていないのだから、こちらも知らぬ顔で見過ごせばいいのにと、私はふと思った。

このレイテ戦に入ってから、隊長はどうも無理をしすぎる。無謀とさえ思われる戦闘を仕掛ける。今この空域での一戦一戦に、己れの死に場所を求めているのだろうか。いや、これだけの戦闘機乗りが、そんな考えを持つはずはない。

私がこの類い稀れな名戦闘機乗りから、つねづ

19年10月20日、レイテ島タクロバンに上陸する米軍。日米の雌雄を決する攻防が始まり、陸軍航空部隊も全力を投じた。

ね教えられてきたのは、言葉は悪いが、

「命根性汚なく生き抜け。決して投げだしたり、諦めてはならぬ。どんな状況下でも、冷静な判断力と勇気をもって、最後の最後まで望みを捨てるな。己れの限界を見極めるまで戦うのが、戦闘機乗りだ」

ということだった。そう教えてくれた人が、こんな戦闘で諦めたり、自棄になったりするわけがない。私はそう考えた。

「敵サンは帰り道だ。わっと脅かせば、蜘蛛の子だ。……深追いするなナ！　突っこめ！」

落ちついた隊長の声が、私の隊長に対する疑念を吹き飛ばした。

〈死ぬ気なんか毛頭ない。いつも通りの隊長だ――〉

つづいて指示がきた。

「かき回せ。かき回すんだ！」

一気に増速した私の機は時速六〇〇キロで他の六機を振り切り、あっという間に敵機の外板リベットが見える位置まで接近した。

己れを知るべし

やっとわれわれの攻撃に気づいた敵の一三機は、散開でもするようにいきなり左右に分かれ、ばらばらに上昇姿勢をとった。

私は、その後方からど真ん中に突っこみ、突き抜けると急上昇、反転して状況を見渡した。一発も射たずに突っこんだのは、後続の味方機がいい位置にくるまで、敵にわれわれの接近を気づかせないようにしようと考えたからだ。

ばら撒いたように敵味方の二〇機が、思い思いの態勢で広がり、空戦に入っている。蒼い空の遠くに、積乱雲が盛り上がり、八〇〇〇メートルの高空まで重なりあって白く輝いている。それが、渡りあう戦闘機群の背景になり、まるで絵を見るような光景だ。

敵はわれわれの不意討ちに算を乱し、ばらばらになっている。しかし、やがて互いに連絡をとり、二、三機ずつかたまるはずだ。そうなると、機数の劣る味方は苦しくなる。その暇を与えてはならない。

こんなときは乱戦にかぎる。敵を慌てさせ、何がなんだかわからなくする。ドンパチやって、こちらが七機だとわかるころには、体をかわして逃げる。運がよければ敵を喰える。悪くてもこちらが喰われる心配はない。

ただ、体をかわす離れぎわが難しい。それと、できればもう一〇〇〇メートル上で戦いたい。

私は乱戦のなかに引き返しながら、誰がどの敵を追っているか見極めようとした。そのとき、何を思ったのか敵の一機が、すーっと私の軸線のなかに入ってきた。そして、右に左にと小刻みにスリップしながら、逃げはじめた。何のことはない、私が敵を捕捉し、追尾する形になった。願ってもない好機を、敵があたえてくれたのだ。

〈これは、罠ではないのか……〉

私は後方、上下左右を確かめた。追尾機もないし、私を見つめている敵機もない。隠れ場所は、この大空のどこにもない。積乱雲は、はるか遠くだ。

〈よし、この敵は撃墜できる！〉

前方七、八〇メートルを逃げるF４Fは、翼端が鋭利な刃物で切り取ったように見える。胴体はずんぐりしているが、意外に胴の幅は狭くスマートである。

射撃できる形に、どうやって持ちこもうかと、なおも接近すると、敵は大きく左に傾き、急旋回に移った。私の後ろに喰いつくつもりらしい。

身の程しらずは、どの世界にもいるものだ。命のやりとりをする戦場でも同じである。己れの空戦技量のレベルを知らぬ者は、相手の技量を見極める力も持っていない。己れを知って、初めて敵を知ることができる。

眼前の敵は、今はじまったこの戦闘で、己れの空戦技量がどの程度通用するかわかっていない。不意討ちであり、周章狼狽したといっても、自ら相手の目の前に全身をさらし、しかも一番弱点の機尾をさらすのは、戦闘機乗りの技量うんぬん以前の問題である。

旋回半径は、Ｆ４Ｆより三式戦のほうがかなり小さい。だから敵が回ってくれれば、より距離は縮まる。私はこの一旋回で至近距離に達し、射ちこんでやろうと思った。するとそれを察知したのか、それとも咄嗟の思いつきなのか、今度はいきなり機首を立てると、大きく弧を描く急上昇に移った。これには、追いかけている私が驚いた。

果敢といえば果敢であるが、これは常識はずれだ。三式戦闘機を相手に、縦の巴戦に入るとは、ド素人である。縦の巴戦で三式戦に勝てる米軍機は、存在しないのだ。一対一の空戦で、パイロットの技量が伯仲しているとしたら、三式戦はＦ４Ｆに負けない。ことに縦の巴ともえ戦では、一〇〇パーセント勝つ。それなのに、いきなり縦の上昇旋回に入ったのだから、私は啞然とした。

〈しかし……〉

と私は考えた。敵はいったん高度をとり、その重量と大馬力にものをいわせ、高速ダイブで逃げるつもりかも知れない。

だが、それでは、ダイブに入る直前、上昇した頂点で、私の一撃に合うのは避けられない。万が一にも私が射ち損じ、逃がしてしまうことはない。

なにか途方もないテクニックで私の一撃をかわしても、つぎの急降下で逃げ切ることは不可能だ。F４Fの降下速度の限界は、せいぜい時速七八〇キロである。とうてい三式戦の追撃から逃れることはできない。リミット以上のスピードで降下したら、たちまちバラバラに空中分解してしまうだろう。

二十数秒後の結末

「松本！　そいつを墜とせ！」

隊長の声が響いた。戦闘に入ってから、初めての声だ。

「了解！　墜とします！」

そう答えてから、なんと自信たっぷりな、それが当然だといわんばかりの思い上がった自分の返答に、一瞬、いやらしい返答だな、と思った。

私は敵機が描きつつある上昇円周の頂点あたり、ちょうど敵機が完全に背面になると思われる空間の一点に機首を向け、スロットル一杯の急上昇に入った。

やや右上方一〇〇メートルに、目標の敵機を見ている。エンジンを唸らせ、あらん限りの力をふりしぼり、空気を引き裂いて上昇する私の機は、完全に目標を捉えようとしている。

〝二点間を結ぶ最短距離は、直線である〟

旧制中学校の幾何の時間に教わったことだが、いま私はその最短距離の直線を、真一文字に昇っている。敵機は大きくふくらみ、しだいにスピードが落ちている。いかにF4Fのエンジンが大馬力でも、あの重量では地球の引力に勝てるはずがない。

撃墜は時間の問題である。あと一秒たらずで勝負はきまる。その一秒たらずを、私はこのまま真っ直ぐに飛べばいい。間違いなく敵が私の眼前に背面を見せる位置に到達するはずだ。そのとき敵との距離は、おそらく三〇メートルとないだろう。

〈かわすなら今だゾ〉

私は胸のなかで、敵のパイロットに呼びかけた。

〈このままでは、お前は間違いなく俺に墜とされる。一か八か、かわしてみろ。千に一つ、万に一つもかわせないだろうが、たった一つの僥倖があるかもしれない。だから、やってみろ、いま！　引きつけているステッキをパッと放せ。つぎの瞬間に、得意な側に半回転ロールしろ。これは難しいぞ。回り過ぎても足りなくてもダメだ。半回転回り終わる直前に、ロールさせた側のフットバーを力いっぱい蹴るんだ。

すべてが理想的にうまくできたら、お前の飛行機はその位置で機尾をはね上げて、

ほぼ水平になる。水平になったとき、スピンをせずに前方への推進力があれば成功だ。

だが、これをやると、一〇回やって九回は水平スピンを起こし、コントロールがで

きなくなる。だから命がけなんだ。俺は何十回でもこれがやれる。その秘訣を教えて

やろう。

それは、空気にさからうなということだ。いま、お前は猛烈に空気にさからって飛

んでいる。そのさからうのをやめて、いったん空気を受け入れてやるんだ。そうする

と空気は機体にそって、滑らかに流れてくれる。

そうなったとき、機体はパイロットの意志に従い、つぎの動作に移ってくれる。し

かし、空気を受け入れる一瞬のタイミングが難しいんだ。

だが、やってみろ! もしこれができたら、俺の最初の一撃はかわせる。だが、つ

ぎの展開はわからない。多分、俺はお前が水平に飛び始めたその前方一〇〇メートル

の空間で、背面になってお前にピタリと照準を合わせているはずだ。

しかし、必ずそうなるとは限らない。これは戦闘だ。何が起こるか誰もわからない。

だからやってみろ。やってみる価値はあるんだ……〉

文字で書くと長い。だが、私の頭の中には、こんな思いが猛烈なスピードで流れたのだ。

敵機は私の思いや、声にならない呼びかけなどを無視し、一呼吸後には完全な背面の姿勢になり、上昇をつづけてきた私の眼前三〇メートルに機体をさらけ出した。

間髪をいれず、私は両翼の二〇ミリ砲を二発ずつ計四発を、敵の右翼のつけ根に射ちこみ、敵機の尾翼すれすれにすり抜けてかわし、くるりと反転して攻撃の結果を見た。

敵機は私の一撃で火を噴き、火達磨になって二〇〇〇メートルも落ち、紙屑のように回りながら墜落していった。そのあとに黒煙が長い尾となっている。なおも見つめていると、その紙屑みたいな敵機はいきなり爆発して四散し、虚空に煙だけが大きく広がった。突然、私の眼前に現われ、左右にスリップしながら逃げはじめてから、二十数秒後の結末であった。

一瞬の出来事
いったんばらばらになった敵機群は、やっと態勢を立てなおし、反撃に転じてきた。だが今のところは、無類の旋回性能をもつ味方の三式戦は、危な気なくかわしている。

ここまではいいのだが、多勢に無勢の空戦である。これからが危ない。私は自分にそういいきかせ、つぎの攻撃に備えた。

敵戦闘機群の形がよくなり、いままでの劣勢から本格的に攻撃に転じようとしたとき、

「戦闘やめ！　離れろ！」

隊長の指示が飛んだ。大空のあちこちに散らばって敵を翻弄していた味方の各機は、パッと戦闘をやめて離脱し、水が排水孔に流れこむように、全速力で隊長機のまわりに集まってきた。

ところが、そのうちの一機だけが位置が悪かった。低く過ぎるのだ。

「まずい！　急降下しろ」

と叫ぼうとしたとき、その味方機はガクンと機首を下げ、白煙を曳いてまっすぐに墜ちていった。それは、東京出身の近藤義正少尉の機だった。

一三機のＦ４Ｆの編隊を発見してから、戦闘終わりまで約八分間の空戦だった。そして一機を失い、われわれ編隊は、総勢六機になってしまった。

もう一日の辛抱だ！

十月二十四日。レイテ戦五日目の朝がきた。雲の多い、どんよりとした空模様である。なぜか朝食の時刻が早く、起きたばかりの私は食欲がなくて、味噌汁を半杯ほどすすっただけで終わりにした。

少し熱っぽく気だるい感じだったので、宿舎の寝台にひっくり返り、裸で煙草を吸っていた。出撃までには、まだかなり時間があるのだ。

煙草の煙を目で追いながら、考えた。

〈なぜ、まったく勝ち目のない戦闘をつづけ、大切な戦力を消耗しなければならないのだろう?〉

米軍はレイテ島の確保に全力を挙げている。この空域をわがもの顔で飛んでいるのは、敵の飛行機ではないか。その中に、六機やそこらの戦闘機が舞い上がって、一体なにをしろというのだろう。

出撃命令はエライさんが出す。命令されれば、拒むことはできない。軍隊だから仕方がないが、みすみす部下を失うとわかっている戦闘に飛ぶ隊長の気持は、どうなのだろう。何を思って飛び立つのだろう……。

〈イヤだ、イヤだ――〉

私が煙草をもみ消そうとしたとき、

小沢隊長が、ひょっこり入ってきた。きちんと飛行服を着こんでいる。

「おい松本、何をしていた」

「なんだ裸で一服か！　古狸は違うな。ギリギリまできても、顔色ひとつ変わってい

ない。他の連中は、青い顔をしてるゾ。……戦さにならんよナ」

そんなことをいうと、私の横にどすんと腰をおろし、一人で喋りはじめた。

「今日でこの戦さは、ひとまず終わりだ。各戦隊ともガタガタだ。これじゃあ、かも

めにも勝てやシネェ。思い切りやって、いっとき休ませて頂きましょうや。ルソンへ

帰してくれるそうだ。だから、今日一日の辛抱だ。

ところで、オメェと組んでみたが、ウメェもんだナァ。安心してまかせておける。

俺はナ、オットシ（一昨年）から、こんな楽な戦さは初めてだ。まるで絵に描いたよ

うな飛び方ができるジャネェカ。いいもんだネェ……。

うん、昨日はうまかったなあ。ほら、あのヨンエフ（F4F）を喰ったときヨ。あ

れじゃあ、俺でもかわせネェ。鶏を追うみたいにやられちゃあ、逃げ道は上だけだ。

おい、あの捻りながらの上昇は、いつおぼえた？　立派なもんだ。……夢みたいだ

ナ。頬っぺたの赤かったオメェがヨ、オレと組んで飛ぶなんて、考えてもみなかった。

それが、いつの間にか〝上等〟になりやがった。何をやらせても、心配ネェ。だがな、

危ネェのはこれからだ。自重しろヨ」

黙って聞いている私に、

「どうした、ご機嫌ななめか……。まあ、帰ってからまた話の続きをしよう」

そういうと、宿舎のなかをぐるりと見回し、ゆっくり出ていった。

今日の隊長は、いつもと違い、饒舌すぎる。なんとなく様子が変だ。どうしたのだろうと考えた。

〈隊長は戦況をよく知っているんだ……〉

わずか四日間で、米軍はこの空域の主導権を握ってしまった。周囲に友軍機の姿がないのは、敗けたからだ。そんななかで、われわれ六機が飛んだところで、なんの役に立つというのだ。

確かな目的も目標もないまま飛び、偶然に遭遇した敵機と無駄な空戦をする。そのたびに味方のだれかが墜とされ、やがて一機もなくなることは目に見えている。

グラマンF4Fワイルドキャット——開戦時、日本戦闘機と互角に戦えた唯一の米戦闘機で、寿命の長い優秀機だった。

だが私も隊長も、そんな戦闘の是非を口にする立場にはない。直接、敵と戦うのがわれわれの任務だ。戦闘機戦隊の戦闘員として、戦闘機に乗って戦闘に参加している。それだけで、空戦をする理由は充分にあるのだ……。

隊長も、そう自分にいいきかせているに違いない。口に出せないモヤモヤやイライラが、気安くしゃべれる私に向かって、饒舌になったのだろう。

いつもと違う隊長に、一瞬抱いた不安の影をうちけした。

三二機の只中へ

午前十時、六機編隊で、四〇〇〇メートルまで上がり、東に機首を向けた。五〇〇〇メートルあたりに密雲がつづき、気象状況は悪かった。

「オメェラ！　死ぬんじゃネェぞ、今日一日の辛抱だぞ！」

いつもの調子の小沢隊長の声が、レシーバーに入ってきた。

海上に出て、高度を三〇〇〇メートルに下げた。海面近くにも雲が流れている。こんなとき、上から不意に叩かれると、非常に不利だ。見張りを厳重にし、警戒を怠らない。

三〇〇〇メートルの水平飛行をつづける。発進後およそ一時間が過ぎたころであった。いきなり頭上の雲間から、ばらばらと降るように敵機が現われた。まったくの不意討ちである。

敵機を発見したとき、瞬時に機数を読むのは、飛行機乗りの習性である。

「敵戦闘機、三二！　頭の上だ！」

私は大声を張り上げた。はね返るように隊長の声が入った。

「了解！　勝ち目はネエ、海へ降りてかわせ。西に向かって散れ！」

落ちついた普段の声と変わらない、澄んだバリトンだ。

かわせ、回避しろとは、逃げろということだ。全機は一斉に右へ横転し、垂直降下に入ろうとした。ロールを始めたばかりの私の目に、隊長機が一機だけ上昇姿勢にあるのが見え、私は横転するのをためらった。

「松本、左上だ！　左上に出ろ！」

小沢隊長の激しい指示が飛んだ。

「了解！　左上に出ます！」

いったん降下に移ろうとして右に回りはじめた機を、そのままぐるりぐるりと回しながら、噴き上げるように上空に舞い上がった。上には雲の幕が広がり、下にも絨緞のような雲がのびている。

その雲が、芝居のどんでん返しのように大きく回り、四散して逃げる味方機と、ぶち撒いたように覆いかぶさってくる敵機の群れが、それぞれ位置どりをして静止しているように見えた。

ただ一機、右上方三〇〇メートルを、銀色の隊長機が双翼を輝かせ、しゃにむに上昇してゆく。その隊長機を視野にとらえながら、離れたくない、近づきたいと、私も懸命に昇ってゆく。

これから展開されようとしている死闘のまっただなかに、飛びこんでゆくのだ。恐怖感はない。それよりも、わき立つ密雲の手前に点々と群がる敵機のなかを、キラリキラリ光りながら、かわし潜りぬけて昇ってゆく隊長機に、心を奪われていた。恐怖感はなかったが、確実に死ぬと思った。三二機の敵戦闘機のなかへ、たった二機で飛びこむのだ。常識では考えられない行為だ。それをあえて隊長がやっている。

なぜだろう⁉

隊長は死に場所を求めたのかも知れない。人間はいつかは命を落とす。しかし、くだらぬ死に方はしたくない。

われわれは飛行機乗りなんだから、地上で被弾して死ぬよりも、空で死にたい。戦闘機乗りらしく空戦で命を落としたい。

私は、小沢隊長の子飼いの三式戦闘機のパイロットだ。他の機種で戦闘したことはない。三式戦闘機で、数十回の空戦を戦いぬいてきた。この戦闘機で戦うのなら、どんな状況のもとでも、人後に落ちないと自負している。

育ててくれたのは、小沢隊長だ。だから隊長は、私にも恰好な死に場所を与えてくれようとしているのだろう。他の味方の四機を回避させ、私一機だけをこの空戦に残したのは、そのためだ——。

私はそんなことを思いながら、歯を食いしばり、ひたすら上昇をつづけた。一メートルでも上へと、夢中だった。

頭上の敵機群を発見してから三十秒が過ぎた。まったく思いもよらぬ戦況になっていた。

絶体絶命の窮地

隊長機と私は、距離にして一五〇メートル、高度差三〇メートルの位置で、互いに確認し合いながら、敵機の群れに十重二十重につつまれ、そのほぼ真ん中に浮いていた。上も下も、右も左も、すべてが敵機である。

敵機のすべてが、われわれ二機を近く遠くから見つめている。初めての経験であっない。

た。過去、かなりの窮地に追いこまれたことはあったが、こんな状況になったことは

こんなとき、一秒でも無駄な時間を費やしてはならない。しかし、動こうにも、ど

うにもならないのだ。活路を開くには、なんらかの変化をつくらなければならない。

だが、どう飛べばいいのだろう。隙間がないのだ。

「喰われるんじゃネェぞ、かわすんだ！」

隊長の声は、悠々として落ちついている。

「了解！　大丈夫です」

と応えたが、大丈夫どころではない。これは無理だ。どんなに気負ってみても、二

機が火達磨にされるのは必至であり、一分とはかからない。そんなことは、隊長だっ

てわかっているはずだ。

私は観念した。さっき死ぬ覚悟はしたが、観念はしていなかった。いままでに相手

が強いと思ったり、数の上で劣勢に立たされたことは何度もあった。しかし、どんな

時でも、負けると思ったことは一度もなかった。

だが、今日は違う。これは完全に負けだと思った。まだ敵も私たちも、一発も射っ

ていない。袋の鼠のように周囲からかこまれ、射つ形になれないのだ。これでは、勝

負あったである。

観念はしたが、このままみすみすやられるのはいやだった。なんとか一矢報いて死にたい。それをやるには、第一段階として、たとえ一発でもいいから、射てる態勢にならなければ駄目だ。

その態勢になるには、いまの状況から、ほんのいっときでも抜け出さなければならない。であれば、できるできないは二の次で、いちばん可能性の高い逃げ方をやってみるべきだ。

しかし――。

逃げ場が見当たらない。苦しまぎれに一か八か逃げるのなら、この機体の軽さを利用し、上空をおおう雲のなかに逃げるだけだ。その雲は、はるか五〇〇メートルも上にある。どうやって、あそこまで辿りつくのだ。

そのとき、私よりやや高い位置どりをしていた隊長機が、すーっと私の後方に回りこんで、カバーしてくれる位置をとった。

ぎりぎりになったこんなときでも、まだ私を心配してくれている。本来なら逆だ。私が隊長機をカバーしなければならないのだ。

それなのに……と思いながら、私は何か大きなものにもたれかかったような、全身を温かいもので包まれたような安堵感のなかで、このまま甘えさせて貰うのだという気持になっていった。

そんな気持を一喝するように、隊長の指示がビシッと入った。

「松本、上へ抜けろ！　上の雲だ。気をつけろ！」

やっぱり雲だった。逃げ場は雲の中しかないのだ。私に上昇姿勢をとらすために、隊長は後方に回りこんでくれたのだ。この機を逸してはならない。

「了解！」

叫ぶと同時に、全速力で上昇に移った。

だがしかし、雲のなかに飛びこむまでには、どんなにふんばっても三十秒はかかる。潜り抜け、かわしながら昇らなければならないからだ。

その三十秒間を、どう飛びどうしのぐかだ。一瞬先の予想はつかない。どんな形になるか、皆目、見当がつかないのだ。

力がほしい、スピードがほしい。垂直上昇はできないので、約五〇度の上向きで、あたかも螺旋階段を昇るように機体を捻りながら、遠心力の助けをかりて昇っていった。

五〇〇メートルを上昇するのは、通常なら何でもないことだ。一気に駆け上がれる。

しかし、今この敵機の群がるなかを、掻き分けて昇るには、この五〇〇メートルは何と高く何と遠いことだろう。

間断なく曳痕弾の煙の筋が通り過ぎる。エンジンは悲鳴をあげ、全身を震わせて機は上昇をつづける。

そのとき私は、

「あっ！」

と驚いた。敵機の群れのなかに、数機のＦ６Ｆ戦闘機がいることに気づいたのだ。今の今まで敵はＦ４Ｆばかりと思っていた。Ｆ６Ｆのいることに、全然気づかなかったのだ。

Ｆ６Ｆの上昇性能は抜群である。いまＦ６Ｆに後ろに喰いつかれたら、間違いなくお陀仏だ。

〈南無三……〉

と思ったつぎの瞬間、ふっとおかしくなった。死を覚悟し観念したはずの私が、まだ生きるつもりでいるのが、おかしかったのだ。本心は、ぎりぎり切羽つまっても諦めていなかったのだ。

〈俺は今どんな状況のなかを、上昇しているのか？　俺を一番近くで狙っている敵は、

何を考えているのだ？　俺を射ち墜とすために、何をやろうとしているのだ？〉

そんなことが、ちらりと脳裏をかすめる。

きっと私と同じように上昇しながら、後ろに喰いつこうとしているだろう。

上昇のスタートは、私のほうが早かった。小沢隊長が後方に回りこんでくれただけ、ほんのわずかだが、早くスタートできた。

だが、群がって私の上に位置している敵機が、黙って見ているわけはない。とすると、現在この一瞬に、私は何機の敵に狙われているのだろう……。

もし敵の一機が、私が上空の雲に達する前に後ろに喰いつき、私の機を照準器で捉えなければ、私を墜とすことはできない。

だが、それは可能なはずだ。敵が私の機を照準器に捉えれば、〇・五秒で撃墜することができる。一分間に七〇〇発の発射性能をもつ機銃四基が射てば、〇・五秒に一基あたり約五・八発、四基で約二三・三発の弾丸が私の機を射ち抜くことになる。間違いなく私は撃墜される。

私の後方から追いあげる形が、もっとも撃墜確率の高い狙い方だ。追う敵機が、うまく私と同じ角度に喰いつき、捻りながら昇る私の運動に同調できたとしたら、もう私は、「動く標的」ではなく、「静止した標的」に近くなる。これに命中させるのは、いとも簡単だ。

側方や上方、または斜めの角度で私を捉えても、それはほんの一瞬である。後方から追いあげるのにくらべれば、撃墜の確率は一〇〇分の一もない。

〈よーし！　同情も遠慮もいらん。やってみろ。悲しいかな、いまの俺には、反撃に移る態勢は絶対にとれない。それに反してお前さんは、どこからも、だれからも狙われる心配はまったくない。攻撃に専念できるんだ。思い切りこい！〉

私は心のなかで叫んだ。

〈こんな、願ってもない絶対有利な状況のなかで、俺の後ろにつけなかったら、お前さんは戦闘機乗りとして落第だ。ご自慢のＦ６Ｆでただうろうろ飛び回っているだけなら、俺は戦闘機乗りとしてのお前さんを軽蔑する！〉

息をのむ変化技

上空の雲まで一五〇メートルに迫った。墜とされるなら、このあたりだ。私はぐいと後ろを振り向いた。いるいる、ごちゃごちゃになって追ってくる。だが、後ろから私にとどく距離に、ピタリとついている敵機はいない。

〈これは、かわせる……〉

私は直感した。

そのほんのわずかな余裕の中で、隊長機を探した。

その目のなかに、ドキリとする光景がとびこんできた。どうしたことだろう。あの百戦錬磨の名手小沢隊長の機が、敵機の群れのなかに封じこめられているのだ。

一〇〇〇メートルの彼方、五〇〇メートルも下でやられている。やや機首を下げ、全速力で逃げている。その後方上にも、進路の前上方にも、五、六機ずつ寄り合った敵機が、逃しはしないぞとばかり、押さえつけている。

そして、七、八〇メートル後方を一機のF6Fが喰いつき、そのまた後方五〇メートルにも、一機のF6Fが追尾している。

あれではかわせない。絶体絶命の窮地に追いこまれている。

全身に冷たいものが走り、思わず、

「危ない！　後方敵機！」

と怒鳴った。同時に、

「心配ネエ……」

ごく普通の調子で、小沢隊長の声が返ってきた。そして、声と同時に、あっとたまげることをやってのけた。

あんな態勢からは不可能と思われる、できっこないはずのまるで直角に近い急上昇で、発射寸前の追尾機をスイとやりすごし、頭上に群がる敵の一機を一撃で炎上させてしまった。

息をのむ一瞬の変化技である。教本にも教範にも、こんな動きは書いてない。初めて目にした、不思議ともいえる早業であった。

その光景を網膜に焼きつけ、やっとの思いで雲のなかに逃げこんだ。私は、第一の難関だけは切り抜けたのだ。

雲のなかで乱気流にもみくちゃにされながら、小沢隊長がそのあと、どんな形になっただろうと、ものすごく気になった。

「隊長！　……隊長！」

いくら呼んでも雲のなかのせいか、雑音がひどく、応答も呼びかけもまったくない。だからといって、雲の下に出ることもできず、何十回となく隊長を呼びながら、西へ飛んだ。たった一人の雲中飛行は心細かったが、これでもう墜とされないという安心感のほうが強かった。

私は隊長機のことを思いつづけた。隊長機はあの態勢からでは、一気に雲のなかへは飛びこめない。雲はあまりにも高すぎるし、遠すぎる。であれば、頭上に群がる敵機をかわし、もう一振りしなくては逃げきれない。これはもう絶望的だ。

しかし、私のように何千分の一、いや何万、何十万分の一かの僥倖にめぐまれ、雲のなかに逃げこみ、単機基地に向かっているかも知れない。私はそれを願いながら飛びつづけた。

隊長機帰らず

基地に帰りつくと、先に降下離脱させた四機のうちの一機だけが帰投していた。

他の三機も、小沢隊長機も、いつまで待っても帰投せず、夜になった。

二日後の十月二十六日になっても、遂に小沢機も僚機も姿を見せなかった。不時着やその他の情報も、どこからも一切なかった。戦況から判断して、撃墜されたと思わざるを得なかった。

私を鍛え、教え育み、一人前の戦闘機乗りに仕上げてくれた小沢隊長は、その生涯の最終戦となった空戦で、私に最後の教訓を残してくれた。

それは、勝ち目のないときは逃げろということである。

しかし、状況により全機が逃避困難な場合は、囮を残す。その囮は空戦に強い機で、時間稼ぎができる機でなければならない。

もちろん、四は撃墜される。

もう一つ、あのとき隊長機が急上昇し、頭上の一機を炎上させたあと、みずからも被弾墜落したとするならば、被弾しないかわし方、より安全な飛び方を、お前が自分で見つけてみろ、と教えてくれたのだ。

それにしても、あのとき、なぜ私は隊長機をフォローしなかったのだ。それが私の役目ではなかったのかと、胸を締めつける後悔に悩みつづけた。

と同時に、これからどう飛べばいいのかと、飼い主のいなくなった小犬のように、不安が渦巻いた。

二十九歳の若さで散った小沢郁夫隊長の偉大さを、いまさらのように痛感する私だった。

われは生きるなり

残存二機に

レイテの攻防戦で、血みどろの死闘を展開した陸海軍の航空隊は、わずか六日間で壊滅的な打撃をこうむった。とくに陸軍航空隊は、全滅といってもいい状態であった。

私の所属する独立飛行第一〇三中隊も、残存機二機となり、もはや戦力にはなり得ない状態だった。一敗地にまみれるどころか、完膚ないまでに叩きのめされたのである。

作戦参加の五日間で、指揮官機をふくむ一三機を失い、残存二機になったことは、中隊が編成されて以来の出来事だった。わずか五日間で、八七パーセントの消耗である。

第四航空軍直属の私たちは、ルソン島アンヘレスに後退するように命じられ、二機で空路退却した。

アンヘレスで、昭和十九年十一月半ばまで、敵艦載機の襲撃のたびに、私と橋本信二少尉は迎撃のために飛んだが、戦果はあげられなかった。しかし、幸い二人とも無事だった。

十一月半ば過ぎ、アンヘレスに第十八戦隊と第五十五戦隊が、それぞれ三〇機の三式戦闘機で到着した。この第十八戦隊は日本内地の東部軍管区の第十飛行師団（不確実）から、そして第五十五戦隊は中部軍管区の第十一飛行師団から、第四航空軍に配属されたのであった。

本土防衛の任にあった隊が、引き抜かれてフィリピン戦線に配置されたのだが、第五十五戦隊には、学鷲と呼ばれた、幹部候補生から特別操縦見習士官の訓練を受けた者が、六、七名いたのが印象的だった。

この頃になると、本格的な三式戦の訓練を受けた操縦員は、少なくなっていたのである。

日野軍曹との再会

年が明けて昭和二十年一月、私と橋本少尉は別れることになった。

彼は台湾経由で内地帰還となり、私は現地で新たに編成された第一〇〇戦闘飛行集団に配属されたのである。

じつはこの時期アンヘレスで、第三十戦闘飛行集団が編成され、内地から三式戦闘機一型丁が数機到着したので、私は当然この第三十戦闘飛行集団に配属されるとばかり思っていた。

ところが、案に相違し、第一〇〇戦闘飛行集団への配属を命じられたのである。

この第一〇〇戦闘飛行集団の全貌は、現在はもちろん、当時でさえ詳細は不明で、どの程度の戦力であったか、私にはまったくわからない。

各地の残存兵力を寄せ集めた飛行集団は、アンヘレスでは一式戦闘機五機、二式戦闘機一機、三式戦闘機が私の一機、四式戦闘機三機の計一〇機で、アンヘレス以外の場所にも、同じような寄せ集めの部隊があって、その総称が第一〇〇戦闘飛行集団ということだったらしい。

前年のレイテ航空戦で、私たちの独立飛行第一〇三中隊が壊滅したあと、第五十五戦隊がネグロス島のバコロドに進出したが、たちまち激しい消耗戦に巻きこまれ、一月の初めにアンヘレスへ退いてきた。

それと入れ替わりに、私にネグロス島バコロドへ進出せよとの命令が出て、一式戦三機とともに、ふたたびバコロド基地に降り立ったのであった。

私と橋本少尉がバコロドからアンヘレスに退却したとき、そのまま残留した一〇三中隊の地上勤務員が、半数以上ぶじで残っていた。

そしてまた、第五十五戦隊の整備に配転になった日野実軍曹もバコロドにいて、ニューギニアのウエワクで別れて以来の再会をすることができた。

そこで私は、面倒くさい交渉の末、日野軍曹を私の隊にもらいうけ、また世話をかけることになった。

しかし、私も日野も、ニューギニア戦線からレイテ航空戦までの、あの張りつめた気持は消え失せ、このつぎは、いつ、どこへ逃げるのだろうと考えるようになっていた。

人間は、敗戦続きのなかでは、いつの間にか消極的な気持になっていくのかも知れない。それが、自然な人間の心理というものだろう。

心中複雑

第一〇〇戦闘飛行集団バコロド地区戦隊という長ったらしい名称の私の隊は、隊長が関谷泰一大尉という襲撃機の搭乗員で、飛行時間は約一〇〇〇時間。四式戦乗りは六〇〇時間程度、一式戦の搭乗員たちは四〇〇時間程度だった。

この隊の任務が「特攻」であることが判ったのは、バコロドに着いて一週間ほどたってからだった。

〈俺が特攻をやらされるのか……〉

なんともいえない複雑な気持になったが、私の任務は特攻ではなく、出撃する特攻機を援護する直掩機であることがわかり、さらに複雑な気持にならざるをえなかった。

バコロド地区戦隊の一一機を三隊に分け、前後三回の特別攻撃を行ない、各回に一機ずつ直掩機として三式戦闘機の私、以前からいた四式戦闘機、それと一式戦闘機が随伴するのだという。

ということは、特攻機として突っこむのは、一式戦闘機の八機なのである。特攻を志願したのか、指名されたのかは知らないが、八機の一式戦の搭乗員は、なんとも哀れに思えてたまらなかった。

〈こんな死に方をするために、戦闘機乗りになったのだろうか……〉

そんな思いが、胸に湧いてくるのを打ち消すことができなかったのである。

しかし、考えてみると、いまの私も彼らとそれほど違ってはいないと思えた。

掩体壕に隠した私の機は裸も同然で、胴体に固定した一二・七ミリ銃二基の保有弾数は、瞬発信管つきの弾丸が一基について七〇発、二基合計で一四〇発、主翼固定の二〇ミリマウザー砲二基は、時限信管つきの弾丸が一基あたり五〇発、二基合計で一〇〇発が装弾されているだけであり、燃料は約三〇〇リットルが搭載されているだけで、他に手持ちの弾丸も燃料もまったくないのである。

これでは特攻機の直掩どころか、満足な空戦もおぼつかない状態である。これで出撃するとすれば特攻と同じで、死ぬために飛ぶことになる。

補給の見込みのないまま、いらいらして過ごす毎日がつづいた。

そんな中で、私の機付の分隊は、放置してあったトラックを修理して動かし、どこで見つけたのか機乙燃料（作業用のガソリンエンジン、トラックなどの燃料）のドラム缶二〇本を掘り起こしてきた。

　この燃料で、レイテ航空戦時の基地まで出かけ、そこに残しておいた保存食糧や衣類、弾薬や燃料、修理材料などを運んできた。

　燃料は航空用ガソリン（オクタン価八七）のドラム缶一二、三本、弾薬は一二・七ミリの弾丸七七〇発が運ばれてきたが、残念ながらマウザー砲の二〇ミリの弾丸はなかった。

　私は二月の末までに、偵察のため二度飛んだが、戦況のわからないまま単機で飛ぶ心細さ、恐さをはじめて味わった。

　小競り合いもない日がつづいたので、肉体的にはこれまでになく楽な毎日だった。米軍も敗残兵の集団は相手にせず、頭を押さえつける上官もおらず、一四、五名でキャンプでもしているような生活は、一見平和だったが、遠からず私の飛行機が特攻機とともに飛ぶのだという意識は、全員の心の中に暗くよどんでいた。

誘導と直掩

　私は対戦闘機戦を主任務とする単座戦闘機乗りであるから、敵の戦闘機を相手に、俗にいう空中戦、つまり空戦をするのが専門である。

だから、他の空中任務については、あまり詳しくは知らない。しかし、戦闘機乗りとしては、前線勤務が長かったので、誘導とか直掩の任務に、何度かついたことがある。

誘導というのは、味方機を目的の場所へ案内することだが、慣れない地形や、初めてのところを飛び、目的の場所に到着するのは、決してやさしいことではない。とくに海上や夜間は、途中の目標物がつかめないので、いま、どこを飛んでいるのかを判断するのが難しい。

現在のように電波による誘導装置や、レーダーが発達していれば、安全に確実に目的地に向かって飛べるが、戦時中、第一線では、無線通信も制限されて飛ぶので、推測で飛ぶことになる。位置を測定するための六分儀がないわけではないが、単座戦闘機ではほとんど使わなかった。

頼るものは、飛行時間を知るための時計と、方向を知るためのコンパスだけである。時計はともかくとして、コンパスという代物は曲者なのである。磁気を応用しているだけに、鉄に対して敏感に感応する。

たとえば徹甲弾を積んだときと、それを射ち終わったときでは、指針の方向が変化する。このような変動を、「自差」と呼んでいた。

つぎにコンパスは、地球上の場所によって異なる磁気に感応し、指針の方向が変わる。これを「偏差」といい、「自差」とともに修整しなければならない。だから、コンパスの指針が、必ずしも正しい方向を指しているわけではないのである。

さらに風向、風速、地球の自転、プロペラの回転によって生じるトルク変動なども考慮して計算をし、正確か正確に近い方位方向を把握し、自分の機のスピードもより正確にとらえ、自分の位置をできるだけ正しく、いつも知っていなくては、推測で飛ぶことはできない。

だから、経験の浅い未熟なパイロットは、なかなか思い通りに飛べないので、誘導する機が必要になるのである。

つぎに直掩とは、直接護ってやることで、一緒に飛んで敵機の攻撃から護るのだが、私は主として爆撃機の直掩をやった。

しかし、誘導も直掩も、私の専門ではない。

生きる努力を

さて、四月に入り、私が誘導直掩して飛ぶ特別攻撃隊の搭乗員三名が決まった。樋口進、河合一郎、高田道之助、いずれも二十三歳の若い少尉だった。

昭和二十年四月二十八日、出撃前日の朝食後、特別攻撃機の三名の搭乗員と、飛行計画の打ち合わせをした。

この計画は、二週間前すでに私には伝えられていたのだが、三名には何も話していなかった。出撃前の何日間かを、緊張と不安で過ごすのは、かわいそうだと思ったからだ。

地図と海図を組み合わせ、三通りのコースを決めた。出撃時の気象、天候、それに空域の敵情などにより、どのコースを飛ぶか決めることにした。

また、飛行中の互いの連絡は、風防越しに、あらかじめきめた手先信号を使い、少し複雑なことは、機体を寄せて指先のモールス信号で連絡することにした。彼らの乗機には無線はないのだ。

私の機体には無線機があり、基地との連絡は無線によるモールス信号でとることにし、乱数字の暗号は使わず、ナマ文で送受信することにした。

昼食後は、それぞれ身辺整理をした。私は両親にあてて葉書を書いた。

「激戦なので、これが最後の便りになるかも知れない。体を大切にしてくれ」

と、簡単な内容だった。

いつもの通り夕食の時刻になり、いつもの通りの夕食をとった。特別な献立ではなく、普段と同じ質素な食事だった。あとは発進まで休養するだけだ。

私は午後七時に三名を地区隊本部に集め、最後の注意を指示した。

「いまから俺のいうことは、今回の飛行にとって大切なことだ。一言も聞き洩らさず、すべて頭のなかに叩きこめ。

――燃料が充分でないから、節約して飛ぶ。そのためには、（エンジンを）平均して回せ。上下動、スリップも避けろ。逆らわずにそろりそろりと飛ぶんだ。コースは第一のコースを飛ぶ。他のコースは忘れろ！

離陸後、上空二〇〇〇メートルで東に向かって編隊を組む。お前たちは並列、間隔二〇メートルで俺の尾灯五〇メートルまで接近して飛ぶ。どうだ、できるナ。

三十分たらずで海岸線に出る。ただちに海面まで降下する。そのときは、俺はバンクを振って尾灯を点滅させ、合図をする。それを確認したら、各機は一回だけ着陸灯を点滅させて応えろ。それを確認して降下に移る。

海面上一〇メートルを俺が先行する。お前たちは俺の尾灯を機首の前下方二〇度に見て飛べ。それが海面上二〇メートル、俺の後方五〇メートルの位置だ。この隊形がとれたところで、北へ変針する。いいか、細心の注意と、最善の努力をはらって、けっして俺から離れるな。もちろん、これ以上に俺に接近してはならん。海面はたぶん霧だ。一旋回で俺を見失う。しっかりついてこい。

五十分飛んだら、高度を二五〇〇に上げる。東に変針して、セブ島の北端を突っきると、正面がレイテ島だ。この間の海がオルモックだ。

さあこれからが勝負だ。南に変針したら、フルスロットルだ。もう燃料のことは考えなくてもよい。ちょうど夜明け前になるが、俺を見失うな。ただ懸命に飛んで、ピッタリついてこい。

お前たちの前を飛んでいる俺が、大きくバンクを振ったら、前方下を見ろ。コースは決して間違わん。情報が正しければ、目の下には敵の輸送船が海を黒く埋めて、ウヨウヨいるはずだ。そこまでは俺が連れていってやる。そのあとはお前たちの仕事だ。思い通りにやれ！

——きちんと教わり、十二分にわかっているだろうが、一つだけ注意しておく。突っこむときは約八〇度だ。六〇度ではないぞ。感覚としては垂直に近い。計器をしっかり見て、正しい角度で突っこめ。

加速されるにつれて、機体が上面に浮く。浮きすぎると感じたらロールして、背面になって修正しろ。どんなに加速しても、二五〇〇からの突っこみで、空中分解はせん。思いきり突っこめ！」

私は言葉を切って、三人を見つめた。六つの目が、じっと私に向けられている。

「最も大切なことを伝える。お前たちがどんな教育を受け、何を考えているか俺は知らん。しかし、今回の出撃は、この俺が指揮官だ。俺の命令、指示には絶対に従え。さからう奴はブチ殺す！　……そう緊張するな。これからいうことは、大したことではない。まあ聞け」

三人は、肩でホッと息をした。

「これから俺がいうことを、必ず守れ。いいか、これは俺の命令だ。繰り返していうが、大したことではない。簡単なことだ。

――突っこむのは一回勝負で、やり直しはできん。目標をはずしたら、すなわち狙った目標に突っこめないとわかったら、海に突っこんで自爆してはならん。わかるか。意味が……。

はっきりいって、お前たちの操縦技量は抜群とはいえん。それに何度も何度も練習したことではないから、目標をきめて突っこんでも、思い通りにぶち当たれるとは限らん。失敗だと思ったら、中止しろといっているのだ。

低く降りて、ウヨウヨしている敵の輸送船の間を、船の甲板の高度で縫って逃げろ。南々東に向かってだ。うまくゆけば、島に行きつけるかもしれん。途中、燃料が切れたら、海面に着水しろ。これは難しいぞ。だが、一世一代の勝負だ。度胸をきめてやってみろ。

要領は、波の嶺に沿って飛び、ケツからそっと水に降りるんだ。しかし、輸送船の間を飛んでいる間に、墜とされるかもしれん。船から撃たれてだ。そのときは諦めろ……。どうやってみても、生きれる確率は一パーセントだ。それでもやってみろ」

三人はゴクッと唾を飲みこむように、小さく頷いた。

私は言葉をつづけた。

「いままでの話は、目的地までの途中も、目的地にいってからも、敵機の襲撃がまったくないものとして話をした。だが、そんなにうまくゆくはずはない。いつどこで、どんな化物が出てくるか予測がつかん。

化物は必ず出る。それも夜が明けてからだ。暗闇には出てこない。化物が現われたら逃げるだけだ。俺はできる限りフォローしてやるが、三機全部は無理だ。あてにするな。だからばらばらになって逃げるのだ。何も考えず、海面近くまで全速で降りろ。

敵はナ、太陽を背にして東からくる。これはまず間違いない。陽はまだそんなに高くないから、海面は太陽の反射光で輝いている。その反射光の上を、しゃにむに逃げろ。東に向いてだ。いいか、間違うな。東に逃げるんだぞ。太陽に向かって逃げるんだ。

まあ、逃げてもやられるだろう。これは時間の問題だ。だが敵さんにも、千に一つのミスがないとは限らん。僥倖があるかもしれん。運がよければ、レイテ島にゆける。レイテはいまは敵の手中にあるが、逃げていった者の命はとらん。燃料が切れたら、さっきいったように着水だ。着水に成功して、ポツンと一人で浮いていれば、あるいは敵さんが見つけて、助けてくれるかもしれん。

要するに、簡単に死んではならんということだ。

ところで、もう一つ大切なことがある。化物ではなくて、天候、気象という大敵がある。目標の場所が雲高が低く雲量が多くて、視界が零だったら、突っこみは断念する。中止だ。

そのときは低く降りて、西へ向かえ。セブ島に着ける。ただし、目標の場所で雲が濃いときは、海面近くまで降りるのは危険だ。このときは、南々東にそのまま飛べ。北西風に乗ってミンダナオ島にゆける。

――とにかく、敵機が現われたら逃げることだ。突っこめないときも逃げること。雲が多くて視界のきかないときも逃げるんだ。戦線離脱だ。

そういってもだ、何をやっても助かる確率は一パーセントだ。だが、生きることに努力すべきだ。飛行機乗りは、命を落とす瞬間まで、生きることを諦めてはいかん。これだけは肝に銘じておけ。

……質問はないか？　なければ以上で終わる。なんだ、どうした、そんな恐い顔をして——。そんなじゃ満足に飛べんぞ。帰って寝ろ！　当番に起こされるまで眠るんだ。では、明朝！」

三名は無言で出ていった。

私のいったことを、どれだけ解ってくれただろう。自棄になって簡単に死なないでほしい。それが私の願いなのだ。

明日の出撃で、途中、敵機が現われ、ばらばらになって逃げた彼らが、運よくどこかへ不時着して命を永らえることを願うのだ。

そして、そんな現実ばなれしたことが、なんだか本当に起きるのではと思うのであった。

それは、とりもなおさず、私自身に対する願いにほかならないのだ。誘導、直掩といっても、いっしょに飛ぶ特別攻撃機と、なんら条件は変わらない。

敵機に見つかれば、彼らより少々長く生きのびれるだけで、必ず墜とされる。

たった一機なのだ。孤立無援、どのように飛ぼうとも、周囲はすべて敵なのである。

空も海も島も、すべて敵の手中にある。生きる望みは一パーセントもないだろう。

馬鹿げた話だ

宿舎に帰り、ベットに横になった。何か夢を見ながら、トロトロ眠った。

当番兵に起こされたのが、真夜中の十二時だった。裸になって汗を拭いているところへ、顔馴染みの将校や兵たちが、怖いものでも見るように、おどおどしながら別れをいいにきた。

死ににいくヤツへの別れの言葉は、適当なものがない。〝成功を祈ります〟〝またお逢いしましょう〟〝ご無事で〟これはちょっと無理だ。〝お世話になりました〟〝あなたのことは忘れません〟〝さようなら〟まあこんなところだろう。

周囲がつとめて平静を装っているのが、かえってぎこちない。遠慮しすぎているのだ。でも懸命に気をつかってくれるのがわかり、嬉しくもある。

小夜食に饅頭（まんじゅう）が出た。できたてのホカホカだったが、一口食べてやめた。あまり、美味くなかったからだ。紙に包み、物入れにいれた。飛びながら食べるつもりだった。

飛んでいる時間を考えて、煙草は二〇本入りを一箱持った。飛行中の喫煙は禁止されているが、私はいつも飛びながら吸った。今度だけ禁煙して、例外をつくるのはいやだった。

いつもの通り飛びたいのだ。

「飛ぶとき、金はいらん」が口癖だった私は、手持ちの軍票とドル紙幣を、いつも世話になっている整備の中根上等兵に渡した。泣きだしそうな顔をしていた彼は、金を受け取るとぽろぽろ涙をこぼした。

日野軍曹が現われた。彼が出撃前に宿舎にくることなど、過去に一度もなかった。今日の私の飛行は、生きて還る確率がほとんどないことを、彼はよく知っているのだ。

「お別れだネ、日野さん」

「はい、そのようですネ」

「ずいぶん長いことお世話をかけました。おかげで、今日まで生き永らえました。有難う」

私の声は震えていた。

「お礼を申し上げるのは、私の方です。よく今日まで飛んで下さいました。……至らぬことばかりで、申しわけなく思っています。どうかお許し下さい」

「いや……、わがままばかりいってきたのは、私です。……私は先に逝くでしょうが、日野さんは、ゆっくりきて下さい。あの世ではもう飛ばないから、整備はいらんのです」

「いや、私もすぐ追いかけます。……楽になりますから……。今度は二人で歩きましょう」

「……歩くのもいいネ。有難う」

「じゃあ列線で待ちます」

日野はくるりと踵を返すと、振り向きもせず出ていった。

このとき、私は本当に死ぬかも知れないと思いはじめた。日野があんな真剣な顔であんなことをいったのは初めてである。

「引導を渡される」というのは、こういうことなのか……。あの日野の言葉が引導なのだ。「楽になりますから」といったあの言葉が……。

あの若い三名の搭乗員は、眠れたのだろうか。おそらくまんじりともせず、色々と考えていたのだろう。戦場にきて、空戦で撃墜の光景を一度も見たことのない若者が、その空戦すら経験することなく、ただ飛んで死ななければならないなんて、まったく馬鹿げた話だ。

私はいい。今まで生きてきて、何機かの敵を喰ってきたから、いつ墜とされても帳尻は合う。でも彼らは、差し引き勘定が合わないではないか。かわいそうだ――。

別盃などいらない

「地区隊本部に集合です」

連絡兵がきて、静かに伝えた。午前一時を少し過ぎていた。私は頷いて立ち上がった。べつに悲壮な気持ではなかったのに、寒気がし、少し吐気をおぼえた。緊張して貧血気味なのだろう。

当番の金谷上等兵が、褌から襦袢、袴下、靴下まで新品を並べてくれた。だが、新品はどうもしっくりしない。二、三度、洗濯した物のほうが着やすいと、普段、身につけていた物を出してもらった。着換えをしながら、

「おい！ 俺はひねくれ者か？」

と聞くと、金谷は笑顔で、

「そんなところも、ありました」

と過去形で答えた。

「金谷、長いあいだ有難う。もう面倒はかけん。今までのことは勘弁してくれ」

彼は無言だ。

「俺の私物はな、全部お前にやる。万年筆も煙草ケースもだ。故く郷にに送る必要は

ない。無用なものは、お前が処分してくれ。……そうか、死んでからあとも、世話になるナ。金谷……許してくれ」

服装、装備をととのえるのを手伝う金谷が、とうとう泣き出した。私も泣けてきそうで、

「泣くな！　馬鹿野郎！」

と、何度も叱りつけた。金谷は嗚咽をこらえて肩をふるわせた。

パラシュートバックをひきずって、私は地区隊本部に入った。ピンと張りつめた空気が流れている。発電機の具合でも悪いのか、石油ランプが鈍い光を落としている。

三名の搭乗員と横隊に並んだ私は、戦隊長関谷大尉の送別の辞を、他人事のように聞いた。とても勇ましい勝手なことをいっている。こんなものは、聞く必要はない。

ややあって、別れの盃の用意をするという。私は、「酒はいけない！」

といった。パイロットは最後の一瞬まで、正気で冷静でなければならない。たとえ微量であっても、必ずなんらかの作用を精神に及ぼす。だから飲ませるなといった。

関谷大尉は少しばかり不愉快そうな顔をしたが、すぐ機嫌をなおし、

「三名の搭乗員は、肉体は滅びても、悠久の大義に生きて神となる」

などと馬鹿げたことをいい、三名との永遠の別れに水盃をするから、用意するよう

に と命じた。

〈とんでもない。いくら死ぬことがわかっていても、では死ににゆきなさいと、水を飲ませることはなかろう〉

私は腹が立ってきた。

仕度ができたから盃を手にしろというのを聞いて、私はとうとう悪い癖が出た。

「おい！　水はやめろ、飲むな！」

と、いきなり怒鳴った。

これから飛ぶというので、少々殺気立っていたのかも知れないが、私の剣幕に部屋のなかは一瞬シーンとなった。

「水はやめろ！　もう少しの命だ。死ぬ前に下痢でもしたらどうする……。喉がかわくのならば、お茶を飲め！」

別れの盃は、酒も水も取りやめになった。誰がどう思ったかは知らない。だが、思ったことを口に出したまでであった。

命を大切に

午前二時きっかりに、四人は時計を合わせた。午前二時十分に離陸する手はずになっている。

私はいつもの調子で、三名の若者に呼びかけた。

「さあ、一緒に飛ぶんだ。冥土で間違えんように、あらためて自己紹介をする。覚えておいてくれ。お前たちも名乗れ。きっちり覚えておく」

二、三歩前に出て三名と向き合った私は、直立不動の姿勢でゆっくりいった。

「北海道札幌市出身、陸軍少尉、松本良男」

ちょっと声が低かったナと思った。

「山梨県勝沼町出身、陸軍少尉、樋口進」

「よし、聞いた！」

私は、はっきりといった。

「愛知県東本村町出身、陸軍少尉、河合一郎」

「よし、聞いた！」

やはり、はっきりといった。

「宮崎県古城町出身、陸軍少尉、高田道之助」

「よし、聞いた！」

はっきりいったつもりであったが、声が少し上ずった。

私に注目する若者たちの目が、キラキラ光るのを見た。輝いているのではない。涙が光っているのだ。感激の涙なのか、悲しみの涙なのか――。おそらくは悲しみの涙であろう。

「只今から、松本少尉が指揮をとる。打ち合わせ通り飛ぶ。以上だ。……質問はあるか」

「…………」

言葉が返ってこない。

「なければ、ただちに出発する。心配するな。俺を信じて続け！」

まだ夜は明けない。排気管から青い炎をふき、轟々とエンジンを回している戦闘機に向かい、四名がいっせいに走り出した。

〈飛行服が重い。パラシュートバックが邪魔だ。そして暑い。だが、こんな思いをするのも、これが最後だろう。〝楽になる〟と日野がいった。俺がこうして走っているのを、だれも語り伝えてはくれない。一枚の紙きれに、〝南方空域で戦死〟と書かれ、両親にとどけられるだろう。俺は子供のころから泣き虫だったから、お袋さんは〝良男は泣きながら死んだ〟と思うだろう〉

あっという間に、飛行機のそばにきてしまった。もう乗りこむだけだ。

闇のなかで機付整備員六名が、所定の位置についている。日野軍曹が主翼の上でキャノピーを開き、足かけのカバーを開いて待っている。いつもと同じ光景だ。

私は整備員の一人ひとりに近寄り、轟音にかき消されないように耳もとに口を寄せ、

「ご苦労さん！　有難う。命を大切にしろ！」

と怒鳴って、私の気持を伝えた。みんな首を大きく上下に振って、

「わかった！」

と意志表示してくれた。

日野に引き上げられて、主翼の上に立つ。

「有難う！」

と大声でいうと、

「すべて異状なし！」

と日野も大声だ。

「了解！　じゃあ……」

と私が応えると、

「サヨナラです！　じゃあ！」

このひと言を残して、日野は地上に飛び下りた。

暗灰色の雲の壁

コックピットのなかに、感情はない。前面の計器類が夜光塗料の鈍い光を放っている。ぱっと全部に目をやる。すべてが正確に作動している。時計の針は午前二時八分を指している。

私はコックピットのなかで立ち上がった。両腕をまっすぐ頭上にのばし、ゆっくりと左右に開く。コックピットのなかで〝チョークはずせ〟だ。

つぎに右腕をまっすぐ上方に挙げ、肘から上を三度前方に振った。〝発進〟の合図だ。腰を下ろし、縛帯を締めてキャノピーを閉じる。機はゆっくり滑り出す。ゴーグルを下ろし、エンジン回転を上げる。スルスルと機速を増すと、機体が水平になる。

ちらっと右側に目をやると、滑走路脇に黒い影が一つ、後方へ消えていった。日野のシルエットだと思った。最後まで私を見つめてくれているのだ。

滑走路の正面は真っ暗である。

その闇のなかに、遠くぽつんと小さな灯りが一つ、かすかに見える。滑走路の前端だ。スロットル一杯に速度を上げた。バックレストに背中がはりつき、機体がぐうーっと浮いた。

上空二〇〇〇メートルで、翼灯、尾灯、それに着陸灯まで間断なく点滅させながら、ふらふらするほどゆっくりと旋回し、後続機を待った。

そのうちに、一機また一機と私を見つけて寄ってきた。三機が隊形をととのえて後についたとき、時計はすでに二時三十分になっていた。

編隊の組み方は、思ったよりうまい。距離、間隔もよし。ちょっと速度を増し、やや北寄り、約八〇度の方向に機首を向ける。

昭和二十年四月二十九日の午前二時三十分、四機編隊で死ぬための飛行をはじめた。

夜明けにはまだ少し間がある。それまで闇のなかを飛ぶだけだ。

白い海岸線をかすかに見下ろし、陸をはなれた。そろそろ夜が明けるころなのに、黎明の光が見えてこない。東がぼんやりと明るくなるはずなのだが……。

〈いけない！　一面に雲が湧きたっている〉

周囲すべてが雲の壁だ。視界は一〇〇メートルもない。後続機が墨絵のように浮いている。だが、これでひと安心だ。雲のなかのコントロールも、高度二〇〇〇メートルで無風のため、さして難しくない。

それに雲のなかだから、レーダーに捕えられていても、敵機に発見される心配はまずない。雲が切れれば別だが、このなかを飛んでいれば安全だ。

変針をした。約一〇度の方向で北に飛ぶ。

敵機を見張らなくてもいいという安心から、私は一服吸いたくなった。キャノピーをちょっとはずし、足もとのエアーインレットを開いた。湿った冷たい空気が、さっとコックピット一杯に流れこむ。

ガソリンに着火するには、気化したガソリンが空気と一対一四～一八の比率で混合しなければならない。引火も同様である。この大量の空気が通過するコックピット内では、ガソリンに引火する心配はない。そんなことを考えながら、私は煙草に火をつけた。

明るくなった。夜が明けたのだ。だが、陽光はとどいてこない。見渡すかぎり暗灰色の雲につつまれている。

その暗灰色のなかで、後続の三機が静止しているような錯覚に陥る。

〈このまま、目標地点まで飛ぼう。晴れているかも知れない……〉

少し気流が悪くなってきた。砂利道を車で通るような、小さく不規則な振動が主翼から伝わってくる。そしてときどき、機体がわけもなくあおられる。後続機はどうかと、すーっと後にさがって見ると、端の一機が白い排気をかすかに曳いている。

「馬鹿野郎！　チョークを引き過ぎだ。ガスが濃すぎる。燃料の無駄使いもいいところだ！　それよりも、エンジンが過熱するゾ！」

私はその機の前方に出て、二度、三度とチョークを引いて白い排気を出し、注意をうながした。だが、一向に気がつかない。仕方がないので〝寄れ〟の合図をすると、それでも何とか寄って並んだ。

キャノピーを開けて排気管をさし、その指で首の白いマフラーをさす。これを何度かやると、〝了解〟の手信号を出して離れていった。

しかし、依然として、白い排気を出している。何を了解したのだろう……。それとも、エンジンが不調なのか……。非常に心配になる。

為す術なし

離陸して一時間半飛んでも、海も島も見えない。雲ばかりである。予定の変針点にきたが、そのまま直進する。何も見えないので、セブ島をまたぐのが怖いのだ。もう少し北に出て、北端の細いところを越えることにした。

バンクを振って、ゆっくり上昇する。高度計は三〇〇〇メートルをさした。これでいい。目標地点への到達は予定より遅れるが、安全飛行ができる。

しばらく飛んだ。煙草を二本吸った。真東に変針する。もう少しだ。小一時間もすれば、いやでも敵輸送船の遊弋する上に出る。慌てることはない。

気流が悪化した。急に激しく機体が揺れだした。セブ島を越えて、オルモックの北へ出たに違いない。

南南東にコースを変えた。さあ、これでよい。索敵機の情報が正しく、あの頼りない基地のエライさんたちの計画通りなら、今われわれが飛んでいる五〇キロから一〇〇キロ前方の海には、一万トンクラスの敵輸送船がウヨウヨしているはずだ。ヤミクモに突っこんでも、どれかに当たるに違いない。

私はいささかの誤差もなく、敵輸送船群の北方の位置まで飛んできているのだ。私はそう確信した。

だが、視界は雲で海面すら見えない。もっと上まで昇って雲の切れ目を探すか、もっと下に降りれば、あるいは何か手掛りを見つけられるかも知れない。

しかし、それは、われわれの全身をさらけ出すことになる。危険だ。折角ここまできたのだから、所定の目標地点まで飛び、一気に勝負に出るべきだろう。

とうの昔に、われわれは敵のレーダーに捕えられているのだから、姿を現わせばイチコロだ。もうすこしの辛抱だ。いま危険をおかす必要はない。

目標地点の北、推定三〇キロの上空まできた。午前四時十五分になっている。大幅に遅れている。爆装した一式戦闘機が、意外にノロノロで、時間を費やしてしまったのだ。

依然として視界はゼロだ。後続機に合図し、降下に移る。なんとか攻撃目標を見つけねばならぬ。だが、どうしたことだ⁉　高度計がゼロになっても、何も見えない。

高度が一〇〇メートル以下では、高度計は働かない。とすれば、もう海面近くだ。それなのに、海霧なのか雲なのか、暗灰色がやや乳白色に変わっただけで、何も見えない。為す術なしだ。

ふたたび高度を二五〇〇メートルにした。これではとうてい目標の発見は不可能だ。どうすべきか……。一分間ほど思案し、基地に打電する。

〝現在P点（予定目標地点）二五〇〇。雲量一〇、雲高〇、視界〇。海面にいたるも目標発見できず。四機ともに異状なし。これよりなお南下し索敵をつづける。燃料残二〇〇リットル。いささか心細し〟

すぐ返電がきた。

〝了解。成功を祈る〟

もう少し南に飛べば、雲が切れるかも知れない。敵輸送船は、ミンダナオのブリアン海までいるはずだ。やれるだけやるのだ。

推定では、すでにレイテ島は左後方に過ぎ去ったであろう。かなり南まできたが、やはり雲だ。三〇〇〇メートルまで昇る。雲の濃いところに入ると、後続機がまったく見えなくなり、やや薄いところに出ると、すーっと見えてくる。処置なしだ。

それでも、われわれの下には、たぶん敵の艦船がいるはずだ。だから、ほんの少しの雲の隙間があれば、何かが見えるだろう。

日本の艦船がいるはずはないのだから、何か見えたら一気呵成に降下して確認し、目的を果たさなくてはならない。とにかく、飛ぶだけだ。

特攻機あわれ

〝寄れ〟の合図をする。だが、彼らは近寄れない。気流に翻弄されて小舟のように揺れている。流されたり揺れたりで、接触が怖くて近寄れないのだ。

「下手くそメ！」

舌打ちをする。

〈俺みたいに、水平にまっすぐ飛ぶんだ。ステッキの操作が荒いんだ。もっと、もっと、静かにやれ！　一体だれがそんな飛び方を教えたんだ。押さえろ！　押さえるんだ。違うよ、押さえつけるんじゃない。やわやわとやるんだ。……駄目だよ、それじゃあ。見込みなしだ。仕方がない。俺の方で寄ってやる〉

私が思いきりぐーんと近づくと、その機は慌ててぐらぐらしながら離れてしまう。私がコントロールできずに、近づいたと思うのだろう。全く処置なしだ。

手先信号を送る。興奮しているのか逆上しているのか、それとも機のコントロールに必死なのか、これがまた読みとれない。

それではと、キャノピー越しにゆっくりとモールス信号を送る。見てはいるようだが、これも駄目だ。すっかり気が動転してしまっているのだろう。連絡の方法がない。

〈まあ、ついてくるのなら、それでいい。俺だってこの先どうなるか判らないんだ……〉

諦めの心境だ。

雲海のただなかを、見えつ隠れつ飛んでいた後続の左端の一機が、機首をがくがくしゃくりはじめた。とうとう来るべき時がきた。ガス欠だ。

〈馬鹿！　何をしてるんだ。ステッキを引いちゃあ駄目だ。静かに押さえるんだ。ストール（失速）するゾ。ちょっと傾けて滑らせろ。その惰性で水平にもどせ。ステッキだ！　連絡のとりようがない！　駄目だ、もう……〉

機首を持ち上げた姿勢で左に傾くと、引きこまれるように、沈むように雲のなかに呑まれていった。一機終わりだ。

彼の技量では、あの形から姿勢を立て直すのは無理だ。暗灰色の雲のなかで不規則に振り回され、もみくちゃにされて、海面に激突するだろう。

だが、振り回されているうちに、多分、失心するだろう。海面にたたきつけられるまで、正気で機のコントロールに懸命になれるほど、彼は経験をつんでいない。だから、そんなに苦しまないで死ぬだろう。どうしてやることもできない。かわいそうに……。高田道之助少尉だった。

バンクを振って、残る二機に〝私についてこい〟と励ました。しかし、その二機はもう気力も失せかけている。

雲のなかの盲目飛行がすでに三時間を超えている。燃料計の指針もそろそろゼロになっている頃だ。互いの意志の伝達もできず、どこに向かっているのかも判らない。

こんな状況では、いくら気丈な男でも参ってくる。ましてや飛行時間三〇〇時間から四〇〇時間で、荒天飛行や盲目飛行の経験が浅い彼らでは、無理もないことである。

私が辛うじて平静を保っているのは、過去の経験から〝まだ墜ちない〟と判断しているからで、そのうち私だってオロオロするに違いない。

また、一機が斜めに滑って沈んでいった。あっという間だった。樋口少尉の最後だ。残るのは河合少尉の一機だけになった。彼もあと数分で駄目になるだろう。南東にコースを変えようと思った。その方が、ミンダナオ島の北端に近づけると考えたからだ。私の推測では、その北端が目の前にあるはずだ。

河合少尉を元気づけてやろうと思った。互いの顔が見える位置まで機をさげた。左側方二〇メートルだ。ぼんやりと彼の顔が見えた。

キャノピーを半開きにしてゴーグルを上げ、笑いかけてやった。河合少尉はうんうんと首を縦に二、三度振ったが、笑ったようには見えなかった。

凄い風圧にさからって機外に腕を出した私は、〝左旋回〟の合図を送った。河合少尉は了解したと首を振る。そのまま三〇メートルほど前に出た。互いの機影を確認できるのは、これが限度だ。

私は左へちょっと滑らせて回りはじめた。後方を見ると、彼も同じように回りだしている。

〈よーし、うまいぞ！〉

と思ったとき、河合機はいきなり左翼をがくんと下げると、それに引っぱられるように雲のなかに滑り落ち、たちまち見えなくなってしまった。呆気ない最後だった。

とうとう私は、ひとりぽっちになってしまった。

もはや燃料なし

いつも考えていた通り、だれにも見守られずに、一人で死ぬ——。そんなことは、戦闘機乗りになった日から、決まりきっていたはずだ。別に文句があるわけではない。だが、何だってこんな陰鬱な日に死ななきゃならないんだ。どうせなら、からっと晴れた日の方が気持がいい。

今まで二年あまり大空を翔けめぐり、数多くの敵機と渡り合い、死闘を繰り返しながら生きながらえてきた。それなのに今となって、こんな薄暗い雲のなかを、練習飛行みたいに飛びつづけ、その結果、燃料ぎれで墜死するとは情けないにも程がある。これはどういうことなんだ……。

神様が、たとえ戦争とはいえ、人を何人も殺した報いとして、ひと思いには私の命を絶たず、じわりじわりと追いこみ、死ぬとはどんなことなのか思い知らせようとしているのかも知れない。いやいや、戦場には神も仏もいはしない——。

基地への報告だけはしておこう。俺も軍人なんだと思いなおし、基地を呼び出した。待っていたのか、すぐ応答があった。

「現在F地点の南一〇〇キロ、三〇〇〇、雲量一〇、雲高〇、視界〇、目標発見に至らず。攻撃を断念す。雲中にて僚機のすべてを見失う。南東に向かい不時着地点を探す。われ快調に飛行中なれど、もはや燃料なし」

打電を終わると折り返し、

「了解、幸運を祈る」

短い返電があった。

私は電鍵コードを引きちぎって、機外へ捨てた。以後、基地との連絡は無駄だと考えたからだ。

よく耳にすることだが、最後の連絡では「祖国の弥栄を祈る」とか、「皇国万歳」とか、打電してくる者がいるそうだ。どうも芝居じみているし、わざとらしくて私にはできない。だから、もう電鍵のお役は終わりだ。

人間の思いこみというのか、慣れというのか、これは不思議なものだ。全然、「死ぬのだ」という気がしない。過去二百数十回出撃し、危険な状態になったことも随分あった。そのたびに、何とか切り抜けて生還した。それが心のどこかにあって、死に直面しながらも、

「何とかなりそうだ」

という思いが頭をもたげている。

〈落ちつけ。これからの処置を間違ってはならぬ。一つ一つ正しい操作をし、できる限り長く飛ぶんだ。これからが正念場だ！〉

そんな思いで、懸命に機をコントロールし続ける。

最後の最後まで、諦めたりはしない。死の瞬間まで正気で、冷静で、生きるために最善を尽くすのが飛行機乗りだ。

一秒でも長く空中に留まらなくてはならない。下は海だ。まずできるだけ軽くすることだ。不必要なものは全部、捨てるべきだ。

機関砲と機銃を連射して、装弾を射ち尽くした。これで弾丸の分だけ軽くなった。戦闘機乗りになって、こんな派手な射ち方をしたのは初めてだ。それも目標なしにである。曳光弾の薄赤い弾道が四本、細い紐になって暗灰色のなかに消え去った。

キャノピーもストッパーをはずし、後方に押し退げて吹き飛ばしてやった。ものすごい風がコックピットのなかに巻きこんできた。足もと両サイドのエアーインレットを全開にする。巻きこみはピタリとやんだ。パラシュートバックも捨てた。海へ脱出降下する気はない。

飛行帽、飛行手套も捨てた。ゴーグルだけで充分である。出発前に一口かじった饅頭の残りも捨てた。心尽くしの弁当も食べずに捨てた。

気のせいか、幾らか軽くなったような気がした。

河合少尉の最後を見てから、それでも二十分は飛んだ。高度計は三〇〇〇、速度計は時速四五〇キロをさしている。コンパスは南南東一五七度くらい。他の計器もすべて正確に作動している。ただし、燃料計がとっくにゼロになっている。

〈そろそろエンジンが止まる……〉

漠然と考える。

排気音がボロボロと不規則になり、すぐにパスンパスンとやりはじめた。ガス欠である。機体を左に傾けて滑らせ、燃料を集める。

各燃料タンクは、左側の底に凹みがあり、そこから燃料が流れ出るようになっている。その凹みに少しでも燃料を移動させる試みだ。最後のタンクの凹みに、少しでも燃料を集めたい。

思った通り、エンジンは生き返ったように回ってくれた。その余勢で、今スリップさせた分だけ、高度を稼ぐ。ふっと日野軍曹の顔が浮かぶ。燃料と日野軍曹には、様々な思い出があるのだ。

カラカラ、カラカラと妙な金属音を残し、エンジンがピタリと停止した。と同時にプロペラも止まった。機速がすっーと落ち、思いもよらなかった静寂が襲った。聞こえるのは、風を切る音だけである。

全身に恐怖感が走る。だが、〝怖い〟と感じるのはまだ正気だからだ。狂ってしまえば、怖いもくそもないはずだと自分を励ます。

エンジンが止まったのだから、滑空飛行をすればよい。高度計は二八〇〇を指している。

〈えーと、沈降速度とは機体の沈みが一秒間に……〉

これは面倒くさい。八キロくらいの距離は滑空で飛べる。少し風を背負っているから、一〇キロぐらいは飛べるだろう。

とうとうこの強者の三式戦闘機も、その生涯を終えようとしている。本当に強靱で強運な飛行機だった。もちろん、エンジンを交換した。多くの部品も交換した。水平尾翼も寄せ集め、主翼の一部は継ぎ足し、交換までしているから、原形をとどめているのは胴体くらいかも知れない。

それにしても、二年近く飛びつづけたのだから、驚嘆に価する。私の思いどおりに飛んで、何度も何度も命を救ってくれた。この健気な古強者に、私は心の中で呟いた。

〈頑張れよ、もう最後なんだ。決して手荒なことはしない。やんわりと優しく扱ってやる。だから、おとなしく、俺の思い通りに飛んでくれ。自棄になるな。海に降りるまで、俺のいう通りになれ。まだ飛べるお前なのに、燃料切れで終わりにするなんて、本当にすまん。

　随分と無茶な飛び方をさせた。ペラをしゃにむにブン回して無理やり引っぱったり、五〇〇〇メートルも六〇〇〇メートルも沈頭鋲が飛ぶほどの急降下をしたり、目茶苦茶だった。でも、それはもうしない。いまは風まかせに飛ぶ。やっとお前も俺も同じように楽ができる……。

　どうだ、静かだろう……。お前はもともとお淑やかなんだ。真っ逆さまに海に突っこむなんて、似合わない。そーっと海に降ろしてやる。だから心配せずに、やわやわ降りてゆけ――〉

　意識が薄れかけ、混濁してきた。計器盤の沢山の計器が、突然大きくなってぼやけたり、それがすーっと小さくなったりして、読みとれなくなってきた。体中がポカポカ暖かく、まったく音のない世界にいた。夢と現実の間を、いったりきたりしているのだ。

グラマンF6Fヘルキャット——18年9月以降、太平洋戦線へ投入され、主力艦戦として日本機の前に立ちふさがった。

このとき右前方下に、かすかに明るい、まるいところが目に入った。いきなり私は正気にもどった。直径一〇〇〇メートルもある雲の薄いところだ。高度計は一二〇〇メートルを指している。

〈よし! 一か八かやってみよう!〉

とにかく雲の下に抜けるのだ。下になにがあるかは判らない。いきなり山に激突するかも知れない。しかし、今やるべきことは、この暗灰色のなかから逃げだすことだ。もう高さがない。ならばこれに賭ける価値はある。

失速寸前の速度で、用心深く旋回降下していった。

明るさの下に、思いがけない陸地が広がっていた。雲高八〇〇メートルくらいで、晴れてはいないが視界もよく、白い波濤の海岸線が美しく遠くまで延びて、海の碧さと陸の緑をくっきり分けている。

〈なんとか命だけは拾った……〉

海岸線に沿って機を滑らせ、着地するところを見つけなければならない。だが、高さがない。旋回はできない。着陸できると判断した場所に、一回勝負で降りるのだ。

本能的に、上下、前後、左右を見回す。

後方から、ずんぐりと胴太のアブのようなＦ６Ｆが六機、猛然と突っこんでくるのが目に入った。これは予想していたことだ。すぐにギアダウンして、敵意なしの意志表示をした。

四機のＦ６Ｆにピタリと寄り添われ、二機に誘導されて真っ直ぐに飛んだ。先行する二機が、二〇〇メートル前方でフラップを出し、着陸姿勢に入った。寄り添って飛んでいる一機がぐっと寄ってきて、キャノピーを開けて片腕を出し、何度も下をさして〝降りろ〟と伝えてきた。

先行機が接地したところを狙い、私も着陸姿勢に入った。そこは少しばかりうねりはあったが、膝ぐらいまでの潅木がまばらに生えている砂地だった。静かに、静かに、そーっと愛機を降ろしてやった。

私は主翼の上に出た。

一〇〇メートルほど先に停止したＦ６Ｆのパイロットが二人、ゆっくりと近づいてる。

きた。腕や胸に派手な大きなワッペンのついた飛行服を着て、飛行帽をぶら下げてい

「ノーギャス。ノートリッガー。ノーウエイ！」

私は米兵に声をかけた。トリッガーとは撃針のことだ。

「アイシー」

わかったようだ。にこにこ笑いながら、

「ユウ、ナイスランディング！」

私の着陸をほめてから、

「ステップダウン、ヒア」

地上に降り立った私に、

「ユウ、スモーク？」

ポケットから煙草をとり出して、大きな手ですすめてくれた。それはラクダの絵のある〝キャメル〟だった。

私はキャメルの煙を吐き出しながら、

〈これで俺の空戦は終わったのだ……〉

と胸のなかで呟いた。

忘れがたき大空

松本良男の手記は、ここで終わっている。

手記のなかに、彼が着陸した地点がどこであるか書かれていないので、札幌に電話して聞いてみると、

「ミンダナオ島北東部の海岸だった」

と彼は答えてくれた。

このあと松本は、ダバオに連行され、さらにラエに移り、昭和二十二年に日本内地に帰って来ている。

昭和六十三年十月五日付の彼の便りに、

「もう自分で空を飛ぶ機会が、ほとんどなくなりました。札幌市の北、石狩の郊外で、モータープレーンを楽しんでいるグループがあり、そこで一度、それこそプーンと飛んだことがあります。

軽量パイプに布張りの構造で、〝スバル軽〟の直列二気筒エンジンが原動力ですが、三舵をそなえ、時速六〇キロくらいで飛べるものです。これなら自作も可能と思えるので、そのうち、やれたらやってみようと思ってます。

もちろん、水平飛行です。宙返りをして、主翼後部の胴パイプが折れ、墜ちたのがあるそうです。

高度も一〇〇から一五〇メートル。感度の鈍い代物ですが、カバーのない操縦席は、直接、風圧を受け爽快でした。

北海道にはまだ広大な平地が沢山あります。こんなところで、自分のプレーンを持ち、天気のいい日に誰にも邪魔されずに、一人で思いのままに飛んでみたい、そんな夢をときどき本気で考えたりするのです」

このように書き送ってきた。

大空への思いが、六十半ばを過ぎたかつての戦闘機乗りの胸のなかに、いまだに消えさることなく燃えているのである。

単行本　平成元年四月　光人社刊

解説　――三式戦闘機「飛燕」について

野原　茂

陸軍単座戦闘機の分科

海軍もそうであったが、軍航空草創以来、陸軍の単座戦闘機は軽量・小型を旨とし、射撃兵装（機関銃／砲）も小口径の七・七ミリ二梃を標準にして、軽快なる運動性を有することが成否の判断基準だった。

しかし、一九三〇年代後期の欧米列強国では、運動性よりも速度、火力（射撃兵装）優越を重んじ、高度の優位を生かした急降下一撃離脱すなわち垂直面の空中戦法に適した単座戦闘機が次々に出現するようになった。

こうした状況に加え、昭和十二（一九三七）年七月に勃発した中華民国との全面的戦争（当時の呼称は支那事変）を経験した日本陸、海軍は、従来までの概念に基づいた機体とは別に、前述した欧米流の性格に倣った、陸軍流に言うところの「重単座戦闘機」も開発することにした。昭和十四（一九三九）年六月、陸軍航空本部が中島飛行機（株）に試作発注したキ44（のちの二式戦闘機「鍾馗」）、同年九月に海軍航空本部が三菱重工業（株）に試作内示した「十四試局地戦闘機」（のちの「雷電」）が、これに該当する。

川崎航空機の大胆な提案

会社創立以来液（水）冷発動機（エンジン）の生産も行なってきた、陸軍機の専門メーカー川崎航空機工業（株）は、航空本部の意向に沿い、昭和十四年にドイツの新型一〇〇〇馬力級液冷エンジン、ダイムラーベンツＤＢ６０１Ａのライセンス製造権を取得した。

そして、機体設計部門のチーフ的立場にあった土井武夫技師の発案により、ＤＢ６０１Ａの国産化品である「ハ四〇」を搭載する、「重」「軽」二種の単座戦闘機開発を航空本部に提案。これが受け入れられ、翌昭和十五（一九四〇）年二月、それぞれキ60、キ61の試作番号により開発受注することに成功した。同時に二機種を試作受注するなど、過去に例のないことであり、航空本部が両機に対していかに大きな期待を寄せていたかが察せられる。

重戦キ60の誤算

二機種同時に試作受注したとはいえ、双方同時に開発作業を進めることは出来ないので、土井技師ら技術陣はまず重戦キ60の設計に着手。その経過をみて従来までの概念に沿った軽戦キ61の作業に着手するという算段で臨んだ。

キ60は、DB601Aを搭載した〝本家〟ドイツのメッサーシュミットBf109E単座戦闘機の設計を意識した全幅九・七八メートル、全長八・四〇メートルの小柄なサイズにまとめ、翼面荷重約一七〇キロ／平方メートルで、一二・七ミリ、二〇ミリ機関砲各二門装備予定の、いかにも重戦らしい機体として、昭和十六（一九四一）年三月に試作一号機の完成をみた。

しかし、テストしてみると期待された最大速度は、軍側の要求値をかなり下回る五六〇キロ／時どまり。空冷発動機搭載の中島キ44試作／増加試作機の五八〇キロ／時にも劣るという意外な結果だった。

操縦、安定性が良好とはいっても、肝心の速度性能がこの程度では重戦として採用する価値はないと判定。結局最初の重戦としてキ44が制式採用され、キ60は試作三機で開発中止を通告された。

重戦と軽戦の長所を兼備したキ61

キ60の試作一号機が完成する三ヵ月前の昭和十五年十二月、川崎技術陣は軽戦キ61の設計に着手した。

当初はキ60の基本設計を踏襲しつつ、主翼を全幅一二メートル、面積二〇平方メートル、アスペクト（縦横比）七・二の細長い平面形とし翼面荷重を一四七キロ／平方メートル程度に下げ、軽戦の〝命〟でもある運動性の向上を図るというのが開発の骨子だった。

ところが、キ60の速度性能が予想外に悪かったため、土井技師はその原因が胴体と冷却器（ラジエター）まわりの設計不適切にあると判断。新規に改めることに決めた。具体的には、機首の発動機部分を除いた胴体構造を一八〇ミリ延長し、操縦室直後の下面に配置していた冷却器を、水、潤滑油一体型にして形状を改め、胴体内部への埋め込みも深くして、突出度を少なくした。

さらに、機首まわりも九〇ミリ前方に長くしたうえで、外形の洗練度を高め、空気抵抗減少を図った。

これらの改設計のため、キ61試作一号機の完成は当初の計画より遅れたが、太平洋戦争開戦から四日後の昭和十六年十二月十二日に初飛行を果たした。

テストの結果は、土井技師ら技術陣さえもが予想だにしなかった好成績で、キ60と同じ発動機出力にもかかわらず、最大速度は同機を三〇キロ／時も凌ぐ五九一キロ／時、高度五〇〇〇メートルまでの上昇時間五分三〇秒という、上々の値だった。

もとより、運動性能は主翼の変更で当初から予測されたとおり良好だったので、テストした陸軍側も、重戦と軽戦の長所を兼備した感じのキ61の出現に狂喜した。

当局は川崎に対し、ただちにキ61の量産準備にとりかかることを命じ、その最初の生産型キ61－Iの一号機は、翌昭和十七（一九四二）年八月に完成、年内に計三四機が納入された。

思わぬ障害

キ61－I量産機は、昭和十八（一九四三）年一月から第十四飛行団を構成する、飛行第六十八、七十八両戦隊を皮切りに部隊配備を開始。その第十四飛行団は同年七月から激戦区のニューギニア島に進出して、同方面のアメリカ陸軍第五航空軍と対峙した。

ところが、最前線の厳しい環境下では、かねてより危惧されていた「ハ四〇」発動機の不調、故障頻発が表面化し、キ61－Ⅰはカタログ・データどおりの性能が出ないうえ、稼働率も低いという、魅力に乏しい新型機と評価され、実績もあまり振るわなかった。

その根本原因は、ドイツのハイレベルな工業技術をベースに設計された、オリジナルのDB601Aと同じ品質の部品を、当時の川崎、というより日本の工業技術力ではこなしきれなかったという点に尽きる。不調、故障の頻発は当然の帰結とも言えた。

現地部隊からは、参謀本部に対しキ61－Ⅰの代わりに二式戦（キ44）を配備してほしい旨の要望が出されたが、現地の状況からして二式戦の運用は困難という判断で、要望は却下された。

結局、こうした苦しい状況下で苦闘を強いられた六十八、七十八戦隊は、ニューギニア島航空戦が終焉する昭和十九（一九四四）年四月までに戦力をほぼ喪失。同年七月二十五日付けで解隊されてしまう。

なお、キ61－Ⅰが三式戦闘機一型の名称で制式採用されたのは十八年十月、愛称「飛燕」と公表されたのはずっとあとの、昭和二十（一九四五）年一月のことである。

本土防空戦で一矢報いる

不本意な実績に終わったニューギニア島航空戦のあと、三式戦を配備された飛行第十七、十八、十九、五十五各戦隊が十九年十月からの比島（フィリピン）攻防戦に投入された。だが、圧倒的に勝るアメリカ軍航空兵力を相手に、苦闘の末に壊滅。華々しい戦果をあげることは叶わなかった。

ただ、昭和十九年末より本格化したマリアナ諸島からのアメリカ陸軍B－29四発超重爆による日本本土空襲では、同機に対する三式戦の飛行特性が生き、「ハ四〇」発動機の整備を入念に行なえた各防空部隊、とりわけ帝都（東京）防空に任じた飛行第二四四戦隊の奮闘が目立った。この二四四戦隊の戦績が、総じて低評価に甘んじた三式戦の生涯を通したハイライトでもあった。

敗戦までに生産された三式戦は、一型、二型合わせて計二八八四機で、これは一式戦「隼」の五七五一機、四式戦「疾風」の約三五〇〇機、九七式戦の三三八六機に次ぐ、陸軍戦闘機史上四位の記録。発動機に問題を抱えた機体にしては、相当な数である。

よく知られるように昭和二十年に入り三式戦の発動機を空冷の「ハ一一二－Ⅱ」に換装した五式戦闘機の生産が始まっていた。

NF文庫

秘めたる空戦 新装解説版

二〇二三年八月二十日 第一刷発行

著 者 幾瀬勝彬

松本良男

発行者 赤堀正卓

発行所 株式会社 潮書房光人新社

〒100-8077 東京都千代田区大手町一-七-二

電話/〇三-六二八一-九八九一(代)

印刷・製本 中央精版印刷株式会社

定価はカバーに表示してあります

乱丁・落丁のものはお取りかえ致します。本文は中性紙を使用

ISBN978-4-7698-3323-9 C0195

http://www.kojinsha.co.jp

NF文庫

刊行のことば

第二次世界大戦の戦火が熄んで五〇年――その間、小社は夥しい数の戦争の記録を渉猟し、発掘し、常に公正なる立場を貫いて書誌とし、大方の絶讃を博して今日に及ぶが、その源は、散華された世代への熱き思い入れであり、同時に、その記録を誌して平和の礎とし、後世に伝えんとするにある。

小社の出版物は、戦記、伝記、文学、エッセイ、写真集、その他、すでに一、〇〇〇点を越え、加えて戦後五〇年になんなんとするを契機として、「光人社NF（ノンフィクション）文庫」を創刊して、読者諸賢の熱烈要望におこたえする次第である。人生のバイブルとして、心弱きときの活性の糧として、散華の世代からの感動の肉声に、あなたもぜひ、耳を傾けて下さい。